KB118430

미스터리
책장

THE VIADUCT MURDER
by Ronald A. Knox

철교 살인 사건

로널드 녹스 지음 — 김예진 옮김

그저 지루하다는 이유만으로 살인을 저지를 수 있을 것 같아。

엘릭시르

차례

모던트 리브스

전 군사정보부 소속 군인, 아마추어 탐정

알렉산더 고든

가장 평범하고 영국인다운 영국인

윌리엄 카마이클

은퇴한 교수

매리어트

패스턴 위처치 교구 목사

런던 — 빈버

열차 시간표

런던 · · · · · · · · · ·	3.00	3.47	· ·
웨이포드 · · · · · · · ·	3.31	4.29	· ·
패스턴 오트빌 (종점) · ·	· ·	4.43	· ·
패스턴 오트빌 (기점) · ·	· ·	· ·	4.50
패스턴 위처치 · · · ·	· ·	· ·	4.58
빈버 · · · · · · · ·	3.59	· ·	5.09

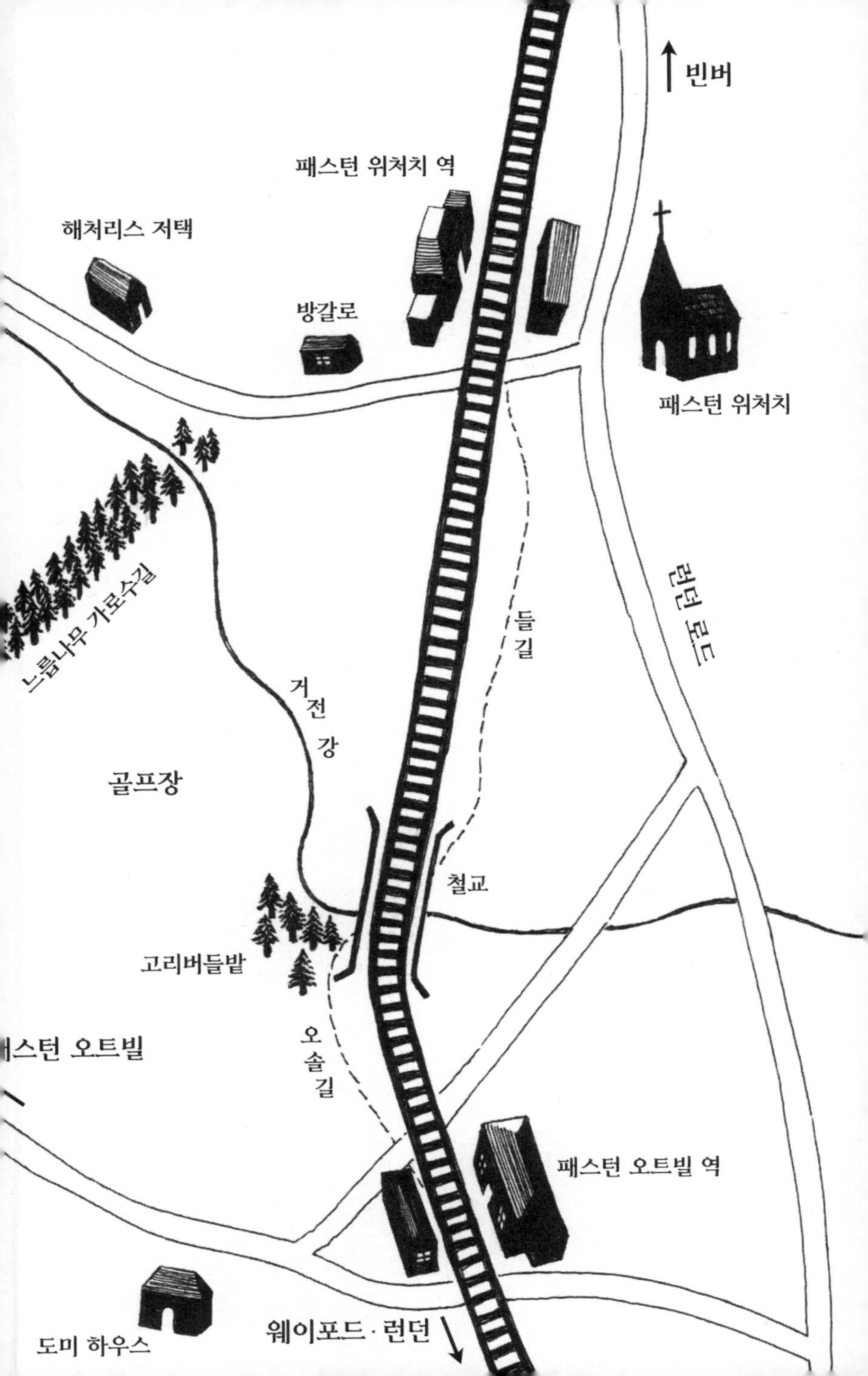
빈버
패스턴 위처치 역
해처리스 저택
방갈로
패스턴 위처치
느릅나무 가로수길
런던 로드
들길
거전 강
골프장
철교
고리버들밭
스턴 오트빌
오솔길
패스턴 오트빌 역
도미 하우스
웨이포드 · 런던

패스턴 오트빌의 도미 하우스

세상에 쓸모없는 것은 없다. 동물이 죽으면 거름이 되어 채소밭을 비옥하게 만들고, 벌떼는 못 쓰게 된 우체통 속에 들어가 집을 짓는다. 마찬가지로, 늦건 빠르건 누군가는 전쟁이 끝나고 쓸모를 잃은 군수공장에서 어떤 쓰임새를 찾아내기 마련이다.

영국이 봉건제도하에 있던 시절 지어진 오래된 시골 대저택 또한 그렇다. 화려한 테라스 사이로 햇볕이 내리쬐는 가운데, 세속과 통하는 진입로로 들어온 미천한 여행자들은 자신을 못마땅하게 여기는 듯한 저택의 분위기에 압도당해 기껏 구경하려고 우회해서 온 길을 쫓겨나다시피 돌아 나가곤 했다. 그 저택을 소유한 가문은 그곳에 실제로 거주하기엔 비용이 너무 많이 든다고 오랫동안 생각해왔으며, 부동산 업자들은 그들을 어린아이처럼 달래어 저택을 내놓게 함으로써 오늘날 영국의 부동산 업계를 부흥시키는 데 성공했다.

저택 건물 자체는 폐기 직전의 쓰레기 더미나 다름없었으나 드넓은 사유지 내에 골프 코스를 만드는 일은 충분히 가능했다. 몇 세기 동안 쟁기에게 유린당했던 수천 제곱미터의 거친 땅은 이제 9번 아이언으로 파헤쳐지는 신세가 되었으며, 울창하고 빽빽하게 자라났던 초목들은 전부 부드럽게 손질된 어린 잔디로 바뀌었다. 그 위를 어슬렁거리는 옛 유령들이 존재할지도 모르겠지만 인간들은 얼마든지 그들을 통과해 골프를 즐길 수 있다.

패스턴 오트빌은 (두 번째 문단에서 특정 지역의 이름을 언급하지 않는 작가는 결코 신뢰해서는 안 된다) 불가해한 신의 섭리에 의하여 그러한 형태에 딱 들어맞도록 조정된 곳이었다. 15대 오트빌 경이 자신의 위대함을 기념하기 위해 (현명하게도 경은 남해회사 주식을 일찌감치 몽땅 팔아버렸다) 세운 거대한 이탈리아식 건물은 1890년대에 일어난 화재로 꼬박 하룻밤 동안 탔다. 그래도 제 나름대로 최선을 다해 진압 활동을 펼친 지역 소방대 덕분에 아켈로스는 헤파이스토스가 저지른 파괴를 막아내는 데 성공했다.[1] 그 건물은 지금까지도 뼈대가 다 드러난 해골처럼 그 자리에 서 있는데, 부끄러운 듯 도배된 방과 조각된 벽난로를 훤히 드러내고 있어 마치 칸막이 벽을 걷으면 안이 다 들여다보이는 인형의 집 같았다. 스투코 벽재를 바른 외벽이 제 역할을 다하던 시절에는 무도회장 안

1 그리스신화에서 아켈로스는 강의 신이며, 헤파이스토스는 불과 대장간의 신이다.

에 마련된 여성들의 비밀스러운 화장 공간에 남성들이 정중히 관심을 보였던 때도 있었건만! 가엾은 방들은 이제 더이상 아무런 비밀도 간직할 수 없게 되었다.

정원 또한 퇴락하여 포석 깔린 길에는 잡초들이 무성하고, 방치된 난간은 산산이 부서졌으며, 그나마 강인한 화초들이 살아남아 꽃을 피웠으나 태반은 말라 죽고 다른 풀에 묻혀 앙시앵레짐의 생존자들이 부리는 초라한 허세를 방불케 했다. 집을 다시 지으려는 엄두도 내지 못한 가족들은 현명하게도 장원 반대편에 있는 다워 하우스[11]로 들어가 살았다. 벽돌과 목재로 지어진 작은 집은 백오십 년 동안 가문 사람들을 지켜주었으나, 이윽고 시간이 흘러 가족들은 이 사그라진 영화를 지탱하는 것조차 너무 버겁다고 판단하고 집을 팔게 되었다.

그러나 패스턴 오트빌의 말로를 애도할 필요는 없었다. 영지의 성스러운 흙은 골프장이 되어 다시 영원을 얻었다. 대형 철도회사에 버금가는 어느 진취력 있는 클럽이 이 시골 동네에 투자를 하면서 교외다운 분위기를 불어넣었다. 런던에서 고작 한 시간 거리에 있으며 그나마도 클럽이 조금만 덜 배타적인 태도를 취한다면 그 거리는 4분의 3으로 줄어들 수도

[11] 가주가 사망하여 그 부인이 혼자가 될 경우, 그녀에게 상속되는 재산이자 거처가 되는 저택.

있었다. 차고가 딸린 단층집과 당구실을 지닌 시골집이 근처에 속속 솟아났다. 서른에서 마흔 채 정도 되는 집들은 투박한 외장에 붉은 벽돌로 지어졌는데, 건축가 한 사람의 머릿속에서 나왔다고는 믿기 힘들 만큼 서로 모양이 가지각색으로 달랐다. 대성당, 마을 사무소, 시장 등이 주민들의 활동 구역을 에워싸고 있고, 한가운데에는 현재 도미 하우스[1]가 된 오트빌의 다워 하우스가 있었다. 클럽 위원회는 이 저택을 같은 양식으로 증축하였는데 새로운 부분은 두말할 것도 없이 벽돌과 목재를 이용했다. 비록 축축한 날씨 때문에 목재가 툭하면 뒤틀리거나 떨어져 나가곤 했지만 말이다.

이 건물은 단순한 클럽 하우스가 아니라 고급 호텔의 역할도 해냈다. 하지만 호텔이라기보다는 차라리 수도승들의 정착지라고 부르는 게 나을지도 몰랐다. 왜냐하면 이 쾌적한 공간을 이용하는 사람들 대부분의 머릿속에는 오로지 '골프' 생각밖에 없으니까. 그들은 베네딕토회 수도사들이 아침저녁으로 기도를 드리듯 하루에 두 번씩 여유롭고도 근엄한 태도로 코스를 돌았으며, 밤이 되면 둥글게 모여 앉아 자신들이 믿는 종교의 신비에 대해 토론하곤 했다.

그러고 보니 마을 교회에 대해 언급하는 것을 깜박 잊었

[1] 클럽 하우스를 가리킨다. 골프에서 도미(dormie)란 지고 있는 선수가 남아 있는 홀에서 모두 이겨야 하는 상황을 의미하는데, 스페인어로 '잠을 자다'라는 뜻에서 유래했다.

다. 근방에 마을이 하나 있는데, 영국의 마을들이 그렇듯 속이 텅 빈 사각형으로 기이하게 제멋대로 자라난 모양이었다. 오래전 이 교회는 마을과 지주 저택의 중간 지점에 위치해서, 지주가 가끔 찾아와 속죄하며 마음을 달래는 곳으로 이용되곤 했다. 저택의 대정원이나 오트빌 가문의 재산보다도 훨씬 오래되었지만 바깥세상과 거의 접촉이 없는데다 다소 기생적인 형태의 시설이라는 특성상 이곳에서는 개신교식 봉건주의가 꽃을 피웠다. 이곳은 현재 골프 산업의 부산물 중 한 종류로서 눈길을 사로잡았는데, (퍽 드물지만) 교회로 가는 길을 묻는 사람들은 대체로 15번 그린으로 가라는 대답을 듣곤 했다. 일요일 예배는 오전 9시 반에 시작되며, 성스러운 신앙심으로 스스로를 무장하고 싶은 사람이라면 누구든 찾아갈 수 있었다. 물론 간다고 해서 정말 그렇게 될지 어떨지는 별개의 문제다. 교회 관리인은 장례식이 있는 오후만 제외하면 언제든 캐디 노릇을 해주리라.

앞으로의 이야기에서 밝혀지겠지만 이 모든 조건에 걸맞게 현 교구 목사는 골프를 꽤나 즐기는 사람으로, 부재중인 지주가 데려다 앉혀놓았으나 물질적인 보수는 거의 받지 못하다시피 했다. 목사가 관리하는 교구는 1번 티에서 이십여 분 걸으면 나오는 곳에 있었고, 본인은 도미 하우스에서 영구적으로 거주했다. 교구 내의 모든 삶이 그곳을 중심으로 돌아가다시피 했다. 목사를 만나려거든 그냥 흡연실 문을 열기만 하면 된다. 10월의 안개비 내리는 이날 오후에도 목사는 그곳에 앉아 날씨에 발이 묶인 세 친구들과 4인조를 구성하고 있었다.

이제 곧 중년에 접어드는 목사는 독신이며 큰 야심은 없는 사람이었다. 어찌 보면 상당히 성직자다운 얼굴이라고 할 수도 있겠지만—한데 과연 성직자다운 얼굴이란 운명의 한 표상일까, 아니면 자연스러운 모방에 의해 발달된 것일까?—그것이 내보이는 놀라운 열정은 주로 한 가지 대상을 향했다. 바로 골프였다. 성품이 온화한 목사는 가장 어려운 상황에서도, 심지어 9번 홀에서조차 흥분을 상당히 잘 조절할 줄 알았다. 그의 입술 사이로 욕설이 미끄러져 나오는 일은 없었다. 다만 늘 변하지 않는 한마디, "내가 지금 무슨 '짓거리'를 저지르고 있는 거지?"만은 때때로 지옥의 환희를 동반한 채 흘러나오곤 했다. 다른 세 사람은 패스턴 오트빌에 자주 드나드는 목사의 지인들이었는데, 그들은 서로의 약점은 잘 알지만 정치관이나 종교에 대해서는 전혀 알지 못했다.

그중 알렉산더 고든은 성격으로 보나 이름으로 보나 골프에서의 약점을 제외하면 특별히 두드러진 데가 없는 사람이었다. 도미 하우스 안에서 정치나 종교를 포함해 어떤 주제로 담소를 나누든 그의 관점은 평범하기 짝이 없었고 극도로 영국인다웠다. 고든은 다른 사람들처럼 그곳에 거주하지는 않았지만 휴일을 맞아 자신의 아주 재미있는 친구 모던트 리브스를 방문한 참이었다.

리브스는 어쩔 수 없이 그곳에서 지내고 있었는데 게으른 천성 탓은 아니었다. 그는 전쟁이 시작할 무렵 학교를 졸업한 사람으로 심각한 근시가 있어서 남의 얼굴을 유심히 들여다본다고나 할까, 여하튼 항상 사람을 꿰뚫어보는 듯한 눈빛을 지녔다. 시력 때문에 정상적인 군 복무를 할 수 없었던 리브스는 육군성의 어느 외진 부처에서 아주 쉽게 일자리를 얻었고, 그런 연유로 툭하면 "내가 군사정보부에 있을 때는 말이야"로 운을 떼는 걸 지나치게 즐겼다. 순진한 사람들은 그 말을 듣고 모던트 리브스가 소맷부리 속에 반쯤 안전장치가 걸린 리볼버를 숨기고 독일군 초특급 스파이들의 비밀회의를 훔쳐 듣는 모습을 상상하곤 했다.

하지만 사실상 리브스의 업무란 9시 반쯤 불편한 사무실로 어슬렁어슬렁 출근해 자신을 기다리고 있던 신문 스크랩 뭉치를 다른 부서로 전달하는 일이 전부였다. 글래스고의 한 노조 대표가 불을 뿜는 듯 열렬하게 연설을 했다는 기사를 뽑아 타이프로 친 뒤 폴더에 끼워 넣고 "이 문제를 어떻게 처리해야 좋을까? 확인 부탁"이라는 짤막한 글을 갈겨쓰고 나면, 그 서류는 시시껄렁한 커버가 씌워진 다른 서류들의 대소

용돌이 속에 뒤섞여 화이트홀[1] 내의 여러 부서들 사이를 목적도 없이 빙빙 돌기 마련이었다.

수입이 넉넉한데다 부모가 없는 리브스는 자신이 평화로운 시대에 평범한 직업을 잡아 정착할 수 없으리라는 사실을 깨달았다. 그는 일간신문에 자신이 그 어떤 수수께끼에 둘러싸인 일도 해낼 준비가 되어 있음을 암시하며 언제든 '모험심 가득하고 활동적이며 머리 좋은 젊은이'가 필요하면 불러달라는 몽상적인 광고도 내보았다. 하지만 아마추어 모험가들의 공급이 수요를 훌쩍 넘어선 시대였기에 그의 광고에는 아무런 응답도 돌아오지 않았다. 절망에 빠진 리브스는 할 수 없이 패스턴 오트빌로 향했고, 그의 앞날이 잘 풀리지 않기를 바라는 사람들조차 그곳에서 리브스의 골프 실력이 나날이 늘어간다는 사실은 인정할 수밖에 없었다.

이 모임의 네 번째 멤버 카마이클은 입만 열었다 하면 마치 오래전부터 알고 지낸 교수처럼 구는 사람이었다. 신중한 말과 온화한 눈빛, 그리고 언제나 자진해서 열정적으로 정보를 전해주려 하는 모습은 어떤 지식인도 따라올 수 없었다. 카마이클이 끊임없이 퍼 올리는 흥미로운 담소의 샘물 앞에서 청중들은 지루함보다 과도한 지적 소양이 더 나쁘다는 사

1 영국의 정부 기관이 밀집된 지역으로, 통상 영국 정부를 지칭하는 명칭으로 사용된다.

실을 깨달으며 불안해하곤 했다. 카마이클은 오로지 '학문'과 관련된 이야기만을 늘어놓지는 않았다. 그리스 고고학을 전공하기는 했지만 한번 이야기를 시작하면 지방 명문가, 근동 여행기, 만년필 생산 과정, 그리고 다시 지방 명문가 등등 화제가 끊이질 않았다. 그는 예순이 넘은 나이에, 이 모임에서는 유일한 유부남이었고, 근방에 있는 단층집에서 재미없는 아내와 함께 살았다. 그의 아내는 남편의 끊임없는 장광설이라는 열풍에 오랜 세월 노출된 나머지 그만 말라서 시들어버린 것 같은 사람이었다. 현재 아내는 부재중이라, 카마이클은 다른 사람들과 마찬가지로 도미 하우스에서 머물고 있었다.

솔직히 말하면 주위 사람들 모두가 이 사람을 피하고 싶어 했지만, 카마이클은 마치 대법원이 최종 판결을 내리듯 어떤 문제에 관해서 결정을 내려야 하는 상황에서 상당히 유용했다. 황소 한 마리가 골프장으로 도망쳐 왔던 게 어느 해였는지, 삼 년 전 오픈 챔피언십에서 누구의 공이 승리를 거두었는지 등을 기억하는 건 카마이클밖에 없었다.

매리어트(그렇다, 이것이 바로 목사의 이름이다. 여러분 모두가 추리소설을 읽기에 합당한 독자라는 사실을 나는 알고 있었다)는 다시 한번 자리에서 일어나 바깥 날씨를 살펴보았다. 안개는 좀 걷힌 것 같았지만 여전히 비가 사정없이 쏟아지고 있었다.

"밤이 내리기 전까지 계속 비가 올 것 같은데." 목사가 말했다.

“재미있구먼. 에스파냐 북부의 옛 바스크의 시인들은 언제나 밤이 ‘내리는’ 게 아니라 ‘솟아오르는’ 것이라 했지. 분명 그 사람들 눈에는 그렇게 보였을 거야. 하지만 내가 보기에는…….”

다행히 매리어트는 교수를 잘 알았으므로 금세 이야기를 가로막았다.

“이런 오후에는 누군가가 그저 지루하다는 이유만으로 살인을 저지를 수도 있을 것 같아.”

목사가 음울하게 말했다. 이에 리브스가 응수했다.

“설마, 생각을 좀 해봐. 진흙탕에 발자국이 다 남을 텐데? 눈 깜짝할 새 잡힐걸.”

“그러고 보니 자네 『녹색 엄지손가락의 수수께끼』를 읽고 있었지. 하지만 과연 발자국만으로 살인자들을 잡을 수 있을 거라 생각하나? 구둣방 놈들이 모여서 작당을 한 탓에 모든 인류는 신발 사이즈가 고작해야 대여섯 종류밖에 안 된다고 믿게 되어버렸지. 게다가 끔찍하도록 똑같은 무늬의 부츠를 미국에서 대량으로 수입해서 억지로 발을 쑤셔 넣고 있단 말이야. 이제 홈스라면 어떻게 할까?”

그러자 고든이 끼어들었다.

“자네도 알다시피 소설 속 탐정들에게는 언제나 운이 따르기 마련이지. 살인자는 대체로 나무 의족을 하고 있기 때문에 뒤쫓는 데 그리 오랜 시간이 걸리지 않아. 하지만 유감스럽게도 현실 세계에서는 다리를 절단한 범인이 많지 않다는 게 문제지. 왼손잡이들은 또 얼마나 간단하게 사건에 연루되는지 모르겠다니까! 한번은 내가 낡은 담배 파이프 한 대를 가지고 추리를 시도한 적이 있는데, 파이프의 어느 쪽이 더 꺼멓게 그을렸는지 보고서 그 주인이 오른손잡이라는 사실을 알아냈지. 물론 오른손잡이들은 엄청나게 많지만."

이번에는 카마이클이 말했다.

"많은 사건의 경우 오른손잡이냐 왼손잡이냐의 문제가 대체로 사람들을 괴롭히지만, 또 하나 괴상한 게 있다면 머리 가르마 방향의 문제라네. 사람들은 누구나 태어날 때부터 한쪽에 가르마를 가진 채 태어나지만 사람들은 주로 자기 머리 오른쪽에 가르마를 잡곤 하지. 오른손잡이에게는 그게 더 편하거든."

리브스가 다시 입을 열었다.

"고든, 내 생각에 자넨 원론적으로 틀린 것 같아. 세상 모든 사람들은 누구나 사소한 특이점을 가지고 있고, 훈련된 탐정의 눈에는 그게 다 보여. 굳이 예를 들어보자면, 자네는 인류 중에서도 특히나 평범한 존재이지 않나. 하지만 나는 저 벽난로 위에 놓여 있는 여러 개의 위스키잔 중 어느 것이 자네 것인지 알 수 있지. 빈 잔만 보고도 말이야."

"그래, 어느 건데?"

흥미를 느낀 듯한 고든의 질문에 리브스가 대답했다.

"저기 한가운데 있는 것. 양 가장자리로부터 가장 멀리, 주의 깊게 안쪽으로 들어가 있잖아? 자네처럼 신중하고 조심성 많은 사람이라면 혹시라도 잔이 무언가에 부딪혀 깨지는 일을 미연에 방지하고 싶을 테니까 말이야. 내 말이 맞지?"

"솔직히 어느 잔이 내 것인지 나도 기억이 안 나. 하지만 이건 자네가 아는 사람에 대한 일이니까 가능한 것 아닌가? 그리고 우리 중에 살인자는 없지. 최소한 나는 그러길 바라. 만약 자네가 단 한 번도 만난 적 없는 사람이 살인자인지 추론하려 한다면 어디서부터 시작해야 할지 알지도 못할걸."

"한번 해보지 않겠어?" 매리어트가 제안했다. "다들 알다시피 홈스는 중산모 하나만 보고도 많은 것을 알아내는 묘기를 부리니까 말이야. 왓슨의 형 시계도 금세 파악했지. 우산이 왜 여기 있는지는 모르겠지만, 아무튼 저 우산을 가지고 한번 해보지 않겠나? 저걸 보고 무엇을 알아낼 수 있을까?"

"최근에 비가 왔다는 사실은 알겠군." 고든이 심각하게 말했다.

"사실 우산은 단서를 찾아내기 아주 어려운 물건이지."

리브스가 우산을 이리저리 뒤집어보며 말하자 카마이클

이 끼어들었다.

"그 말을 들으니 반가운걸. 왜냐하면……."

"하지만 이건 좀더 재미있어 보이네." 리브스는 카마이클을 무시하고 말을 이었다. "누가 봐도 알 수 있다시피 우산 자체는 아주 새 것이지만, 끄트머리는 상당히 오래 쓴 듯 많이 닳았어. 따라서 이런 추론을 할 수 있지, 이 우산의 주인은 비가 오지 않으면 우산을 그냥 처박아두지 않고 지팡이 대신으로 사용했어. 그러므로 이 우산의 주인은 브라더후드라고 할 수 있겠군. 이 클럽에서 항상 지팡이를 들고 다니는 유일한 인물이니까."

카마이클이 말했다.

"그야말로 현실 세계 속에서 항상 벌어지는 일이로군. 하지만 내가 방금 하려던 말은 그 우산이 내 것이라는 걸세. 지하철에서 다른 사람의 것을 실수로 집어 왔거든."

모던트 리브스는 다소 씁쓸하게 웃으며 말했다.

"자, 이로써 원칙 하나가 또 성립되었군. 가지고 있는 데이터만으로 논리를 비약시킬 때는 정말 조심해야 하지. 그렇지 않으면 여기저기서 엉뚱한 이야기가 튀어나오니까."

"솔직히, 나는 그냥 타고난 왓슨인가 봐. 난 그냥 여기저기서 튀어나오는 이야기를 듣는 게 좋고, 사람들이 계속 이야기하도록 두는 편이 더 좋아."

고든의 말에 리브스가 반박했다.

“그게 잘못됐다는 거야. 사람들은 누구나 자기 색을 입힌 이야기를 하게 되는 법이라고. 그렇기 때문에 현실 속에서 단서를 모으는 게 어려운 거지. 그렇기에 나도 추리소설은 비현실적이라고 인정하는 쪽이야. 소설 속에는 언제나 완벽하게 정확한 사실을 제시해주는 증인들이 나타나서 작가가 고른 단어로만 말을 해주니까. 거기선 갑자기 누군가가 방에 뛰어들어와서 이렇게 말하겠지. ‘옷을 잘 차려입은 중년 남자의 시체가 관목 숲 북쪽 끝에서 삼사 미터쯤 떨어진 곳에서 발견되었습니다. 그의 몸에는 폭력의 흔적이 남아 있고…….’ 마치 사건 조사를 나간 기자처럼. 하지만 실제로 그런 일이 일어난다면 아마 이렇게 말하지 않을까? ‘이런, 세상에! 총에 맞아 죽은 사람이 잔디밭 위에 쓰러져 있어!’ 즉, 관찰을 하자마자 바로 결론으로 건너뛰게 된다는 거지.”

카마이클이 설명하듯 말했다.

“저널리즘이 모든 추리소설들을 망가뜨려놓은 거야. 도대체 저널리즘이 뭔가? 이백 개가량 되는 문구를 미리 만들어두고, 거기에 맞든 안 맞든 삶의 진리를 억지로 일치시키는 거 아니냔 말이야. 헤드라인은 특히 파괴력이 대단하지. 현대 신문의 헤드라인이란 건 대체로 발화된 문장의 여타 요소들은 다 빼버리고 명사 몇 개만 남겨둔 채 만들어지지 않나?

예를 들어, '그 여자는 애플파이를 만들기 위해 정원에 양배추를 뜯으러 갔다'는 문장을 '애플파이 사기꾼, 양배추 절도'라고 바꾸는 식으로 말이야. '이런, 비누가 없군! ……그래서 그 사람이 죽었다고?' 하는 말은 '비누 부족으로 사망자 증가' 따위가 되겠지. 이렇게 처리하는 과정에서 상황과 동기의 뉘앙스는 모두 처참히 뭉개지는 거야. 그러니 그것들을 공식에 맞춰보면서 직접 진실을 찾아내는 수밖에 없지."

그러자 매리어트가 카마이클의 마지막 발언을 묵살하고 끼어들었다. 사실 여기 있는 사람은 누구나 다 그렇게 하곤 했다.

"자네의 논리에는 대체로 동의하네. 하지만 추론을 통해 얻어낸 타인에 대한 지식이란 게 도대체 얼마나 될까 싶어. 우리 주변에 있는 다른 사람들에 대해 정말로 아는 게 있기는 한가? 인생이라는 격류 속에서 우리는 그저 한 배를 탄 동승객에 지나지 않는데 말이야. 방금 전에 이야기 나온 브라더후드 그 친구만 해도 그래. 우리는 브라더후드가 런던에서 사업을 하고 있다는 건 알지만 그게 무엇인지는 모르지. 그리고 그가 월요일부터 금요일까지는 내내 여기서 지내다가 토요일과 일요일마다 자취를 감춘다는 건 알고 있지만, 주말 동안 그 친구가 정말로 뭘 하고 지내는지 어떻게 안단 말인가? 저 아랫동네 해처리스 저택에 사는 대브넌트라는 젊은이도 마찬가지지. 대브넌트는 반대로 토요일 저녁마다 나타나서는 일요일에 두 라운드 돈 다음 월요일에는 다시 영원Ewigkeit 속으로 사라지잖나. 그 친구에 대해 우리가 뭘 안다고 할 수 있지?"

리브스가 낄낄 웃었다.

"당신이 그 정도로 브라더후드의 모든 것을 알고 싶어 하는 줄은 몰랐어. 그가 수요일 저녁마다 마을 광장에서 신이 존재하지 않는다는 사실을 증명한답시고 떠들어대서 그런가?"

매리어트는 가볍게 얼굴을 붉혔다.

"아무튼 그런 짓을 하는 목적이 뭔지 모르겠단 말이야. 그리고 대브넌트가 가톨릭 신자라는 걸 다들 알지 않나. 내가 아는 건 그 친구가 일요일에 패스턴 브리지로 간다는 사실뿐이네. 거기 신부는 뭘 좀 알지도 모르겠지만 남한테 마구 떠벌리진 않을 테고."

카마이클이 말했다.

"내가 한번은 아주 특별한 경험을 한 적이 있어. 알바니아에서였는데, 어느 죽어가는 남자의 고백을 프랑스어로 통역하는 일을 맡게 되었다네. 그 지역 말을 모르는 신부를 위해서 말이야. 그 신부가 나중에 나한테 말하기를 내가 들은 얘기를 남들에게 절대로 발설하지 말라고 하더군."

"하지만 당신이 다른 사람에게 말해도 신부는 모를 텐데,

카마이클.” 리브스가 끼어들었다.

“난 여태껏 그 사람이 하지 말라는 이야기를 아무에게도 하지 않았네. 상당히 흥미로운 이야기였지만.”

리브스가 다시 입을 열었다.

“요컨대 인간은 누구나 자연스럽게 추론을 하게 되어 있다는 말이야. 그리고 대부분의 경우 거기에 너무 의존하는 바람에 실수가 생기지. 평범한 삶에서 인간은 누구나 위험에 노출되어 있어. 예를 들어 이발소에 갈 때, 누구나 이발사가 면도날로 자기 목을 따버리는 게 식은 죽 먹기라는 사실을 알면서도 이발소 의자에 앉지. 추론상 그런 위험한 짓을 하는 사람은 없을 테니 굳이 의심하지 않는 거야. 아마 세상의 미제 사건 중 절반은 우리가 사람을 함부로 의심하기 꺼려한 탓에 발생하는 게 분명해.”

매리어트가 설득하듯 말했다.

“하지만 분명 자네는 마음이 기우는 쪽으로 향하도록 내버려둘 게 아닌가? 나는 한때 교사 노릇을 한 적이 있는데, 그 어린 짐승들은 정말이지 무슨 짓이든 못 벌이는 일이 없다네. 그걸 깨닫는 한편 단순한 인격에 대한 의심의 눈길을 거둘 수 있었지.”

“하지만 그 아이들을 잘 알고 있지 않았어?” 고든이 반박했다.

"딱히 그렇지만도 않아." 매리어트가 말했다. "교사와 학생 사이에서는 그저 상호 기만이라는 끝없는 전쟁만이 이어질 뿐이거든. 내 생각에 누군가에게 신뢰를 얻기 위해 가장 중요한 건 무의식적인 인상이 아닌가 싶네."

리브스가 고집스럽게 말했다.

"만약 내가 탐정이라면 나는 다른 사람들만이 아니라 내 부모도 의심할 거야. 모든 단서를 뒤쫓으며 온 정신을 사고에만 몰두시켜서 그 결과가 어디로 향하는지 보겠어."

"그건 너무 불합리한 일 아니야?" 고든이 말했다. "옛 사람들은 모든 산수의 답이 정수로만 딱 떨어진다고 생각했지. 물론 지금은 완전히 다르겠지만. 어쨌든, 그럼에도 불구하고 그중에서 똑똑한 사람이 있었어. 만일 자네가 도출한 답이 어느 경찰관 한 사람의 3분의 2 정도하고만 맞아떨어진다고 하면 자네는 즉시 뭔가 잘못되었다는 사실을 깨닫게 될 거야. 그리고 자신의 사고를 의심하겠지."

리브스가 저항했다.

"하지만 현실에서는 항상 단순한 답만 끌어낼 수 없잖아? 그리고 만약 자네 말대로 어떤 경찰관이 3분의 2만큼만 사건과 관련되어 있다면, 본인이 범죄자의 손에 세 토막이 나더라도 스스로를 탓할 수밖에 없겠지."

"최소한 퀴 보노[1]의 원칙은 존중하겠지?"

카마이클이 끼어들었다.

"그거 멋지군. 도대체 얼마나 많은 사람들이 라틴어 문구의 뜻을 잘못 알고 있는지를 생각하면……."

모던트 리브스가 유쾌하게 말했다.

"퀴 보노는 수많은 범죄 유형 중에서도 제일 죄질이 나빠. 미국에서 있었던 소년 살인 사건을 생각해보라고. 오로지 살인을 하고 나면 어떤 기분일지 궁금하다는 이유만으로 두 소년이 다른 한 소년을 살인하는 일도 있었잖나."

"그건 정신병적인 사건이고."

"그렇게 따지면 정신병과 관련이 없는 사건이란 게 있기는 한가?"

카마이클이 다시 말했다.

"홀리 섬에 한 달 정도 체류한 적이 있었는데, 자네들이 믿을지 안 믿을지는 모르겠지만 그곳에 개만 보면 갑자기 몸 상태가 나빠지는 남자가 있었다네. 굉장히 아파하는 것 같더라고."

매리어트가 말했다.

"한데 정말 사람을 죽이면 어떤 기분이 들까 궁금하긴 하

1 '그 범행으로 누가 이익을 얻는가?'라는 뜻의 라틴어.

단 말이지. 살인자들을 보면 막상 일을 저지르고 나서 왠지 제정신을 잃고 머리가 이상해지는 것 같지 않아? 하지만 만일 적절한 준비 단계를 거쳐 계획한 일이 계획에 따라 순조롭게 이루어졌다면 그다음에 할 일은 분명하지 않나? 즉시 수많은 사람들을 만나고, 여러 사람들 속에 섞여서 가능한 한 자연스럽게 행동하는 거야."

"왜 굳이 그런 짓을 하나?" 고든이 물었다.

"알리바이를 만들어야 하지 않나. 많은 사람들이 그 일을 등한시하는 것 같은데 말이야."

"그런데 자네 런던에서 올 때 신문 안 가지고 왔나?" 카마이클이 물었다. "스테인스비 사건의 평결에 관심이 있어서. 내가 듣기로 그 젊은 친구가 마팅턴의 스테인스비 가문과 관련이 있다고 하던데."

"유감스럽게도 런던에서 3시에 출발했는데 너무 이른 시각이라 신문에는 경마 정보밖에 없었다네. 그리고 친구들, 이제 비가 그쳤어."

러프에서

3번 티그라운드에서 보이는 경치는 골퍼들조차도 손을 멈추고 우러러보게 만들 정도였다. 워즈워스풍으로 말하자면, 교각이 겸손한 계곡 풍경에 원동력과 목적성을 부여하며 기품을 더해주었다고 해야겠다.

특히 완만하고 높은 제방 위에 길게 얹어진 네 개의 주요 선로가 튼튼한 화강암으로 된 거대한 기둥을 축마 삼아 시골 하천을 건너는 듯한 모습은 굳이 눈으로 보지 않고 상상력만 발휘해도 충분히 아름다웠다. 그것은 오른쪽으로 자동차 도로를 끼고 멀리멀리 뻗어 있는 철도이자, 당신이 있는 곳으로부터 몇백 미터 앞에서 굳건한 네 개의 아치로 조그마한 거전 강 위를 가로지르는 거대한 철교이기도 했다. 얕고 좁은 강의 양옆으로는 분홍바늘꽃과 터리풀이 가득하여 소들이 풀을 뜯거나 한가한 캐디들이 시간을 때우러 오곤 했다. 고리버들도 듬성듬성 자라 있었는데 골프 치는 사람들은 특히 아치 기둥의 뿌리 근처에 난 놈들을 끔찍하게 싫어했다.

북쪽으로 멀리 뻗어나가는 건로 너머로 보이는 억새와 기와를 얹은 지붕이 바로 다음 정거장인 패스턴 위처치 역이었다. 오른쪽으로 눈을 돌리면 오래된 저택이 구슬픈 장엄함을 드리우고 있었으며, 그 너머로 패스턴 오트빌 마을과 교회가 보였다. 그 오래된 저택과 두 마을 사이를 잇는 길을 아주 멋진 느릅나무 가로수가 꾸며주고 있었다. 늦게 내린 비로 더욱 파랗게 물든 풀과 갈색 빛깔이 진해진 흙을 새로이 떠오른 태양이 비춰주었다. 자연 속의 잔디 뗏장과 흙에 팬 고랑이 태양의 부활을 반겼다.

그러한 모습을 보고 흔들릴 감성이 모던트 리브스에게 있는지 어떤지는 의심스럽지만, 만일 그렇다면 방금 드라이브를 치다가 공연히 슬라이스를 내게 된 원인이 되었을 수도 있겠다. 공은 완만한 곡선을 그리며 강 쪽으로 천천히 떨어졌다. 덥수룩한 잔디 위를 두어 번 통통 튀어 오른 공은 얕은 골짜기 쪽으로 떨어져서는 아치 기둥뿌리 옆의 고리버들 덤불 속으로 쏙 숨어버리고 말았다.

파트너인 고든과 리브스는 근처에 있지만 아무 도움도 되지 않는 캐디들을 믿지 못하고 직접 공을 찾아 나섰다. 하지만 그래봤자 힘겹게 추격당한 골프공이 아주 안락한 둥지 속으로 사라졌다는 사실을 확인했을 뿐이었다. 땅바닥은 무성한 풀들로 가득하고 주위에 흐르는 시냇물 때문에 드문드문 작은 섬이 형성되어 있기도 했다. 골프채로 풀숲을 헤쳐보았으나 빳빳한 버드나무 가지가 자꾸만 걸려 방해가 되었다.

리브스가 갑자기 전에 본 적 없는 무언가를 문득 발견하고 눈을 번뜩 빛내지 않았더라면 두 사람은 성과 없는 탐색을 족히 반 시간이나 할 뻔했다. 온통 녹색으로 둘러싸인 다른 곳들과 달리, 첫 번째 아치의 기둥뿌리 근처 지면이 묘하게 어두운 색을 띠고 있었다. 자세히 보니 사람의 실루엣이었다.

개는 늘 위험한 상황이 닥치면 바로 깨어날 수 있도록 경계하면서 잠든다. 하지만 인간은 말馬과 같아서 죽음을 닮은 잠을 잔다. 리브스가 처음 떠올린 생각은 저토록 얌전히 바닥에 누워 있는 사내가 사실 런던의 주요 도로를 배회하던 부랑자고, 바람을 막아주는 철교 밑에서 낮잠을 자고 있는 게 아닌가 하는 것이었다. 하지만 금세 군사정보부 방식에서 벗어난 상식적인 생각이 머릿속을 스쳤다. 이렇게 폭우가 내린 오후에 낮잠을 잔다면 아치 옆이 아니라 아치 밑으로 들어가서 자는 게 이치에 맞을 것이다.

"고든!" 큰 소리로 친구를 부르는 리브스의 목소리에는 불안이 가득했다. "이리 좀 와봐. 뭔가 이상한 게 있어."

두 사람은 엎드려 있는 남자에게 접근했다. 바닥에 얼굴을 처박은 몸뚱이에서는 생기라곤 전혀 느껴지지 않았다. 자연 속에서 활발하게 이루어지는 분해 작용을 보니 두 사람 모두

역겨움에 소름이 끼쳤다.

고든은 군에서 삼 년간 복무했기에 죽음을 숱하게 보아왔다. 하지만 그가 겪은 죽음은 늘 카키색 군복을 입은 제물의 모습이었다. 타운코트[1]에 회색 줄무늬 바지 차림을 한 죽음은 전혀 다른 형태였으며, 이 화창한 날씨와는 도저히 어울리지 않았다. 환한 햇빛이 지상에 그림자 하나를 떨어뜨린 것만 같았다.

두 사람은 허리를 굽히고 함께 시체를 뒤집어보았지만 상식적인 본능을 따라 도로 엎어놓고 말았다. 볼품없이 꺾이는 머리는 그를 인간답게 유지하던 무언가가 사라졌다는 사실을 알려주었을 뿐만 아니라, 무자비한 난타 세례로 얼굴이 완전히 뭉개져 누군지 알아볼 수조차 없게 되었다는 것까지 드러냈다.

두 사람은 고개를 들어 위를 보았다. 그리고 이 사람이 저 높은 곳에서 떨어지면서 딱딱한 화강암으로 된 아치 기둥에 수없이 부딪쳤을 거라는 사실을 깨닫고 한층 더 경악했다. 시체의 머리에서 알아볼 수 있는 건 오로지 바짝 깎은 회색 머리털뿐이었다.

"불쌍한 사람 같으니. 선로에서 떨어진 모양이군." 고든이 쉰 목소리로 말했다.

1 엉덩이를 살짝 덮는 길이의 외투.

"캐디가 이 꼴을 보게 내버려둘 수는 없지. 가서 다른 두 사람이나 불러오라고 해야겠어." 리브스가 말했다.

하지만 매리어트와 카마이클은 이미 두 사람 뒤를 따라오고 있었고 리브스의 말이 끝나는 것과 거의 동시에 현장에 도착했다.

"누가 죽었나? 세상에, 끔찍하기도 하지." 매리어트는 불안을 이길 수 없는 듯 계속 이리저리 왔다 갔다 하면서 같은 말만 되뇌었다. "끔찍하기도 하지."

카마이클은 한순간 말을 잃어버렸다. 그때 새로운 목소리가 들려와 상황을 한마디로 정리해버렸다.

"사람이 죽었구먼요?"

네 사람은 모두 뒤를 돌아보았다. 캐디는 이 자극적인 상황을 즐기는 듯한 기색을 감추지 못했다.

"이봐, 이 사람을 이대로 여기에 둘 수는 없어. 아치 밑에 있는 공구 창고에라도 옮겨놓자고." 고든이 제안했다.

"글쎄, 들 수 있을지 자신이 없는데."

리브스의 말에 캐디가 끼어들었다.

"그건 걱정 마십쇼, 선생님들. 저기 있는 진저를 불러오겠습니다요. 그 친구 예전에 보이스카우트에 있었거든요. 거기서 시체 처리 방법 같은 것도 다 가르쳐줍니다요. 어이, 진저!"

그러자 동료 캐디가 다가왔다.

"사람이 저기 위 철로에서 떨어져서 아주 끔찍하게 뭉개져 버렸어."

진저는 휘파람을 불었다.

"죽은 거야?"

"완전히 골로 갔어. 꼴이 엉망진창이야. 와서 보라고."

진저는 바짝 다가와서 자신의 호기심을 충족시켰다. 두 냉혈한 젊은이들은 기발한 방법으로 막대기를 이용하여 시체를 번쩍 들어 올렸고, 고든의 지시에 따라 시체를 공구 창고로 날랐다.

끔찍한 시체가 눈앞에서 사라지자 그때까지 공포에 질려 당황하고 있던 리브스도 어느새 정신을 차리고 이제부터 해야 할 일에 대해 생각할 수 있는 이성을 되찾았다.

"비즐리는 어디 있을까?" 리브스가 물었다. 비즐리는 의사의 이름이었다.

"빗속을 뚫고 골프를 치러 나갔네. 지금쯤 10번이나 11번 정도에 있을 것 같은데. 내 얼른 가서 데리고 오도록 하지."

그렇게 대답한 매리어트는 눈 깜짝할 사이 페어웨이[1]를 달려 나갔다.

리브스가 그 모습을 보며 말했다.

[1] 골프에서 티와 그린 사이에 있는 잘 깎인 잔디 지역.

"여기서 도망칠 방법을 찾아낸 게 그렇게 좋은 모양이야. 음, 이걸 환자 취급하기에는 너무 늦었고 그렇다고 시체를 묻어버리기에는 너무 이른데. 카마이클, 자네도 뭐 할 일 없나 찾고 있겠지? 괜찮다면 패스턴 위처치로 가서 경찰에 전화를 해주지 않겠어? 빈버가 여기서 제일 가까우니까 거기서 경찰을 보내줄 수 있을 것 같아. 그래주겠어? 좋아."

카마이클도 부랴부랴 달려갔다.

"자, 고든. 우린 뭘 하면 좋겠나? 아무리 봐도 뭔가 크게 잘못된 것 같은데. 우리끼리 탐정 비슷한 일을 한번 해보지 않겠나? 아니면 자네도 속이 안 좋아?"

"난 괜찮아. 그런데 어차피 경찰이 올 거 아닌가? 그들이 일단 이자의 소지품부터 뒤지지 않을까? 난 솔직히 법의 반대편에 서고 싶지 않다네. 죽은 사람의 몸을 뒤지면 안 된다는 법이 있는지는 잘 모르겠지만 말이야. 하지만 그런 법이 없다면 도대체 경찰은 무슨 수로 단서를 발견하지?"

"젠장, 경찰은 적어도 삼십 분 내에는 도착하지 못할 거야. 비즐리가 오더라도 소지품엔 별로 신경 안 쓸 테고. 아무튼 이 근처를 한번 둘러보자고. 이 남자가 철교 위에서 떨어지면서 기둥에 계속 얼굴을 부딪쳤다는 사실은 명백해 보이는군. 자, 그럼 이 사람은 과연 선로 위에서 떨어진 걸까, 아니면 열차에서 떨어진 걸까?"

"글쎄, 내 생각에는 가장자리 난간에서 떨어진 것 같은데. 객차에서 다리 난간까지의 거리가 생각보다 멀더라고. 열차에서 떨어진다 해도 다리 가장자리까지 닿긴 힘들 거야."

"아." 리브스가 고개를 들었다. "아무래도 자네는 멈춰 있는 상태의 열차를 떠올리는 것 같은데 달리는 열차에서 뛰어내렸다면 열차의 추진력 때문에 더 멀리 날아갔을 수도 있어. 그리고 어쩌면 저 제방 오른쪽 위에 난간이 시작되기 직전 위치로 떨어졌을 수도 있지. 내 말 무슨 뜻인지 알겠지? 사선 방향으로 데굴데굴 구르다 저기 석조 구조물이 있는 위치에서 툭 떨어진 거야."

"자네 말이 맞는 것 같군. 아무튼 시체를 꼭 봐야겠다면 서두르자고."

그런데 둘이서 함께 공구 창고로 향하던 도중 갑자기 리브스가 소리를 질렀다.

"원 세상에, 저거 저 사람 모자 아니야! 그러니까, 어디 보자……. 시체가 있던 곳에서 북쪽으로 13미터 정도 떨어진 곳이라고 보면 되겠군. 도대체 이유가 뭘까?"

"그게 무슨 소린가?"

"오늘 오후에 바람은 전혀 불지 않았네. 만약 이 사람이 추락할 때 모자도 함께 떨어졌다면 시체 옆에 있어야 맞겠지. 하지만 이렇게 멀리 떨어져 있으니 이건 꼭…… 주인의 뒤를 따라 떨어진 것 같잖아. 설마하니 함께 타고 있던 승객 중 배려심 많은 사람이 있어서 모자를 챙겨주진 않았을 텐데. 그렇지 않나?"

"그러니까 뭔가 더러운 짓거리가 벌어졌단 뜻인가?"

"상황을 보니 더러운 짓거리가 벌어진 듯 보인다는 뜻이야. 이제 공구 창고로 가보세."

시체를 훑어본다는 건 결코 쉬운 일이 아니었다. 더구나 서둘러야 할 때는 더욱. 직접 시체를 조사하는 건 대부분 고든이 했고, 리브스는 그가 말해주는 내용을 체크했다. 주머니에는 '마스터맨'이라는 이름이 새겨져 있는 손수건 한 장과 흔한 무늬의 담배 케이스가 있었는데 그 안에는 근방의 사내들이라면 누구나 흔하게 피울 만한 브랜드의 시가가 들어 있었다. 그 외에도 반쯤 찬 성냥갑과 담배 파이프 하나, 텅 빈 가죽 주머니, 2실링짜리 동전 두 개, S. 브라더후드 앞으로 온 편지와 사업 관련 서신, 줄 달린 시계가 있었다. 또한 편지지 뒤에는 쇼핑해야 할 물건들처럼 보이는 목록이 연필로 적혀 있었다.

"그 시계 좀 이상한데. 손목에도 하나 차고 있잖아. 손목시계를 이미 차고서 회중시계를 하나 더 들고 다니는 이유가 도대체 뭘까? 게다가 그 시계 멈춘 거 아냐?" 리브스가 말했다.

"멈췄으면 다행이게! 오히려 한 시간 빠른 상태야. 시계 장인들한테는 아주 좋은 광고가 되겠어, 응?"

"손목시계는?"

"멈췄어."

"몇 시에?"

"4시 54분."

"내가 열차에 대해서 뭐라고 했지? 4시 50분에 패스턴 오트빌 역에서 출발하는 열차가 4시 54분에 여길 지나갔네. 자, 그럼 여기서 무슨 사실을 추론할 수 있을까?"

"앞뒤가 맞는군. 아, 여기 마을에서 패스턴 위처치로 가는 삼등칸 편도 승차권이 있네. 오늘이 16일이던가? 아, 그럼 정확하군. 자, 어디 옷가지에 표시된 건 없나 찾아보지."

하지만 코트고 셔츠고, 옷깃이고 바지고 주인의 이름은 어디에도 없었다. 슈트는 뉴옥스퍼드 스트리트에 있는 '모시 외 왓킨스'에서 샀으며 셔츠와 칼라는 말해봤자 입만 아픈 브랜드의 물건이었다. 그러는 내내 리브스는 자신이 죽은 사람의 비밀을 짓밟고 들어간다는 것을 자각하면서 세 장의 문서를 베껴 적었다. 고든이 부츠 한 짝을 훑어보기 시작하자 리브스가 경고의 의미로 휘파람을 불었고, 그때 경찰 한 사람이 (그들은 오토바이도 구비하고 있었다) 멀찍이서 모습을 드러냈다. 패닉에 사로잡힌 베이커 스트리트 탐정단은 (자신들에게 시체를 책임질 권리가 있다는 것도 잊고) 겸연쩍은 얼굴로 다시 잃어버린 공을 찾기 시작했다. 이 상황에서 고작 골프공이나 신경 쓴다는 건 상당히 우스꽝스러운 일이긴 했지만, 골프장에서 시체를 발견했을 때 어떻게 해야 한다는 규칙 같은 건 없으니 어쩔 도리가 없지 않은가? 하지만 이미 게임은 물 건너간 것이나 다름없었으며, 유감스럽게도 골프채도 캐디들이 가지고 가버린 후였다.

"안녕하십니까, 신사 여러분."

경찰이 두 사람을 빤히 바라보며 말했다. 딱히 그들 중 누군가를 어떤 이유로 의심해서 그런 것은 아니었다. 그저 실수로 자신의 모자를 툭 건드리거나 잠시 비켜달라고 말을 걸어온 사람을 슥 쳐다보고 평가를 내리는 습관이 작용했을 뿐이었다. 그의 날카로운 눈빛은 금세 호의적으로 바뀌었고, 스코틀랜드 야드가 늘 그러하듯이 호기심을 숨기지 않았으나 두 사람이 덤불을 헤치고 골프공을 찾는 일을 허락해주었다.

스코틀랜드 야드에서 온 경찰은 쓸데없을 정도로 빈틈없이 맡은 바를 수행해나갔다. 목적지, 좌석 등급, 열차표 발행 날짜뿐 아니라 가격까지도 수첩에 꼼꼼히 기록했다. 게다가 표 뒤에 적힌 회사 규정까지도 망설임 없이 전부 옮겨 적었다. 그는 시가 수입처와 칼라를 제작한 옷 가게 이름, 두 시계의 제조사와 편지에 찍힌 소인, 동전 발행 날짜까지도 놓치지 않았다. 의사와 구급차가 도착하기를 기다리다 지친 고든과 리브스는 결국 사라진 골프공을 포기하고 생각에 잠긴 채 도미 하우스로 돌아가기로 했다.

두 사람은 도미 하우스 입구에서 클럽의 험담꾼 윌슨과 마주쳤다.

"브라더후드 이야기 들었나?" 윌슨이 불쑥 묻더니 두 사람이 입을 벌릴 틈도 주지 않고 바로 이야기를 덧붙였다. "글쎄 파산했다지 뭔가. 오늘 시내에서 얘기 듣고 온 참일세."

"뭐라고? 어서 들어가서 한잔하세." 리브스가 말했다.

그러나 안에서 자신의 이야기도 늘어놓으려던 리브스는 곧 그게 잘못된 생각임을 깨달았다. 문 안쪽에서 익숙한 목소리가 흘러나왔기 때문이다.

"그래, 리브스가 드라이브를 치다가 슬라이스를 내고만 거야. 참 재미있는 일이지……. 골프에서는 '슬라이스'라고 하고 크리켓에서는 '컷'이라고 하는 두 행위가 사실은 같은 타구 방식을 가리키지만, 모두 케이크를 자르는 동작과는 아무런 상관도 없으니 말이지.[1] 어디까지 얘기했더라? 아, 그래. 그래서 공이 바로 철교 오른쪽으로 날아갔는데……. 그런데 자네 혹시 웰린에 있는 거대한 철교 본 적 있나? 여기 있는 것보다 훨씬 아름답지……. 그래서 리브스가 뭘 발견했느냐 하

1 영어에서 슬라이스(slice)와 컷(cut) 모두 '자르다'라는 의미이다.

면…….”

안에서는 카마이클이 이미 자기 특유의 방식으로 오늘의 모험 이야기를 늘어놓고 있었다.

패스턴 오트빌 도미 하우스는 수도원 같은 시설은 아니지만 그 안에서 사생활을 지키기란 감옥만큼이나 힘든 일이었다. 그러나 모던트 리브스는 자신의 방을 문명화된 거주 공간으로 잘 꾸며놓았다. 골프장 풍경이 아닌 그림도 걸려 있고, 골프에서 범하기 쉬운 무수한 실수에 대해 다루지 않는 다른 책들도 많았다. 고든과 리브스는 각자 벽난로 양쪽에 놓인 편안한 안락의자에 앉아 시가를 재떨이에 톡톡 털면서 그날 저녁에 조우했던 상황이 앞으로 어떻게 발전하게 될지 대화를 나누는 중이었다.

리브스가 말했다.

"자네도 알겠지만 그냥 추정에 불과한 것을 모두가 사실인 양 떠들어대고 있네. 하나같이 그 시체가 브라더후드라고 생각하고 있어. 파산해서 자살해버렸다는 거야. 지금은 그 시체가 정말 브라더후드인지 아닌지 알 길이 없네. 그 사람에 대해 아는 것도 별로 없고, 서로 잘 알 만큼 오래된 사이도 아니고 말이야. 게다가 파산한 사내가 아무런 흔적도 남기지 않고 자취를 감춰버릴 이유를 그 이상으로 개연성 있게 설명할 방법도 없고."

"그래. 하지만 사람 하나가 죽었다는 건 사실이야. 그 시체가 누군지 알려면 클럽 구성원들 사이 어딘가에 난 구멍을 찾아야 해."

"그렇지만 그건 그저 비관적인 말장난에 불과해. 게다가 그게 브라더후드가 아니라는 사실을 증명할 수 있는 점도 많거든. 첫째로 열차표 말인데, 브라더후드는 매일같이 런던을 오갔어. 그렇다면 정기권을 끊어서 다니지 않았겠나? 둘째로 만약 그게 브라더후드라면 너무 이상한 우연이지. 자기 집에서 도보로 고작 십 분 거리에 있는 곳에서 시체로 발견됐잖아. 왜 하필 선로 위 다른 곳이 아니라 거기였을까?"

"브라더후드가 자택과 가까운 곳에서 살해됐다는 건 분명 우연이네. 하지만 우리 마음에 드는 문제를 떠나서 거기서 살인이 저질러진 건 명백한 사실이야. 그리고 거기서 발견되었다고 해서 그 시체가 브라더후드여서는 안 될 이유가 뭔지 나는 잘 모르겠네. 아무튼 계속해봐."

"셋째로 손수건. 왜 브라더후드가 남의 손수건을 갖고 있었을까?"

"그렇게 따지면 왜 다른 사람이 브라더후드의 편지를 가지고 있었는데?"

"아, 편지를 집다가 실수로 브라더후드의 편지가 섞였을 테지. 그건 나중에 알게 될 걸세. 다음으로 고려해야 할 것은 이 사건이 사고냐, 자살이냐, 살인이냐 하는 문제야."

"사고일 가능성은 지워도 되지 않을까 싶네. 브라더후드의 편지를 몸에 지니고 있는 누군가가 단순한 사고로 열차에서 떨어져서 브라더후드가 사는 곳 근처에서 발견되다니, 우연치고는 너무 과하지 않아?"

"좋아. 그러면 자살이냐 살인이냐의 문제로 좁혀지는군. 자, 먼저 자살이 아닌 이유에 대해서 몇 가지 말해볼까. 첫째로, 아까도 자네한테 말했듯이 그 사내는 열차에서 떨어질 때 혼자가 아니었어. 그렇지 않고서야 누가 모자를 던져줬겠나?"

"모자에는 아무 표시도 없었지?"

"상표뿐이었네. 이게 아주 골치 아픈 문제야. 모자, 칼라, 셔츠, 이런 것들은 대개 사람들이 그 자리에서 구매하고 현금으로 가격을 지불하니 장부에도 기록이 없겠지. 그리고 두 개의 시계 말인데…… 우편으로 부쳤다가 잃어버릴지도 모르니 당연히 몸에 지니고 다녔겠지. 아무튼 최악의 경우에는 시계공들을 하나하나 찾아다닐 수밖에 없겠군. 경찰이 조사를 시작했겠지만 분명 아무것도 안 나올 거야."

"자살이 아니라는 증거가 또 뭐가 있나?"

"열차표야. 주머니에 4실링이나 있었는데 왜 일등칸에 타지 않고 삼등칸에 탔을까? 자살을 저지르려는 사람에게 4실링이나 되는 돈은 필요도 없을뿐더러, 자살을 하려면 혼자 있는 편이 더 나을 텐데."

"마지막 순간에 충동적으로 저지른 걸지도 모르잖나?"

"그럴 것 같지는 않네. 사내가 뛰어내린 자리는 단순히 어디 한 군데 부러지고 끝나는 곳이 아니라 확실하게 죽을 수 있는 위치였어. 분명 미리 준비했을 거야."

"좋아. 또 뭐 없나?"

"없네. 하지만 계속 캐내다 보면 뭔가 나오겠지. 아무튼 나는 살인의 가능성이 좀더 높다고 보네."

"그러다 보면 또 다른 우연과 조우하게 될걸. 하필이면 브라더후드가 파산한 그날 누군가가 그자를 살해할 이유가 뭐가 있겠나?"

"자네도 그 시체가 브라더후드라는 전제하에 이야기를 하는구먼. 그럼 이렇게 생각해보자고. 브라더후드가 숨겨둔 비상금을 챙겨서 채권자들을 피해 도망쳤다고 한다면…… 추적자들을 속이는 데 가짜 시체를 내던지는 것보다 더 좋은 방법이 어디 있겠나?"

"철교 밑에 떨어진 사람은 완전히 낯선 사람이란 말이지?"

"완전히 낯선 사람이라고까지는 말하지 않았네. 어쩌면 브라더후드를 뒤쫓던 사람 중 한 명인지도 모르고, 또는 브라더후드 본인이 자신을 쫓는 누군가라고 착각했을 수도 있지."

"하지만 열차에서 떠밀면서 얼굴이 그렇게까지 뭉그러지리라고는 예상 못 하지 않았을까? 높은 곳에서 떨어지면서 안면이 계속 기둥에 부딪쳐서 완전히 긁혀버릴 가능성은 천에 하나 정도밖에 안 될걸."

"누군가가 시체를 자기로 착각하기를 바라고 그런 게 아니라 단순히 그자를 죽여버리고 싶었는지도 모르지. 아무튼 열차표에 대한 설명이 필요해. 이쪽 방면으로 오면서 편도 승차권을 샀다면 여기 주민은 아니라는 뜻이지. 왕복권으로 구매하면 훨씬 저렴하니까. 즉 사내를 뒤쫓고 있던 스파이든가, 아니면 사내가 스파이라고 생각한 누군가라는 말이 돼. 살인자는 그가 잠시 한눈을 파는 사이에 때려서 기절시킨 뒤 밖으로 내던진 거야. 도망치던 사람이 몹시 절박한 상황이었다는 사실을 잊으면 안 되네."

"뭐, 듣고 보니 앞뒤가 맞는 것 같구먼."

"하지만 솔직히 이게 정말 맞는 추론인지 나 스스로도 확신할 수가 없네. 피살자가 브라더후드이고 살인자는 우리가 모르는 어떤 사람이라면…… 브라더후드가 파산한 탓에 돈을 돌려받지 못하게 된 채권자인지도 모르지."

"그렇다면 자네는 어떻게 살인자를 찾아낼 생각인가?"

"자네 도움이 필요해. 이제부터 탐정 비슷한 일을 시작할 거야. 골프는 잠시 잊어버리자고. 물론 제일 먼저 할 일은 브라더후드에 관한 사실을 모조리 수집하는 거지. 사람들이 브라더후드에 대해 아는 게 그렇게 없다니 참 어처구니없는 일이지 뭔가. 클럽에서 네 사람에게 브라더후드가 평소에 손목시계를 차고 다니는지 어떤지 물었는데, 둘은 기억 안 난다고 하고, 하나는 차고 다녔다고 하고, 다른 하나는 안 차고 다녔다고 맹세할 수 있다고까지 하더군. 그의 집에 집안일을 해주는 하인이 있을 테니까 내일 가서 물어보세."

"가서 자네가 베이커 스트리트의 S. 홈스라고 소개할 셈인가?"

"아니, 《데일리 메일》의 기자가 되어야지. ……재수 없게 진짜 기자를 마주치지 않아야 할 텐데 말이야. 그럼 이제부터 그 '마스터맨'에 대한 단서를 따라가보지 않겠나?"

"마스터맨에 대한 단서라니 무슨 소리야?"

"전화번호부를 찾아보니 마스터맨이라는 이름을 가진 사람은 둘밖에 없더군. 그렇게 옷을 잘 차려입은 사람이라면 당연히 집에 전화가 있지 않겠어?"

"하지만 열차표를 보면 이 근방에 거주하는 사람이 아닌 것 같다면서?"

"그래. 부질없는 헛수고인지도 몰라. 하지만 그 방향으로도 한번 최선을 다해보자고. 둘 다 빈버에 사는데 하나는 의사고 하나는 변호사야. 금방 주소를 알려주겠네."

"그리고 내가 가서 그 사람들한테 어떤 손수건을 쓰는지 물어보고 오라고? 아니면 우연을 가장하고 그 사람들 앞에 나타나서 '안녕하십니까, 선생님. 제 손수건을 집에 놓고 와서 그러는데 죄송하지만 선생님 것을 빌릴 수 있겠습니까?' 하고 물어보라고?"

"아니, 그 사람들이 죽었는지 살았는지만 알아 오면 돼."

"둘 다 살아 있으면?"

"그럼 다른 방면으로 알아봐야지. 생각나는 일은 다 해보는 거야. 조금만 창의력을 발휘하면 꽤 재미있는 일이 될지도 몰라."

"아무튼 그 종이나 자세히 보세. 거기서 읽어낼 수 있는 사실은 별로 없을 것 같긴 하지만."

두 사람은 말없이 앉아서 몇 분 동안 리브스가 익명의 편지에서 베낀 내용을 다시 읽었다. 날짜는 없고 주소는 대문자로 적혀 있었다. 런던에서 부친 듯 런던 소인이 찍혀 있었는데 도착 소인은 패스턴 위처치였다. 내용은 단순한 숫자의 나열에 불과했다.

8	7	5
18	4	7

21	2	3
25	6	4
31	4	8
74	13	9
92	29	7
97	5	3
113	17	13
10	12	13

"돈의 총 액수를 써놓은 건가? 도무지 무슨 뜻인지 갈피를 잡을 수가 없는데. 그리고 돈 액수라고 하더라도 참 이상한 방식으로 적어 놓았군그래." 고든이 말했다.

"잠깐만 기다려봐. 뭔가 생각날 듯 말 듯 한데." 리브스가 이마를 꾹 눌렀다. "아, 그래. 생각났네. 이건 암호야. 그렇지 않고서야 달리 설명할 길이 없어. 분명 책 암호일 거야. 첫 번째 숫자는 페이지, 두 번째 숫자는 행수, 마지막 숫자는 그 행의 몇 번째 단어인지를 알려 주는 힌트지. 어떤가?"

"천재적인 아이디어로군." 고든이 동의했다. "하지만 그걸 어떻게 증명할 생각인가?"

"증명할 수 있네. 자, 내 말 좀 들어보라고. 이 남자는 열 개 단어로 이루어진 메시지를 작성하려 했어. 미리 준비된 책이

한 권 있었겠지. 처음 몇 글자는 흔한 단어였기 때문에 아무 페이지나 펼쳐도 발견할 수 있었어. 그리고 암호 작성자와 암호를 해독하는 사람이 모두 번거롭지 않도록 작성자는 자연스럽게 단어들을 위쪽에서부터 찾았단 말이야. 따라서 8쪽의 7번째 줄, 18쪽의 4번째 줄, 21쪽의 2번째 줄, 25쪽의 6번째 줄, 31쪽의 4번째 줄에 각각 그 단어들이 있다는 이야기가 되지. 하지만 여섯 번째 단어는 잘 안 쓰이는 단어였거나 고유명사가 아니었을까 싶군. 작성자는 74쪽까지 가서야 13번째 줄에서 겨우 그 단어를 찾을 수가 있었어. 그다음 두 단어는 비교적 쉬웠지만, 아홉 번째 단어는 좀처럼 나오지 않아서 남자는 113쪽까지 넘긴 다음에야 17번째 줄에서 발견할 수 있었지. 그리고 그쯤 되니 책이 거의 끝나가지 않았을까 싶네. 잘해야 120쪽 정도 되는 얇은 문고판이 아니었을까? 그래서 작성자는 다시 책의 첫머리로 돌아갈 수밖에 없었던 거야. 일부러 그런 게 아니라."

"브라보! 코카인 주사 한 대 더 맞게." 고든이 외쳤다.

모던트 리브스는 이어서 말했다.

"이 이론의 문제는 말이야, 그 책을 실제로 손에 넣지 못하는 한 이게 무슨 메시지인지 도무지 알 수가 없다는 거야. 이 방향으로 더 나아가기 전에 책의 정체를 밝혀낼 필요가 있네. 이제 편지를 다시 한번 보자고."

편지에는 철도회사가 보낸 딱딱하고 사무적인 문구가 적혀 있었다. 기존에 인쇄된 양식에 세부 사항만 잉크로 씌어 있는 문서였다.

런던 미들랜드 앤드 스코티시 철도
19XY년 10월 10일

고객님께,

지난 9일 고객님께서 보내주신 편지가 당사에 무사히 도착했으며, 10월 ~~18일~~ ~~목요일~~ 17일 수요일 7시 30분발 글래스고행 열차의 침대칸 한 칸이 예약되었음을 알려드립니다. 크루에서 탑승해주시기 바랍니다.

S. 브라더후드 님 귀하

"날짜를 고친 게 좀 이상하지 않나?" 리브스가 말했다. "내 생각엔, 아마 브라더후드가 편지를 보내 날짜를 수정해 달라고 했던 게 아닐까 싶군. 만일 그가 지금 도망치는 중이라면 글래스고로 향하고 있는 게 아닐까. 상당히 기발하군. 하지만 왜 16일인 오늘이 아니라 내일 밤에 가려는 거지?"

"글쎄, 그렇게 빨리 도망칠 시간이 없었던 거겠지. 그게 아니면 진작 도망쳤으려나? 자네 브래드쇼[1] 가지고 있나?"

고든은 꼼꼼하게 열차 시간표를 살펴보았다. 그러는 동안 리브스는 초조한 마음에 몸을 뒤틀어댔다. 옆 사람이 브래드쇼를 찾아보는 동안에는 누구나 좀이 쑤셔 견딜 수가 없는 법이다.

마침내 고든이 입을 열었다.

"맞아. 크루에서 스코틀랜드행 열차를 타려면 그보다 더 이른 열차를 타고 빈버에서 출발해야 하네. 매리어트가 타고 온 그 열차 말이야. 아마 3시 47분 열차를 탔을 것 같군. 그보다 더 빨리 도망칠 수는 없었을 테니까. 아마 그 사내가 정말 도망치고 있다면, 내일은 자동차를 타고 길을 가로질러 자신의 행적을 혼란스럽게 만들 필요가 있겠군."

"이건 그냥 도망치는 게 아니야. 제발 부탁이니 선입견을 가지고 이 사건을 바라보지 말게나. 아무튼 범인은 수요일 밤, 그러니까 내일 밤에는 글래스고에 도착해야 해. 자, 이번에는 이 익명의 편지 뒤에 적힌 이상한 목록을 보라고."

문제의 목록은 아주 짧았으므로 원본을 거의 복사하다시피 그대로 베낄 수 있었다.

1 철도 여행안내서.

socks (양말)

vest (조끼)

hem (옷단)

tins— (깡통)

언뜻 보기에는 이런 느낌이었지만 워낙 획이 가늘었던 탓에 실제로 정확한 내용이 무엇인지 알아보기 힘들었다.

"장 볼 목록 같은 걸 적어놓았나 본데. 마지막 글자는 'ties(넥타이)'를 잘못 적은 거 아닐까?" 고든이 말했다.

"하지만 장 볼 목록에 옷단 같은 걸 넣지는 않을 텐데."

"'ham(햄)'일 수도 있지."

"옷 가게에서 햄을 팔아?"

"그런데 왜 그런 종이 끄트머리에 낙서를 했을까?"

"그렇게 따지자면 도대체 낙서를 한 사람이 누구인지부터가 문제야. 브라더후드의 글씨는 아니네. 클럽에 있는 책을 찾아서 확인해봤거든. 내 생각에 이건 예상보다 꽤 심각한 문제가 될 것 같네. 자, 고든. 한 가지 추리를 해보게. 이 종이는 반으로 찢겨서 왼쪽만 남아 있지 않나? 그렇다면 이 종이는 글씨를 쓰기 전에 찢었을까, 쓴 후에 찢었을까?"

"당연히 쓰기 전이었겠지. 그렇지 않았다면 각 단어의 맨 처음 글씨가 그렇게 완벽하게 남아 있지는 않을 테니 말이야.

찢다가 글자가 쓰인 부분까지 찢어버렸을 수도 있고."

"난 그렇게까지는 확신하지 못하겠는걸. 이렇게 종이 끄트머리에 이렇게 바짝 대고 글씨를 쓰는 사람이 어디 있나? 다시 한번 말하겠지만 나는 원본을 거의 정확히 모사했네. 그리고 원본에서도 단어는 전부 찢어진 부분 아주 가까이에 씌어 있었어."

"거기에 무슨 차이가 있는지 모르겠네." 고든이 항의했다.

"자네 생각보다 더 심각한 문제야. 어쩌면 조금만 더 생각해보면 이 종잇조각이 으뜸패가 될 수 있을지도 모르겠군. 하지만 계속해서 마음에 걸리는 게 있어."

"그게 뭔데?"

"시계가 두 개라는 점 말이야. 그건 도무지 이해할 수가 없단 말이지. 자, 이제 그만 가서 자자고."

문제를 눈앞에 두고 잠드는 것만큼 최면 효과가 있는 일도 없고, 문제 해결을 하는 데 잘못된 방법도 없다.

"어디 보자……. 분명 시계에 뭔가가 있을 텐데" 하고 세 번 정도 중얼거린 모던트 리브스는 정신분석학자들이 꿈 없는 수면이라고 부를 법한 잠에 빠져들었다. 그는 넷이서 9번 홀까지 쳐야겠다는 강렬한 결심과 함께 아침에 눈을 떴지만, 반쯤 몽롱한 상태에서도 그전에 먼저 해야 할 일이 있다는 느낌을 받아 그 결심은 녹아 사라졌다. 어제의 모험과 오늘 해야 할 일이 천천히 리브스의 머릿속으로 돌아왔다.

옷을 거의 다 입었을 즈음 리브스는 오늘 아침 《데일리 메일》의 기자로 변장하고 조사하러 나가기로 결심했다는 사실을 떠올리고는, 잔뜩 찌푸린 얼굴로 불룩한 니커보커스[1]와 장식용으로 찬 가터를 벗어 던졌다. 기자 흉내를 내려면 일단 잘 차려입어

[1] 품을 여유롭게 하고 무릎 부근에서 바짓단을 조여 활동성을 높인 바지. 주로 골프나 등산 등을 할 때 입는다.

야겠지만 여기는 플리트 스트리트가[1] 아니었다. 리브스가 기억하기로는 보통 기자들의 옷장은 상당히 어수선했다. 그후 아침을 먹으러 갔더니 모두가 모르는 사람의 장례식에 나타나 애도하는 불청객을 쳐다보는 양 경박한 호기심이 깃든 눈빛으로 그를 쳐다보았다.

고든은 이미 매리어트와 함께 테이블에 앉아 있었다. 매리어트는 사람들이 '매일 아침마다 새로 갈아 끼운다'며 빈정대는 높은 목사 칼라를 세우고 있었다.

"잘 잤나? 어제보다 안색이 나빠 보이는데. 하기야 자네도 골치깨나 썩었겠지."

리브스의 인사에 매리어트가 대답했다.

"말도 말게. 머리 아파 죽을 지경이야. 조사 나온 배심원이 자꾸 이 사건을 자살로 몰고 가려 하지 뭔가. 그럼 난 교회 묘지에 그 사람을 묻어줄 수가 없고, 동네 사람들은 내가 그를 악의적으로 거절했다는 소문을 내겠지. 그 딱한 사람이 툭하면 마을 광장에서 무신론에 대한 열변을 토하는 걸 내가 싫어했기 때문이라면서 말일세."

"말도 안 되는 소리!" 고든이 말했다. "자살로 밝혀진다면 애초에 그 죽은 사람의 정신이 온전치 못했다는 소문부터 퍼

[1] 과거에 신문사가 모여 있던 런던의 중심부.

질걸."

"그래." 리브스가 되뇌었다. "그게 자살이라고 판명된다면 말이지."

매리어트가 목소리에 힘을 주어 말했다.

"하지만 의심의 여지가 없지 않나. 내 듣기로 그 사람이 당한 파산은 보통 심각한 상황이 아니었다던데. 괜히 그자를 믿었던 순진한 사람들만 바보가 되어 궁지에 몰린 게지. 게다가 워낙 갑작스럽게 벌어진 일이라, 이렇게 빨리 누가 그를 죽이려고 움직였다는 건 믿기 어렵지 않나? 누가 봐도 자살이야."

리브스가 다소 딱딱한 말투로 말했다.

"뭐, 우리끼리라도 최선을 다해 알아볼 생각이야. 나는 경찰 조직 전체에 대해서는 최대한 경의를 표하겠지만, 그들이 단서들을 추적하는 데 유능하다고 생각하진 않거든. 내가 군사정보부에 있었을 때는 자료를 경찰이 마음대로 쓸 수 있도록 전부 제공했었지. 어차피 너무 게으르고 멍청해서 제대로 쓰지도 못했으니까."

"그래, 그럼 어디 한번 탐정 노릇 잘해보게. 하지만 내 말 명심해. 자네들은 결국 이 사건이 자살이라는 사실을 깨닫게 될 거야. 난 한 바퀴 돌면서 그놈의 사건을 마음속에서 털어버려야겠네. 하지만 어제 우리가 그를 발견한 3번 티그라운드에서는 못 칠 것 같구먼."

둘만 남게 되자 모던트 리브스와 고든은 오전에 각자 수사를 하고, 점심때 다시 만나 서로에게 보고하기로 했다.

리브스가 말했다.

"그런데 말이야, 내 생각엔 누군가 범죄 계획을 세우려 한다면 그 주변 지역의 사전 답사부터 시작할 것 같아. 그러니 점심을 먹은 뒤 같이 철도를 따라 걸으면서 철교 위를 살펴본 다음, 4시 50분에 패스턴 오트빌 역에서 출발하는 열차를 타고 패스턴 위처치 역에 가서 전체적으로 어떤 일이 벌어졌는지 큰 그림을 그려보는 게 어떨까 싶네."

이리하여 헤어진 다음 리브스는 패스턴 위처치 역에서 가까이 있는 브라더후드의 집으로 향했고, 고든은 모터바이크를 타고 빈버로 갔다. 빈버는 여기서 20킬로미터쯤 떨어진 곳에 있는 조용한 동네로, 정기적으로 시장이 열리고 철도가 합류하는 지점으로서 중요한 구실을 하는 마을이었다.

브라더후드의 가정부 브램스턴 부인은 한 가정의 안주인 같은 분위기를 풍겼다. 부인은 굉장히 애를 써서 올바른 영어를 구사했는데, 그것은 태생적으로 코크니[1]를 쓰는 사람이 본래 억양을 반쯤 감추면서 이야기하는 것보다 훨씬 더 끔찍했다. 부인은 '시작'이란 단어 대신 '개시'한다는 말을 썼고 '문

1 런던 토박이, 특히 동부 지역의 노동자 계층 사이에서 주로 사용되는 방언.

을 닫는다'는 표현 대신 '문으로 차단한다'고 했으며 '기억한다'는 말을 '회고한다'고 표현했다. 또 마지막 자음을 발음할 때마다 바람 새는 소리가 들렸고, 앞 단어와 그다음 단어가 연결되어서 한 단어처럼 들렸다. 듣는 사람은 전혀 배려하지 않고 계속 엉뚱한 소리만 늘어놓기 좋아하는 듯한 이 부인은 낯선 사람의 방문을 대단히 반기며 죽은 사람에 대한 애도보다 자신이 중요한 인물 취급을 받게 된 데 대한 의기양양함을 더욱 강조했다. 부인은 자신을 기자라고 소개한 리브스를 전혀 의심하지 않았지만, 그가 자신을 피아노 조율사라고 했더라도 망설임 없이 문을 열어주었을 것 같았다.

"《데일리 메일》에서 오셨다고요? 그렇군요. 저도 신문 보는 걸 참 좋아하거든요. 특히 《데일리 텔레그래프》는 아주 열중해서 본답니다. 딱한 브라더후드 씨 일로 오신 거죠? 참 안됐어요, 설마 그런 일이 벌어질 줄이야……. 그게 브라더후드 씨가 아니라고요? 젊은이, 뭔가 착각하는 것 같은데. 그건 브라더후드 씨가 맞아요. 경찰이 나를 데려가서 시체를 보여줬는데 그 사람이 아니라는 생각은 할 수 없었다고요. 물론 얼굴이 완전히 파괴되어서 깜짝 놀라긴 했지만요. 옷이요? 당연히 브라더후드 씨 옷이었죠. 글쎄 자살하면서 설마 남의 옷을 입고 있진 않을 거 아네요? 항상 입고 다니는 옷이 맞는다니까요. 평범한 검은색 코트에 회색 줄무늬 바지요. 신문에

났던 거랑 똑같은 옷이었어요……. 어느 양복점에 다녔냐고요? 글쎄요, 그건 잘 모르겠네요. 그동안 옷을 그렇게나 많이 갰는데……. 브라더후드 씨는 아주 깔끔한 사람이었거든요, 평소 버릇이. 아, 물론 다른 사람들도 비슷한 옷을 많이 가지고 있겠죠. 하지만 브라더후드 씨가 그 옷을 입고 있는 모습을 보면 '아, 저건 브라더후드 씨 옷이구나' 하고 한눈에 알게 된단 말예요. 나처럼 말이죠.

독신이었냐고요? 네, 독신의 신사분이었어요. 독신에 독특한 신사였죠. 이런 말장난은 재미가 없나요? 아무튼 굉장히 독특한 습관을 가진 분이었어요. 신문에 적혀 있던 대로 일요일마다 외출을 하셨는데, 제가 그분 수발을 든 지 꼬박 일 년이 다 되어가는데 아직도 어딜 가시는지를 몰라요. 월요일부터 토요일까지는 오후 5시 열차를 타고 집에 돌아와 골프장에 나가서 라운드를 한 바퀴 돌고, 그럼 저는 그동안 그분이 돌아와서 저녁을 드실 수 있도록 차가운 음식을 조금 준비해 놓는 거죠…….

아뇨, 최근 들어 이상한 기색은 전혀 못 느꼈어요. 아시다시피 브라더후드 씨는 무척 과묵한 신사분이시잖아요. 제 말이 무슨 뜻인지 아시겠죠? 말이 없고 조용한 분이었어요. (아마 브램스턴 부인과 대화를 나누는 사람이라면 누구나 이런 평가를 받게 되리라고 리브스는 생각했다.) 항상 자신은 아주 중요한 일을 해야 하니까 좀 내버려두라는 말씀만 하셨죠. 회상컨대 이주일쯤 전이었나, 마을 사람들 앞에서 연설을 하러 나가려는데 코트를 못 찾아서 그냥 가셨던 일이 있네요. 물론 제가 찾아드렸지만요……. 아뇨, 그런 열렬한 연설을 개시한 지 두 달은 안 됐을 거예요. 도대체 무엇 하러 그러시는 건지 모르겠다니까요. 저는 교회에 안 가지만, 교회에 나가고 싶은 사람들이 있으면 그냥 내버려두면 되는 거 아닌가요? 그렇게까지 할 필요가 있을까요? 그냥 서로 각자 자기 방식대로 살아가면 되는 거잖아요. 말해두지만 난 그렇게 신심이 깊은 여자가 아니에요. 하지만 사람들이 각자 자기 자리에서 열심히 사는 모습을 지켜보는 건 좋아해요. 프로비셔 양이 교회 소책자를 가지고 우리 집에 자주 놀러오는데, 난 항상 이렇게 말하죠. '프로비셔 양, 아무리 여기다 책자를 놓고 가봤자 시간 낭비밖에 안 되는 일이에요.' 그랬더니 그 아가씨가…….

브라더후드 씨가 미쳤냐고요? 아뇨, 세상에. 미쳤다니 말도 안 돼요. 물론 사람이라면 누구나 각자 특이한 점을 지니고 있죠. 그렇지 않아요? 하지만 단언컨대 브라더후드 씨는 좀 독특한 사람이긴 했어도 정신이 나가진 않았어요. ……자살? 당연히 자살이죠. 그러니까 매리어트 목사님이 신성한 교회 내에 묻힐 수 없다고 그러시는 거잖아요? 음, 하지만 솔직히 말해 브라더후드 씨는 그런 일에 눈 하나 깜짝 안 할걸요.

자기가 죽은 후의 일에 대해서는 요만큼도 신경 쓰지 않는 사람도 있는 법이니까요. 우리 남편도 죽기 전에 그랬죠. 우리가 직접 삽을 들고 자기를 뒷마당에 파묻어버려도 상관없다는 식이었어요. 브라더후드 씨가 딱 그랬단 말이에요. 물론 난 그렇게 하지 않고 우리 남편을 얌전히 교회 묘지에 묻었죠. 우리 남편 장례식에서 목사님이 베풀어주신 예배는 정말 아름다웠는데……. 아, 벌써 가시려고요? 음, 정보를 드릴 수 있어서 정말 영광이었어요. 좋은 하루 보내세요."

이것은 인터뷰의 축약본이긴 하지만 브램스턴 부인의 폭로에 담겨 있던 정보를 모두 포함하고 있다. 리브스는 이 여인과 얼굴을 맞대고 콸콸 흘러넘치는 수다의 물결을 감당해야 했을 검시관에게 마음속으로 애도를 표했다.

도미 하우스로 돌아온 리브스는 점심때가 다 되었다는 사실을 깨달았다. 고든도 빈버에서의 용건을 마치고 돌아와 그를 기다리고 있었다.

"그래, 뭘 좀 찾았나?" 고든이 물었다.

"응, 카마이클에게 아주 잘 어울리는 신붓감을 발견했지. 그 여자 정도면 카마이클에게 말대꾸로 한 방 시원하게 먹여줄 수 있을 거야."

리브스는 브램스턴 부인의 방대한 이야기와 그것이 얼마나 문제 해결에 도움이 되지 않았는지에 대해 상세히 설명했다. 그러고 나서 고든에게 물었다.

"자네는 뭐 좀 알아낸 거 없나?"

"자네가 지시한 대로 먼저 '므시외 마스터맨, 폼비 앤드 재롤드' 변호사 사무실을 찾아가봤네. 중심가를 면한 앤 여왕 양식의 건물이더군. 판석이 깔린 길을 한참 걸어가니 페인트칠이 다 벗겨진 파란 문이 나왔어. 아, 하지만 괜히 거기다 손을 댔다가는 더 망가질 것 같더라니까. 사무실 안으로 들어가니 온통 퀴퀴하고 종이 썩은 냄새가 났네. 그중에서도 제일 퀴퀴했던 건 내가 마스터맨 씨 좀 만날 수 있겠느냐고 물었던 늙은 사무원이었는데, 그 사람이 그러더군. '죄송합니다, 선생님. 마스터맨 씨는 돌아가셨습니다.'"

"죽었다고? 어떻게? 언제?"

"나도 그렇게 물어봤지. 그랬더니 '이십삼 년쯤 됐습니다. 대신 재롤드 씨를 만나고 가진 않으시겠습니까?'라는 거야. 하지만 난 됐다고 했네. 설마 죽은 마스터맨이 재롤드에게 유품으로 손수건을 남겼더라도 늙은 재롤드가 그걸 여태 쓰고 있을 리는 없을 테니 말이야. 물론 그 사무실 안의 가구들과는 퍽 어울릴 것 같긴 했네만."

"어떻게 빠져나왔나? 상당히 곤란한 상황이었을 것 같은데."

"그랬지. 그래서 속으로 자네를 꽤나 욕했어. 하지만 다행히도 재롤드 씨와 흉허물 없는 대화를 나누는 일 없이 거기서 탈출할 수는 있었다네. 이렇게 말했거든. '정말 죄송합니다. 아무래도 제가 실수한 것 같군요. 여긴 마스터맨 '박사님' 사무실이 아닌가요?' 그렇게 물은 덕분에 일석이조의 효과를 얻었다네. 수상쩍은 사람이라는 인상도 지우고, 다른 마스터맨의 집으로 가는 길도 알아낼 수 있었거든. 교회 뒤의 강가 목초지를 끝까지 쭉 따라가면 나오는 커다란 집이라고 사무원이 알려줬다네."

"그래서 거기 찾아가봤나?"

"아니. 그렇게 큰 집에 사는 사람이라면 분명 하인 한두 명쯤은 뒀을 테니 그중 하나로 변장하면 될 것 같다는 생각이 들었거든. 그래서 빙 돌아 빈버 증기 세탁소로 갔네. 거기 사람들은 내가 누군지 모를 테니까 말이야. 그런 다음, 나는 마스터맨 박사님 댁에서 온 사람인데 박사님이 저번에 세탁 맡겼던 손수건 열두 장이 아직 도착하지 않아서 그러는데 지금 어떻게 되어가고 있느냐고 물었네. 뻔한 거짓말처럼 보이지만 사실 그렇지도 않은 게, 사람들은 누구나 세탁소에 맡겼던 세탁물을 찾으면 뭔가 빠진 것 같다는 기분이 들게 되거든.

세탁소 직원은 상당히 차분하고 친절한 여성이었고 그런 항의에 상당히 익숙해 보이는 사람이었어. 마스터맨 박사님이 맡긴 손수건은 전부 가져다드렸다고 하더군. 나는 한 번 더 찾아봐달라고 우겼고, 그녀는 안에 들어갔다가 손수건을 한 무더기 가지고 나왔네. 그래서 그걸 내가 다 챙겨 왔지. 전부 다섯 장이었는데 넉 장은 마스터맨 것이고 한 장에는 브라더후드라는 이름이 씌어 있었어."

"아니! 그건 꼭……."

"그래, 맞아. 이 사건에 빈버 증기 세탁소가 어떻게 개입되어 있는지 파악하게 된 거야. 솔직히 말하자면 이 상황에서는 자네가 시체를 발견했을 때 거기에 죽은 사람 본인의 손수건이 같이 있었다면 오히려 그편이 훨씬 의심스러울 뻔했지. 아무튼 나머지는 가지고 있어 봤자 별 소용도 없을 것 같았기에 마스터맨의 집 우편함에 집어넣고 왔네. 그 집 사람들이 이상하게 생각하긴 하겠지만 나는 굳이 사정을 설명하면서 손수건을 갖다줄 마음은 없었거든."

"뭐, 두 명의 마스터맨 사이에서 자네가 아주 훌륭한 일을 해준 일, 나는 몹시 감사하게 생각해. 하지만 왠지 처음 있던 지점에서 상당히 벗어난 것 같은 기분이 드는군. 심지어 아직 그 시체가 누구인지도 모르잖아."

문가에서 노크 소리가 들리더니 별로 달갑지 않은 카마이클의 모습이 불쑥 나타났다.

"방해해서 미안하네만 자네들이 어제 우리가 찾은 시체에 대해 흥미를 갖고 있을 것 같아서 말이야. 오늘 오전에 내 캐디 하나가 따끈따끈한 뉴스를 가지고 왔네. 하여튼 캐디들이란 공 찾는 일 빼고 모든 일에 날래다니까."

"무슨 뉴스 말인가?" 리브스가 재촉했다.

"브라더후드가 아무래도 미국 쪽 보험회사에 가입되어 있었다는 것 같네. 원래 영국보다 미국 보험회사가 더 까다롭게 굴지 않나. 물론 그게 맞는 일이긴 해. 사람들은 보험회사를 무슨 상어떼 같은 놈들이라고 생각하지만 사실 그치들이 신경 쓰는 건 자기네 보험계약자들의 이익 보호뿐이지."

"맞아. 그러니까 계속 얘기해보게." 고든이 말했다.

"파산 이야기를 듣고 골프장에서의 비극에 대한 기사를 아침 신문에서 읽자마자 보험회사에서 귀를 쫑긋 세운 모양이야. 통계상 파산 후 자살로 여겨지는 죽음이 따르는 건 거의 일상다반사나 다름없는 일이라 그쪽에서도 의심을 했던 것 같아. 그래서 보험회사 측에서는 항상 고객을 가입시키기 전에 모반[1]을 등록해야 한다고 주장하는 걸세. 아무튼 모반이란 참 특이해. 우리가 그것에 대해 제대로 알고 있는 사실은 얼마 안 되는데……."

그때 리브스가 말을 끊었다. "지금은 됐고. 시간이 없네. 무슨 일이 벌어진 거지?"

1 자연적으로 살갗에 나타나는 얼룩무늬나 반점, 사마귀, 점, 주근깨 따위를 말한다.

"막 말하려던 참이었다고. 보험회사에서 사람이 와서 시체를 보고 갔어. 그리고 내 캐디가 옆에서 들었는데……."

"무슨 말을 들었는데?"

"브라더후드가 맞는다는 거야. 모반을 보고 알아봤다더군."

"그렇게 된 거로군." 모던트 리브스가 약간 씁쓸한 말투로 말했다. "그래, 보험회사 사람들은 실수를 하지 않으니 믿어야겠지. 손수건 단서가 실패하고 나니 솔직히 말해 이젠 정말로 그 시체가 브라더후드가 맞는 것 같다는 생각이 들어. 자네 캐디가 그게 자살인지 살인인지는 말 안 하던가?"

"자살일 거라고 하던데. 하지만 깊은 사정을 알고 하는 말은 아니었어. 안개 낀 날이었으니까 당연하지. 통계적으로 다른 달보다 11월에 유난히 자살률이 높다는 사실을 혹시 아나?"

"메모해두겠네." 리브스가 대답했다.

그날 오후는 어제 일에 대한 보상 같았다. 10월의 햇살은 마치 예상치도 못한 때에 사탕을 나눠주는 친절한 노신사처럼 아주 잠깐 골프장 위에 머물러 빛났다. 풍요롭지만 한때일 뿐인 여름의 금빛 저녁은 마치 성 루크의 여름[1] 속에 보관되어 있었던 것만 같았다. 너무 덥지 않은 온도에 청명하고 사랑스러운 날씨였다. 나뭇잎들은 화려한 여름의 충격에서 벗어나 가을의 황금색을 띠고 고상하게 부패해가는 품위를 보였다. 골프를 치기에는 더할 나위 없이 좋은 날씨라는 것이 패스턴 오트빌 거주자들의 한결같은 마음이었지만, 리브스에게는 또 다른 생각이 들었다. 살인 사건의 단서를 찾기에는 썩 좋지 않은 날씨라는 인상을 받았던 것이다.

리브스가 고든에게 말했다.

“다 좋아. 시야도 탁 트이고, 비 때문에 방해받을 일도 없지. 하지만 도저히 그 분

[1] 영국에서 10월 18일을 전후로 짤막하게 찾아오는 따뜻한 날씨.

위기를 살릴 수가 없어. 그러니까 어제처럼 안개가 끼고 가랑비가 부슬부슬 내리는 신비로운 분위기 말일세. 제방에서 구른 시체가 어디로 떨어졌는지는 파악하기 쉽겠지만, 그자가 스스로 몸을 던지게 하거나 누군가가 그를 괴로움으로부터 구하려고 떠밀게 만든 절망적이고 안타까운 충동은 느껴지지 않는단 말이지. 비극적인 미장센이라고는 찾을 수가 없어."

고든과 리브스는 클럽 하우스 근처에 있는 지그재그 모양의 길을 따라 거대한 제방 위로 올라갔다.

철로 근처에 이르자 그곳이 철도회사의 소유지임을 표시하는, 깔끔하게 손질된 산울타리가 나타났다. 쭉 이어지던 울타리는 첫 번째 아치 근처에 도달하자 불안정한 각도로 쑥 떨어졌다가 다시 반대편에서 나타났다.

패스턴 오트빌의 쾌활한 짐꾼들이라면 누구나 패스턴 오트빌 역에서 패스턴 위처치 역으로 향하는 가장 짧은 길은 선로를 따라가는 것임을 알고 있었다. 굳이 계곡 깊은 아래쪽까지 내려가지 않아도 되기 때문이다. 따라서 이 근방 주민들은 시간이 없으면 이 길을 따라 철교로 올라갔다가, 저 신성한 산울타리를 헤치고, 패스턴 위처치 쪽으로 난 비슷한 길이 나타날 때까지 선로 위를 걷곤 했다. 고든과 리브스 또한 이 지방 습관을 자연스럽게 따랐다. 아무리 생각해보아도 24시간 전 내던져진 인간의 몸뚱이가 화강암 벽에 부딪치며 떨어져서 고리버들밭에 안착하게 된 근원지는 그곳이라고밖에 생각할 수 없었다.

리브스가 말했다.

"내 말이 무슨 뜻인지 알겠지? 물론 그때 열차가 어느 정도의 속도로 달렸는지 알아내는 건 말도 안 되는 소리야. 안개 속에서는 속도를 계속 바꾸면서 달리니까. 하지만 이런 식으로 생각을 해보자고. 자, 내가 이 돌을 열차가 내는 추진력만큼의 힘으로 던진다고 상상해보게. 그러면 이 돌은 경사면의 커브를 타고 오른쪽으로 차츰 이동하다가—저쪽 말이야—정확히 바로 아래쪽 부벽이나 그 옆의 부벽으로 떨어지게 될 거란 말일세. 이게 내가 어제 오후에 생각했던 모습이었다네. 문제의 남자가 아주 멋진 점프를 했든가 아니면 누가 뒤에서 힘차게 미는 바람에 경사면을 넘어서 밑으로 굴러떨어진 거지. 딱히 붙잡을 데도 없으니까. 그리고 인체의 움직임과 저 경사면 때문에 아래쪽으로 급강하하게 된 거야.

솔직히 이 선로의 어느 부근에서 선로와 철교의 가장자리가 그렇게 가깝게 맞닿는지는 잘 모르겠네. 나중에 검시관이 조사하겠지, 뭐. 검시관들이란 사건의 가장 중요하지 않은 부분을 주목하곤 하는 특이한 종족이니까 말일세. 전에 신문에서 어떤 기사를 읽었는데, 교회에서 나오던 남자가 자동차에 치여 죽었다는 내용이었어. 나는 그걸 보고 그 사건의 검시관이 교회 밖에 멍하니 서 있는 일의 위험성에 주목하지 않아서 참 다행이라고 생각했다네."

"아무튼 여기 어딘가에서 사건이 벌어진 건 확실해 보이는군. 한데 이쪽에서 선로가 어떻게 커브를 트는지 보이나?"

"그게 무슨 소리야?"

"그러니까 말이야, 같은 객차에 타고 있던 사람이 아니라면 브라더후드가 떨어지는 모습을 보기는 무척 힘들었을 것 같아. 누군가가 창밖으로 몸을 길게 빼지 않는 이상 다른 객차의 시야 내에는 들어오지 않을 테니 말이야. 커브를 틀 때 일을 해치우면 아주 쉬웠겠지. 더구나 안개가 끼었으니 살인자로서는 아주 반가운 일이었을 거야."

"맙소사, 자네 말이 맞아. 분명히 말하면 난 배심원들이 뭐라고 하든 간에 살인의 가능성을 지지하네. 터놓고 말하자면 배심원들이 자살이라는 평결을 내려줬으면 좋겠지만. 그래야 경찰들이 더는 이 근처를 파헤치고 다니지 않을 테니까. 내가 보기에는 아무래도 정교한 계획하에 실행된 타살 같단 말씀이야."

"자네가 방금 말한 돌 던지는 방식을 한번 시도해보고 싶군. 이 끝에 납작 엎드리면 어떻게 떨어지는지 분명 보일 거야. 어디 큼직한 돌 없을까?"

"찬성일세. 하지만 침목 사이에 있는 건 다 자잘한 돌들뿐이군. 내가 경사면을 한번 죽 따라가며 찾아보겠네. 아니, 잠깐. 그런데 저게 도대체 뭐야?"

두 사람은 눈앞에 펼쳐진 광경에 그만 대경실색하고 말았다. 골짜기 아래쪽에서야 너무나도 흔해빠진 광경이었지만 여기 위에서는 불길한 징조였다. 선로를 따라 패스턴 오트빌 쪽으로 18미터가량 떨어진 곳에 있는 풀무더기에 골프공 한 개가 걸려 있었다.

"기가 막히는군." 고든이 뚜렷한 목소리로 말했다. "설마하니 카마이클이 슬라이스를 낸 공이 재수가 없어서 30미터 위 공중으로 날아가 이 풀숲에 처박힌 건 아닐 테고."

리브스는 문제의 골프공을 꼼꼼히 살펴보았다.

"이거 뭔가 이상한걸. 겉보기로는 평범한 새 공 같지만 아무리 봐도 선로를 산책하던 사람이 그냥 장난삼아 집어 던질 만한 공은 아닌데. 버펄로 상표가 있어. 이런 젠장, 이 브랜드 공을 쓰는 사람을 못해도 열두 명은 댈 수 있겠는데. 브라더후드도 이걸 썼던가?"

"침착해! 자네 머릿속에는 온통 살인 사건 생각밖에 없구먼. 이 공이 아주 오래전부터 여기에 놓여 있던 게 아니라고 어떻게 장담할 수 있나?"

"그건 쉬워. 왜냐하면 여기 이 공 때문에 부러진 꽃줄기가…… 그러니까 이걸 체꽃이라고 하던가? 아무튼 이 꽃이 아직 말라 죽지 않았거든. 내가 발견했을 때는 공이 바로 이 위에 있었네. 공이 여기에 떨어진 지 24시간이 지났다면 내 모가지를 내놓아도 좋아."

"그런데 열차를 타려면 이제 슬슬 오트빌로 돌아가야 할 것 같은데. 벌써 4시 반이 다 되어간다고. 그러니까 신호소에서 우리를 볼 수 있도록 이 길을 따라가야 해. 뭐, 신호수가 진짜로 신경을 쓰진 않겠지만 그러는 척은 해주겠지."

고든은 늘 열차를 타러 갈 때 매우 일찍 도착하는 부류의 사내였고, 따라서 사실상 두 사람이 패스턴 오트빌 역에 도착한 건 3시 47분에 런던에서 출발하는 열차가 아직 도착하기도 전이었다. 런던에서 온 열차와 연결되어 패스턴 위처치나 빈버로 가는 승객을 싣고 4시 50분에 패스턴 오트빌 역을 떠나게 될 열차는 아직 측선을 따라 쭉 뻗어 있었는데, 마치 우유 운반차들과 한가하게 노닥거리는 듯했다. 플랫폼에는 승객이 거의 없었다. 리브스는 심드렁한 얼굴의 짐꾼에게 다가가 슬그머니 말을 걸었다.

"열차 많이 안 타보셨나 보죠? 런던에서 오는 열차가 들어올 때까지 기다리셔야 합니다. 여기서 갈아타는 사람들이 엄청 많지요."

"오후에 들어오는 열차편 중 가장 빠른가 보죠?"

"예, 맞습니다. 정오부터 그때까지 여기서 멈추는 열차가 없거든요. 빈버로 가는 급행열차가 있기는 한데 그건 이 역을 그냥 통과해요. 그런데 어디로 가십니까?"

"잠깐 빈버에 가보려고요. 어이쿠, 드디어 매표소가 문을 열었군. 고든, 빈버로 가는 일등칸 차표 두 장만 끊어주게." 리브스는 계속해서 짐꾼과 대화를 나누었다. "브라더후드 씨 일은 참 안됐습니다."

"그러게 말입니다. 정말 슬픈 일이지요."

"혹시 그 사람이 열차에 타는 모습을 보진 못했습니까?"

"여기서 얼마나 많은 사람들이 타고 내리는데요. 매일 드나드는 사람들조차 다 기억하지 못할 정도라고요. 브라더후드 씨는 그리 말이 많은 사람도 아니었잖습니까? 아, 물론 그 분 같지 않은 사람들도 있죠. 혹시 해처리스 저택에 사는 대브넌트 씨를 아십니까? 그분은 성격이 쾌활한 신사지요. 모든 사람들한테 말을 걸고 다니거든요. 런던에서 오는 열차에서 내리자마자 저한테 정원은 잘 꾸리고 있는지 물어보시기도 하고요. 아무튼 거만한 구석이 없는 사람이죠. 아, 죄송합니다."

런던에서 오는 열차가 멀리서 미끄러져 들어오자 짐꾼은 게시판의 정보를 읽지 못한 사람들에게 알려주려는 듯 플랫폼을 왔다 갔다 하면서 '패스턴 오트빌' 같은 말을 외쳤다.

런던에서 오는 열차는 언뜻 보기에도 사람이 흘러넘칠 만큼 가득했다. 패스턴 오트빌에서 사는 사람들이 내려 숫자가 줄자 패스턴 위처치와 빈버로 가는 사람들이 빈 객실을 내버려두지 않고 냉큼 자리를 차지했다. 리브스와 고든이 일등칸에 탑승했는데도 자리를 잡은 것은 엄청나게 운이 좋은 일이었다.

고든이 먼저 말을 꺼냈다.

"그런데 말이야, 도대체 왜 빈버로 가는 건가? 굳이 위처치 지나서까지 갈 필요는 없지 않아?"

"아, 갑자기 떠오른 생각이라네. 저녁 식사 시간에 맞춰서는 돌아올 수 있을 거야. 마음이 내키지 않으면 자네는 가지 않아도 괜찮아. 아, 이제 출발하는군."

이윽고 열차는 두 사람이 단단한 땅 위에 발을 붙이고 지켜보던 풍경을 천천히 스치고 지나갔다. 달리는 도중 리브스는 문을 약간 열고 돌 하나를 밖으로 던졌다. 그러곤 그것이 정확히 예상한 대로 사라지는 모습을 만족스러운 듯 지켜보았다.

"자, 빈버에 도착하기까지 오붓하게 이야기를 나눌 수 있는 십오 분을 얻었군. 그러면 두 가지 정도 묻겠네. 첫째, 지옥 불구덩이처럼 사람이 들끓는 삼등칸 안에서 누군가가 이번 사건과 같은 계획범죄를 저지르려면 어떻게 해야 할까?"

"먼저 일등칸에 타야겠지. 표를 검사하러 오는 사람도 없을 테고."

"그렇다고 해도 무릅써야 할 위험 요소가 몇 가지 있네. 아까도 그래. 만약 내가 노부인의 얼굴에 담배 연기를 내뿜지 않았다면 그 나이 들고 뚱뚱한 사람들과 같은 칸에 탈 뻔했어. 이 열차 안에 일등칸은 그리 많지 않으니까 말이야. 범인이 엄청난 모험을 했다는 것은 확실해."

"그리고 또?"

"대브넌트는 왜 어제 이 열차를 타고 왔을까? 물론 자네나 나나 이 동네를 잘 아는 건 아니지만, 대브넌트는 스크래치 플레이어[1]이고 이 지역에서 어느 정도 유명한 사람이야. 이곳 사람들이라면 누구나 대브넌트가 주말에 방문한다는 사실을 알고 있고, 일요일에 그 없이 골프를 치기란 불가능하지. 그런데 왜 갑자기 화요일 오후에 나타났을까?"

"뭐, 하지만 본인에게 그럴 권리는 충분히 있지 않나? 대브넌트가 이 근방에 별장을 갖고 있다며."

"맞아. 하지만 사건의 원인을 추적하려면 아주 평범한 일상 속의 그 어떤 일탈이라도 전부 훑어봐야 하는 법일세. 저기 보게, 이제 위처치에 도착했군. 자네가 가서 해처리스 저택에 전화를 걸어줄 수 있겠나? 저기 있는 저 건물 안에서 말이

[1] 골프에서 기준 타수인 파 또는 그 이하의 스코어로 경기를 할 수 있는 수준의 골퍼를 가리키는 말.

야. 대충 그럴듯한 말을 둘러대고서 대브넌트가 언제 도착했는지, 또 지금 거기에 있는지 물어봐줘. 자네는 잘 모르겠지만 그 친구 귀신같이 눈치가 빠르거든. 주위에 감시를 붙여놓으면 대번에 알아차릴 거야."

"알겠네! 왠지 앞으로도 계속 거짓말을 해야 할 것 같은 예감이 드는데. 이것참 한번 속임수를 쓰기 시작하니 점점 더 복잡한 거미줄을 짜게 되는구먼. 그럼 셜록, 이따 저녁 식사 자리에서 보세."

빈버에 도착하자 리브스에게는 역무원을 붙잡고 해야 할 일이 한 가지 더 생겼다. 짐꾼에게 다가간 리브스가 물었다.

"죄송합니다만 혹시 열차 청소를 여기서 합니까? 만약 객차에 물건을 놓고 내렸다면 여기서 찾을 수 있나요?"

"맞습니다. 혹시 유실물 보관소를 찾아오신 건가요?"

"별건 아니고 얇은 책인데요. 혹시 역무원분들이 신문들이랑 같이 버렸을까 봐 걱정이 되어서요."

"아, 책이라면 유실물 보관소까지 가져다두지는 않습니다. 대부분 그냥 폐기하죠. 잃어버린 책 제목이 뭔데요?"

리브스는 이런 질문을 기대하지는 않았지만 그에 대한 대답도 물론 준비해두고 있었다.

"코렐리가 지은 『사탄의 슬픔』이라는 책인데요. 아무래도 어제 객차에 놓고 내린 것 같아서."

"글쎄요. 제가 바로 어제 이 열차를 청소했는데 그런 제목의 책은 못 봤습니다. 다른 손님이 가지고 내린 것 아닐까요? 하지만 이 열차에서 다른 책은 한 권 찾았는데요. 혹시 그거라도 가져가지 않으시겠습니까? 바로 저쪽에 있었거든요."

짐꾼은 방수 처리가 된 천으로 장정한 J. B. S. 왓슨의 『인격의 형성』이라는 책을 한 권 가지고 왔다.

리브스는 흥분에 몸이 떨릴 정도였지만 여기서 그런 모습을 보이는 건 적절치 않은 일이었다.

"고맙습니다. 6펜스 드리지요."

짐꾼은 몹시 기꺼워했다. 리브스는 이 6펜스가 나중에 반크라운의 값어치를 하게 될 것이라 믿어 의심치 않았다.

거북이 같은 완행열차를 타고 패스턴 오트빌로 돌아오는 길은 견디기 힘들었다. 자기 방에 도착해야만 암호를 책과 대조해서 풀어볼 수 있으니 말이다. 갖고 있는 것이 고작 책 한 권이어서야 스릴도 부족하기 마련이다.

도미 하우스에 도착하기까지는 몇 시간이나 걸린 것만 같았고 고든은 아직 돌아오지 않은 상태였다. 그편이 훨씬 더 좋았다. 문제의 메시지를 혼자서 풀어낼 수 있게 되었으니 말이다. 비록 처음에는 승산 없는 시도라 생각하며 시작한 일이지만, 이것은 결코 우연이 아니라는 생각이 들었다. 누군가가 (리브스가 주장했던 대로) 이만한 두께의 책을 읽다가 열차에 남겨놓고 내리다니. 브라더후드는 내내 책을 한 손에 든 채 암호 메시지를 해독하고 있었으리라. 분명 열차에 타고 있으면서 책을 몸에서 떼어놓지 않았을 것이다. 하지만 책은 시체 옆이나 선로 근처에 떨어져 있지 않았다. 살인자는 그 책을 없애는 데까지 생각이 미치지 못했다는 뜻이다. 이것이 바로 그 책일 것이다.

하지만 메시지를 해독하면서 리브스는 점점 자신감을 잃었다. 문장은 다음과 같이 완성되었다.

움켜쥔 그리고 그것이 생각했다 함께 나는 최고로 그리고 그쪽으로

"이런 젠장." 모던트 리브스가 중얼거렸다.

고든은 수수께끼에 싸인 대브넌트 씨의 행방을 찾는 데 가장 유리한 위치에 있는 사람이 바로 자신이라는 생각이 들었다. 그는 도미 하우스에서 몇 개월가량 묵으면서 패스턴 위처치에 대해 어느 정도 알고 있었다. 한편 골프장 밖으로 멀리 돌아다니지 않았기에 클럽 내의 소문을 훤히 꿰고 있어서 대브넌트 씨의 습관 또한 잘 알고 있었다.

해처리스 저택은 골프장 주위 풍경을 장식하는 붉은 벽돌과 초벽질로 이루어진 현대식 건축물들과는 전혀 달랐다. 그 건물은 아주 크고 튼튼한 별장으로, 장엄했던 옛 시절 패스턴 오트빌 대정원의 상주 어부가 들어와 살면서 그 안의 물 한 방울까지 꼼꼼히 돌봤던 곳이었다.

지금은 설리번이라고 골프장의 잔디를 관리하는 퉁명스러운 신사가 건물을 영구적으로 점유하고 있으며, 그 안에 작은 밭을 가꾸어 작물을 시장에 판매하곤 했다. 그리고 그 건물을 가끔 (그러니까 주로 주말에) 스크래치 플레이어이자 수수께끼의 신사 대브넌트가 사용했다. 엄밀히 말하자면 실소유자는 대브넌트였고 설리번은 관리인이라고 해야 맞겠다. 더 자세히 해명하자면 설리번이 그 별장을 대브넌트로부터 대여해 살고 있으며, 대브넌트는 주말마다 돌아와서 자신의 집에 하숙을 사는 것이다.

그리하여 고든은 클럽 멤버의 자격으로 설리번 씨와 대화할 수 있었다. 변장을 하거나 다른 이유를 댈 선택지는 없었다. 따라서 고든은 자신이 할 수 있는 최대한의 허세를 부리기로 결심했다. 이리하여 초인종 소리를 들은 설리번이 나타나자마자 고든이 물었다.

"대브넌트 씨가 오늘 아침에 외출하면서 내게 남긴 메시지 없습니까?"

"무슨 말씀이십니까?"

"어제 역 플랫폼에서 대브넌트 씨를 마주쳤는데 다음 주 일요일에 할 게임 문제로 할 말이 있으니 도미 하우스에 쪽지를 남겨놓겠다고 했습니다. 하지만 아무리 찾아봐도 없으니 혹시 여기다 놓고 간 게 아닌가 싶어서 말이죠. 당신한테 뭐 말한 거 없습니까?"

"없는데요. 게다가 전 월요일 아침 이후로 대브넌트 씨를 본 적도 없고요."

"어제 여기 안 왔어요?"

"안 왔습니다."

"그거 이상하군요. 어제 열차 안에서 마주쳤을 때는 여기 오는 길이라고 했는데. 혹시 클럽 하우스에 묵었을 수도 있을까요?"

"그러셨을 수도 있겠죠."

"그래요. 귀찮게 해서 미안합니다. 안녕히 계십시오."

고든은 설리번이 단순히 초인종 소리를 듣고 현관문 쪽으로 온 게 아니라는 느낌을 강하게 받았다. 소리를 듣고 나서 왔다기에는 문 열리는 속도가 너무 빨랐다. 아마도 어딘가 외출을 하려던 참이었으리라. 해처리스 저택으로 향하는 오솔길 끝에는 울창한 산울타리가 있었다. 그리고 이런 말을 하기는 매우 유감스럽지만, 고든은 이 울타리 뒤에 몸을 숨겼다. 그는 점잖은데다 상식적인 사람이었으나 모험에 대한 열정이 결국 본성을 압도하기 시작했던 것이다. 겨우 일 분 삼십 초가량 지났을 때, 설리번이 작은 가방을 하나 들고 나와 골프장 방향으로 이어지는 길을 걸어갔다. 고든은 아주 잠깐 그의 뒤를 밟을까 생각했지만, 곧 그건 어리석은 짓이라는 사실을 깨달았다. 설리번이 탁 트인 골프장으로 나가면 들키지 않고 미행하기란 불가능한 일인데다, 골프장에는 고든의 지인들이 잔뜩 있으니 쉽사리 붙들리게 될 터였다.

고든은 그보다 더 과감한 방법을 떠올렸다. 별장에는 현재 아무도 없다. 설리번이 집을 비운 동안 침입해서 대브넌트가 정말로 별장 안에 있었는지 확인할 수 있는 정황증거를 확보하는 게 어떨까?

누군가의 집에 침입하는 일은, 설령 그곳이 자기 집이고 들어가는 요령을 잘 안다손 치더라도 쉽지 않은 일이다. 하물며 키우는 개가 있는지 어떤지도 모르는 낯선 이의 집에 침입하는 건 더욱 용기를 필요로 하는 일이다. 문은 잠겨 있었고 1층 창문들은 전부 닫힌 채 걸쇠가 걸려 있었다. 방법은 오직 한 가지, 작은 별채 지붕 위로 기어올라가서 유일하게 열려 있는 2층 창문으로 들어가는 것뿐이었다. 두툼한 스펀지가 창틀에 얹혀 있는 것을 보니 아무래도 화장실 창인 듯싶었다. 고든은 고무로 된 신발창에 의지하여 상당히 괜찮은 솜씨로 별채 지붕에 올라갔다.

하지만 또 다른 문제가 있었다. 기어들어가기에는 창이 너무 좁은데다 안쪽에 작은 병들이 죽 늘어서 있었던 것이다. 머리와 어깨까지는 어찌어찌 들이밀 수 있겠지만 잘못하다가는 바닥에 부딪쳐 코가 깨질 위험이 있었다. 다리를 먼저 들이밀었다가는 여러 가지 물건들이 파손될 가능성이 점쳐졌다. 고든은 시야 내의 깨지기 쉬운 물건들을 조심스럽게 치운 뒤 엄청난 통증을 견디며 창문 안으로 두 다리를 꾸역꾸역 밀어 넣었다. 그럼에도 몸이 반쯤 들어갔을 때 고든은 거의 척추가

부러지는 듯한 순간을 맛보았다. 이윽고 큰 탈 없이 바닥에 안착하자 고든은 즉시 고요한 별장 안을 탐험하기 시작했다.

고든은 오로지 대브넌트가 사용하는 공간들에만 관심이 있었다. 목욕탕, 침실, 작은 부엌, 그리고 서재. 모두 최근에 누군가가 사용한 흔적이 있었지만, 과연 이런 느낌에 의지해도 되는 것일까? 어쨌거나 대브넌트는 적어도 일주일 동안은 돌아오지 않을 터였고, 고든이 보기에 설리번은 금요일에 깔끔했던 방을 굳이 월요일에 또 정리하는 타입의 사내는 아니었다. 침대도 잘 정돈되어 있었으나 서재 난로 안의 장작 받침에는 담배꽁초가 그득했다. 식당의 식탁은 텅 비어 있었지만 월요일 자 신문이 아무렇게나 던진 듯 의자에 가로로 놓여 있었다.

전체적으로 살펴봤을 때 대브넌트가 떠난 건 월요일인 듯했다. 하루씩 뜯어내는 일력의 날짜는 화요일이 아니라 월요일에 머물러 있었다. 월요일 저녁에 도착한 편지가 여전히 홀에 놓여 있었으며, 세탁 바구니에는 옷이 하나도 들어 있지 않았다. 세탁소에서 막 돌아온 옷들과 그 목록에 대해 빈버에서 면밀하게 조사한 경험 덕분에 고든은 스스로 세탁물에 대한 지식에는 어느 정도의 일가견이 있다고 느꼈다. 그리고 지금 눈앞에는 재미있는 현상이 벌어져 있었다. 빈버의 수사 당국이 토해낸 목록에는 '칼라 두 개, 손수건 두 개, 양말 한 켤

레'가 씌어 있었지만 지금 눈앞에는 그중 무엇도 없었다.

고든은 중얼거렸다.

"빈버에서 일을 엄청나게 잘해냈거나, 아니면……."

고든은 다시 목욕탕으로 가서 자세히 훑어보았다. 목욕용 스펀지는 마치 가게에 목욕용품 세트라고 진열해놓은 것을 그대로 옮긴 양 얌전히 놓여 있었다. 하지만 면도기, 면도용 비누, 칫솔 같은 물건들은 도대체 어디에 있단 말인가? 지금 상황은 마치 대브넌트가 주말용 목욕 도구 세트를 남겨두지 않고, 한 주를 보내기 위해 필요한 짐을 다 챙겨서 떠난 것 같지 않은가? 게다가…… 이런! 더욱 흥미로운 점이 눈에 띄었다. 욕실에 비누가 없는 게 아닌가. 이전에는 제자리에 존재했었다는 흔적이 고스란히 남겨져 있는데도 말이다. 세상에 어떤 사람이 주말에 잠깐 시골 별장에 들렀다 떠나면서 비누를 챙겨 간단 말인가? 세탁물 목록에 명백히 포함되어 있었던 얼굴 닦는 수건도 없었다. 대브넌트의 외출에는 무언가 수상한 점이 있는 게 분명했다.

흥미로운 점을 또 한 가지 들자면, 대브넌트가 담배를 피운다는 명백한 증거가 있는데도 불구하고 시가든 파이프든, 담뱃잎 한 줌이든 뭐든 서재에 남아 있는 게 없다는 사실이었다. 물론 설리번이 몹시 깔끔한 성격이어서 어딘가 치워버렸거나, 아니면 부도덕한 성격의 소유자여서 서재에 있는 것들을 자신의 부수입인 양 제멋대로 가져다 피웠을 수도 있었다. 하지만 고든은 대브넌트가 토요일부터 월요일까지 주말에 잠깐 묵어가는 별장을 떠나는 게 아니라 평소 살던 곳에서 영영 떠나는 것처럼 짐을 꾸렸다는 강한 인상을 다시금 받았다. 집을 나가는 사람이 아니고서야 비누까지 가져갈 이유는 없지 않은가?

그런 와중에 추가적인 증거가 서재에서 또 하나 발견되었다. 몹시 고급스럽게 장식된 커다란 사진 액자가 필기용 테이블 위에 놓여 있었던 것이다. 하지만 액자 속에 사진은 없었다. 마치 바로 얼마 전까지 그 안에 초상화가 있었지만 갑작스럽게 빼내 간 듯 액자의 뒤가 풀려 있었다. 이걸 정황증거라고 본다면 대브넌트가 (아마도 월요일에) 마지막으로 이 집을 떠나면서 얼마 동안은 돌아오지 못할 것을 예상하고 당장 필요한 모든 것을 싹 훑어서 가지고 갔다는 사실이 뚜렷해진다.

이렇게 수사를 진행하던 도중 문득 앞쪽 창문을 내다본 고든은 길 아래쪽에서 돌아오는 설리번의 모습을 발견하고는 당황하고 말았다. 한시도 지체할 수 없었다. 고든은 다급히 아래층으로 뛰어 내려가 정문으로 빠져나갔다. 뒤쪽 정원의 미로를 신뢰해도 좋을지 알 수 없었으므로 고든은 산울타리 덤불 쪽으로 가기로 결정했다. 하지만 거기까지 이르기 전에 모퉁이를 돌아 정원으로 들어오던 설리번과 딱 마주치고 말았다.

고든은 그 자리에서 떠올린 임기응변으로 대처했다.

"정말 미안하지만 대브넌트 씨의 주소를 좀 알려줄 수 있겠습니까? 편지를 쓸 일이 있는데 클럽에 있는 주소는 여기밖에 없더군요."

"대브넌트 씨는 어떤 주소도 가르쳐주지 않았습니다." 설리번이 말했다.

고든은 아무리 노력해도 그 어조 속에서 수상한 점을 찾을 수가 없었다. 그러나 끔찍한 모퉁이를 꺾어 도미 하우스로 돌아오는 길에 고든은 자축 비슷한 감정을 느꼈다.

도미 하우스에 도착하니 리브스가 밀실에 매리어트와 카마이클을 모아놓고 그날의 모험에 대해 이야기를 하고 있었다. 리브스는 이렇게 설명했다.

"딱히 자네의 신뢰를 배반한 건 아니야. 하지만 마지막으로 그런 실망스러운 상황을 겪고 보니 우리가 어딘가에서 길을 잘못 든 게 아닌가 하는 생각이 들더군. 우리끼리 시행착오를 거듭해봤자 좋을 게 없는 것 같았어. 그러니까 이건 책을 개정하는 거나 마찬가질세. 외부의 시선이 필요해. 그래서 처음부터 우리와 함께 있었던 매리어트와 카마이클에게 우리의 비밀을 전부 밝히고 넷이서 사건을 추적하는 게 좋을 것 같다는 생각이 들었던 거야."

"그거 잘됐군." 고든이 말했다. "나도 약간의 진전이 있기는 했지만 많은 수확을 거둔 건 아니니까 말이야."

"대브넌트가 어제 거기 있었는지 물어보고 왔나?"

"그래. 설리번과 그 화제에 대해 대화를 나누었는데 대답은 '아니요'였어."

"믿을 수가 없군." 카마이클이 말했다.

"뭐, 그게 무슨 뜻인가?" 약간 당황한 고든이 물었다.

"그러니까 내 말은 설리번이 '아니요'라는 말을 했다는 걸 믿을 수가 없다는 거야. 자네 아일랜드인이 평범한 의문문에 '예'나 '아니요'로 대답하는 게 불가능하다는 사실을 모르나? 만약 자네가 '비가 그쳤습니까?' 하고 묻는다면 아일랜드인은 '예' 혹은 '아니요' 라고 대답하지 못해. '그쳤습니다' 혹은 '그치지 않았습니다'라고 대답하지. 이유는 간단하다네. 아일랜드인들이 쓰는 언어에는 '예'와 '아니요'를 표현하는 단어가 없거든. 그건 라틴어도 마찬가질세. 그렇기 때문에 아일랜드인 등장인물이 가끔 중요한 역할을 맡을 때가 있는데……."

"됐으니까 중요한 역할은 할머니 댁에서 키우는 오리한테나 줘버려." 리브스가 말을 가로막았다. "나는 무슨 이야기를 나눴는지 더 듣고 싶다고. 그래서 자네 생각엔 설리번이 진실을 말한 것 같나?"

"태도를 보니 아닌 것 같더군. 그래서 설리번의 뒷모습이 사라지자마자 집 안으로 들어가서 한 바퀴 둘러보고 오기로 결심했다네."

고든은 그날 저녁의 유쾌한 소동을 자세히 설명했다.

매리어트가 입을 열었다.

"원 세상에, 자네 이 일에 너무 심각하게 열중하는 것 아닌가? 그러다 경찰이라도 들이닥쳐서 체포당하면 어쩌려고 그래, 고든."

"그러니까 자네는," 리브스가 끼어들었다. "대브넌트가 어제, 즉 화요일에 그 집에 없었다는 사실의 근거로 그 편지를 제거하지 않았다는 사실을 들려는 모양이군. 즉 그는 월요일에 떠나면서 다른 집에서 하룻밤 잘 요량으로 비누와 수건 등 평소 누군가가 짐을 꾸릴 때 잘 가져가지 않는 물건까지 챙겨서 나갔다는 거지?"

"맞아, 그게 내가 추론할 수 있는 최선의 답이었네. 그리고 사진은…… 어쩌면 우연인지도 모르지만 아무튼 난 대브넌트가 짐을 싸면서 가장 마지막에 집어넣은 게 그거라고 생각했지." 고든이 대답했다.

"난 그게 제일 중요한 거라고 봐." 리브스가 말했다. "왜냐하면 월요일, 그러니까 브라더후드에게 무슨 일이 일어나기 전에 대브넌트가 집을 떠나 있겠다고 결심했다는 말이 되잖아? 그리고 칼라니 뭐니 하는 것까지 전부 챙겨 갔다는 건 당분간은 돌아오지 않겠다는 뜻이겠지. 사진까지 챙긴 걸 보면 의외로 긴 시간 돌아오지 않는다는 의미일 수도 있어. 액자는 어떻게 생겼던가?"

"모던한 생김새였네. 상표는 없었고."

"그러니까 이 살인 사건이 계획적인 범죄였다는 뜻이 되는 건가?" 매리어트가 끼어들었다. "이렇게 말하면 매정하게 들릴지도 모르겠지만 난 대브넌트를 별로 좋아하지 않았다네. 나는 내가 그렇게 편견에 찬 종교관을 가진 사람이라고 생각하지는 않아. 게다가 로마가톨릭교는 그럭저럭 어울리기 쉬운 편이라고 느끼네. 하지만 대브넌트는 다소 다혈질인 편이었잖나, 자네들도 기억하겠지만."

"만약 계획범죄가 아니라면 대브넌트가 다혈질 사내였다는 점은 훨씬 더 중요해질걸." 고든이 반박했다.

"내가 볼 때는 그렇지만도 않아." 매리어트가 고집스럽게 주장했다. "하지만 대브넌트를 볼 때마다 묘하게 불길한 느낌을 받곤 했다네. 그는 우울증 증세도 약간 있었고 마음에 들지 않는 사람이나 정치가를 욕할 때는 섬뜩하기까지 했어. 설마 그런 인상을 느낀 게 나 혼자만은 아닐 테지?"

갑자기 카마이클이 물었다.

"대브넌트가 어떻게 생겼지?"

"맙소사." 리브스가 말했다. "이젠 얼굴도 기억 안 난다는 건가? 주말마다 꼬박꼬박 여기서 만났을 텐데. 근방에서 꽤 유명하기도 했고."

"아, 그야 그렇지." 카마이클이 설명했다. "어떻게 생겼는지는 당연히 알아. 내 말뜻은, 만약 자네들이 증인석에 서게 된다면 대브넌트를 어떤 식으로 묘사할지 궁금하다는 거야."

리브스는 다소 놀란 얼굴이었다.

"음, 글쎄. 우선 상당히 어두운 인상이었다고 할 수 있겠군. 엄청나게 새까만 머리카락이 얼굴을 다 가려서 잘 보이지 않았던 것 같아. 나는 평소 누군가를 바라볼 때 눈을 똑바로 쳐다보는 습관이 있는데 대브넌트는 거의 항상 두꺼운 뿔테안경을 쓰고 있어서 내 머릿속에 남은 인상이 옅군. 그리고 무엇보다 그는 실력이 좋은 선수였어. 만약 매리어트가 말한 것처럼 대브넌트가 브라더후드를 죽였다 해도 절대로 동기가 되지 않을 만한 것 하나는 내 말할 수 있네. 그가 브라더후드의 골프 실력을 질투할 일은 결코 없었을 거야. 대브넌트는 엄청나게 솜씨가 좋았지만 브라더후드는 정반대로 실력이 엉망이었으니까."

카마이클이 말했다.

"거기까지 말해놓고 자네가 눈앞에 드러난 이 수수께끼의 명백한 답을 도출하지 못하는 건 이상할 정도로군. 애초에 사건 수사를 시작하기 전부터 고려했어야 할 근본적인 사실 말일세. 바로 코앞에 놓여 있는데도 안 보이나? 복잡한 사실들의 총합체를 아흔아홉 번 보았으니 백 번째로 한 번만 더 보면 분명 보일 텐데 말이야. 주의의 현상학이란……."

고든이 그의 말을 잘랐다.

"아, 제발 작작 좀 하게. 그래서 도대체 우리가 깨닫지 못하는 사실이란 게 뭔데 그런가?"

카마이클이 가볍게 대답했다.

"쉽게 말해 브라더후드가 대브넌트고, 대브넌트가 브라더후드라는 거지."

"원 세상에." 리브스가 처음으로 깜짝 놀란 표정을 지었다. "무슨 말인지 설명해봐. 그런 발상은 도대체 어떻게 떠올렸나?"

카마이클은 양손 손가락 끝을 모으면서, 드디어 청중을 확보했다는 기쁨에 미소를 지었다.

"글쎄, 자네가 방금 전에 대브넌트에 대해 기억하는 건 다 모아봐야 머리와 안경뿐이라고 하지 않았나. 그건 변장이야. 물론 머리는 가발이었겠지. 그는 처음부터 쓰다 버릴 계획으로 가공의 인물을 만들어낸 거야."

"골프 실력은 빼고 말이지." 고든이 한마디 했다.

"그래, 그건 진실이었어. 하지만 브라더후드의 실력은 그렇지 않았어. 자네들 그 두 사람의 모습이 상호 보완적이라는 생각은 안 드나? 수상할 정도로 말이야. 브라더후드는 주중에 이곳에서 시간을 보내다 주말이 되면 사라지지. 대브넌트는 이곳에 오로지 토요일부터 월요일까지만 머무르는 사람이야. 대브넌트는 가톨릭 신자고 브라더후드는 무신론자라는 점도 이 두 사람을 엄청나게 다르게 만드는 점이지. 대브넌트는 골프를 잘하지만 브라더후드는 골프 실력이 형편없기 때문에 이 점에서도 두 사람은 확고하게 구별되네. 내 관심사를 사로잡은 수수께끼는 바로 그거였어. 골프채를 쥔 스크래치 플레이어가 어떻게 스스로를 제어해야만 일주일 내내 엉망진창인 게임을 할 수 있을까? 그것도 오로지 우리에게 자기 정체를 숨기기 위해서 말일세. 내 머릿속은 온통 그 생각으로 가득했다네. 그러다 보니 유사한 사례가 떠오르는 거야. 예를 들어 머싱엄 경은……."

"그러니까 자네 말은, 브라더후드가 일부러 그런 식으로 골프공을 쳤다는 건가?" 고든이 놀란 목소리로 물었다.

"그렇지. 혹시 자네들 그날 기억하는지 모르겠구먼. 어디 보자, 아마 지난 2월에 브라더후드가 50파운드가 걸린 경기에서 한 라운드를 89타로 돌았던 때 같군. 뭐 골프를 칠 때도 요행수라는 게 있는 법이긴 하지. 그러고 보니 또 생각나는 게……."

고든이 제지했다.

"굳이 죽은 사람 얘길 나쁘게 할 건 없지 않나. 하지만 솔직히, 대체 브라더후드가 어떻게 했는지 모르겠단 말이야. 벌써 몇 년이나 되지 않았나."

"잘 생각해보면 우리 중 누구도 브라더후드가 무슨 일을 하는지 몰라. 하지만 사람들이 하는 말을 들어보면 그의 파산은 아무래도 뭔가 수상한 구석이 있어. 아무리 계좌를 파헤쳐도 구멍 하나 찾을 수가 없다더군. 하지만 브라더후드라면 파산을 예감하고서 '토낄' 때 (다들 그렇게 표현하더군) 굳이 말하자면 '꿍쳐놓았던 돈'을 챙겨서 도망칠 만한 사람이라고 생각하네. 브라더후드는 몇 년 전부터 이런 일을 예감하고서 조심스럽게 물밑에서 이런 상황에 대한 대비를 해온 거야. 그런 상황에서 중요한 건 알테르 에고, 즉 '또 다른 자아'라고 할 수 있겠지. 또 다른 자아를 짧은 시간에 구축하는 건 불가능해. 브라더후드는 그걸 알았기 때문에 몇 년에 걸쳐 다른 자아를 만들어온 거야."

"우리 코앞에서 말인가!" 리브스가 고함을 질렀다.

"그거야말로 브라더후드의 똑똑한 점이지." 카마이클이 응수했다. "만약 패스턴 오트빌에 '브라더후드'라는 사람이 있고, 또 매주 브라이튼에 나타나는 '대브넌트'라는 사람이 있다면 아무도 속아 넘어가지 않을걸. 서로 다른 두 장소에 두 명의 인물을 만들어놓는 건 너무 오래되고 진부한 속임수니까. 브라더후드가 해낸 발상이 천재적인 이유는 두 개의 인격을 엎어지면 코 닿을 곳에 만들어놓았다는 데 있어. 여기서 그 누구도 브라더후드와 대브넌트가 함께 있는 모습을 보지 못했으리란 건 두말할 것도 없네. 하지만 그 두 개의 인격은 현실 세계에서 틀림없이 존재했고, 이 두 사람을 동시에 안다고 맹세할 수 있는 증인들도 많아. 만일 브라더후드가 갑자기 종적을 감춘다 하더라도 아무도 그 옆집을 수색해볼 생각은 못 할걸."

"원 세상에, 나는 세상에 둘도 없는 멍청이였군!" 리브스가 내뱉었다.

카마이클은 말을 이었다.

"그런 사람에게는 은행 계좌를 따로따로 만드는 일이 무엇보다도 특히 중요하지. 지금 나가서 대브넌트의 계좌를 찾아보면 분명 엄청난 예금이 들어 있을 거라고 확신하네. 하지만 물론 여기 있는 은행에서 거래하지는 않았을 거야."

"어째서?" 고든이 물었다.

"왜냐하면 브라더후드는 지역 은행과 거래를 했을 텐데, 거기서 가짜 서명을 하는 건 몹시 위험한 짓이니 말일세. 그러니 대브넌트는 런던에 거래를 텄겠지. 그런데 이건 다른 얘기네만, 자네들 혹시 대브넌트가 항상 타이프라이터를 사용하는 거 눈치챘나? 가짜 필적을 남기는 위험을 감수할 순 없었던 거지."

"그건 기본이지, 친애하는 왓슨." 고든이 혼잣말로 중얼거렸다.

"아무튼 브라더후드는 이런 파국이 올 줄 알고 있었네. 사전에 모든 것을 면밀하게 준비해뒀으니 말이야. 게다가 뻔뻔하게도 글래스고로 가는 침대칸까지 예약해놓다니."

"하지만 거기엔 조금 문제가 있어." 리브스가 끼어들었다. "그는 열차표 예약을 할 때 대브넌트가 아니라 브라더후드라는 이름으로 했단 말일세. 자네는 방금 어제부터 자취를 감춘 브라더후드가 대브넌트의 인격으로 나타날 거라고 말했네. 그런데 왜 침대칸은 대브넌트의 이름으로 예약하지 않았단 말인가?"

"친애하는 리브스, 몇 번이나 말해야 알아듣겠나? 우리의 상대는 천재란 말일세. 만약 대브넌트가 딱 그때에 맞춰 침대차를 예약하게 되면 당연히 모두가 그를 주목하게 될 테지. 하지만 브라더후드의 이름으로 열차를 예약하면 그냥 브라더후드가 사라졌다는 인상을 강화할 뿐이야. 그게 전부였다면…… 나는 개인적으로 이 계획이 훨씬 더 대담하다고 생각하네. 대브넌트가 잠시 동안 멀리 몸을 피해 있을 생각이란 건 확실하네. 바로 그 열차를 타고 말이지. 그리고 크루에 도착하면 분명 평범한 일등칸을 타고 움직일 거야. 그러고 나서 위건에서…… 이런, 맙소사!"

"무슨 일이야?" 고든이 물었다.

"왜인지 모르겠지만 갑자기 유스턴발 7시 30분 열차가 위건에 정차하는지 기억이 나질 않네. 여하튼 이야기를 계속해 보세.

위건에서 익명의 승객이 된 대브넌트는 침대칸 직원에게 혹시 빈 침대가 있는지 묻겠지. 그리고 대브넌트는 빈 침대칸, 바로 브라더후드의 칸을 얻게 되는 거야. 세상 모든 사람이 다 의심을 받더라도, 브라더후드의 빈 침대칸을 우연히 쓰게 된 낯선 이만큼은 결코 의혹의 대상이 되지 않을 테니까."

"굉장해!" 매리어트가 소리쳤다.

"물론 이건 하나의 가설에 불과하네. 이제 우리가 검토해 봐야 할 것은 더 정밀한 해석이야. 브라더후드-대브넌트가 세운 계획은 그야말로 곤충의 변태를 위한 준비 작업이나 마찬가지지. 내 생각에 이 계획에서 어려웠을 부분은, 당연한 이야기지만 브라더후드와 대브넌트가 서로를 모르도록 만들어야만 했다는 거야. 만일 대브넌트가 런던에 있는 브라더후드의 사무실에서 걸어 나온다면 분명 의심의 눈길을 받겠지. 따라서 변신은 런던에서 이루어져서는 안 돼. 또한 대브넌트가 갑자기 브라더후드의 집에서 나와도 분명 의혹을 낳게 될 거야. 따라서 변신은 패스턴 위처치에서 일어나서도 안 되네. 이 두 곳을 잇는 중간 지점에서 이루어져야만 하는 거지.

이게 바로 브라더후드-대브넌트가 애매한 옷을 입고 있었던 이유일세. 만일의 사태가 일어나더라도 고작 양말 한 짝 때문에 정체를 들켜서는 안 돼. 가지고 있던 남의 손수건은 어쩌다 보니 우연히 손에 넣게 되었을 테지. 또한 어느 쪽에게도 어울리는 시계를 두 개 지니고 있었고. 이리하여 자네들도 이제 알겠지만 그는 가발을 쓰고 안경을 끼는 것만으로도 브라더후드와 대브넌트 사이를 자유로이 오갈 수 있게 된 거야.

열차를 타고 이동하는 짧은 시간 내에 브라더후드에서 대브넌트로 변신하는 과정에서 그 남자는 무엇 하나 허투루 하지 않았네. 감쪽같이 두 역할을 번갈아 행했던 거야. 나는 항상 '감쪽같다'라는 이 재미있는 표현이 어디서 유래한 걸까 궁금했다네. 물론 자네들도 모두 알겠지만 여기서는 흔히 쓰이는 의미로만 이해하면 되네. 대브넌트가 패스턴 오트빌 역에서 하차하는 모습은 짐꾼이 목격했지. 하지만 우리가 지금 아는 바와 같이 4시 50분에 패스턴 오트빌발 열차에 오른 건 브라더후드였어. 그러나 패스턴 위처치에서 내린 건 다시 대브넌트였던 거야."

"자넨 그걸 어떻게 알았나?" 리브스가 물었다.

"열차표를 생각해보라고, 이 친구야. 브라더후드는 당연히 정기권을 가지고 있었을 거야. 매일같이 런던과 이곳을 오갔으니까. 그러므로 패스턴 위처치에서도 정기권을 발행했겠지. 하지만 대브넌트로서는 편도 승차권이 필요했어. 이렇게 하면 주위 사람들로 하여금 브라더후드와 대브넌트가 동시에 같은 열차를 타고 그날 오후 패스턴 위처치로 돌아왔다고 생각하게 만드는 효과를 줄 수 있네. 이 계획에서 예상치 못했던 유일한 문제는, 브라더후드가 도중에 살해당한다면 대브넌트가 범인인 것처럼 보일 확률이 다분하다는 거야. 그리고 불행하게도 그 일이 실제로 일어나고 말았지."

"그럼 자네는 자살이 아니라고 생각한단 말인가?" 매리어트가 목에 무언가 걸린 듯한 목소리로 물었다.

"만약 그게 자살이라면 순간적으로 정신이상이 온 것이겠지만, 정황상 갑자기 그런 일이 생겼다고 생각하긴 어렵네. 자살은 계획에 포함되지 않았을 테니까. 물론 가짜 자살이라면 어느 정도 고려해볼 만한 방편이야. 떨쳐내고 싶은 브라더후드의 존재를 완벽하게 말살해버릴 수 있는 방법 중 하나니까 말이지. 하지만 생각해보게나. 그러려면 브라더후드와 아주 비슷하게 생긴 사람을 찾아야만 해. 설마 떨어지면서 얼굴이 완전히 뭉개지리라고는 예상하지 못했을 테니까. 그리고 느닷없이 그 사람을 죽여야 한다고. 더욱이 대브넌트가 살인범으로 의심받을 수밖에 없어. 더 어렵고 더 멍청한 방법이 아닐 수 없지."

"그렇다면 자네 말은 우리가 찾아야 할 살인범이 우리와 일면식도 없는 낯선 누군가라는 말인가?"

매리어트의 물음에 카마이클이 재미있다는 눈빛으로 대

답했다.

"그런 말까지는 안 했네. 다만 우리가 찾아야 할 살인범은 우리가 전혀 예상치도 못한 누군가일 수 있다는 뜻이지. 만약 대브넌트가 브라더후드를 죽였다면 그건 자살이야. 대브넌트와 브라더후드는 동일 인물이니까. 하지만 내 생각에 그건 불가능할 것 같네. 이 사건에는 치밀한 사색을 통해 세운 계획이 존재하며, 예상치 못했던 상황 때문에 그 계획이 실패하고 말았다는 사실을 모든 증거가 가리키고 있어."

"만약 계획이 무사히 성공했다면 그 사내는 이리로 돌아와 대브넌트로서 살 생각이었을까?" 리브스가 말했다.

"내가 모든 걸 알고 있다고 생각하지 말게. 난 그저 시사된 사실만을 가지고 이야기를 맞추고 있을 뿐이야. 하지만 만약 그 남자가 대브넌트로서 돌아온다면 한 삼 주쯤 뜸을 들였다가 해처리스 저택에 자리를 잡고 살거나, 혹은 아주 대범한 사내라서 아예 브라더후드의 집을 사들일지도 모르지. 자네들도 알겠지만 브라더후드는 그 집과 이곳에 사는 친구들을 꽤 마음에 들어 했으니까. 브라더후드가 유일하게 싫어했던 한 가지는 자신의 서투른 골프 실력뿐이었지만, 대브넌트로 정착하게 되면 그런 가장을 할 필요도 없어지지. 가짜 가발도 벗어버리고 꾸밈없는 모습으로 나타날 수도 있어. 누군가가 글래스고에 간다고 집을 나간 브라더후드 씨를 목격한 마지막 장소는, 그가 본래 살던 패스턴 위처치가 되는 거지."

"아무래도 나는 너무 멍청한 것 같군." 고든이 말했다. "어제도 말했지만 난 타고난 왓슨 체질이어서 말이야. 그러면 내가 몇 시간 전에 해처리스 저택에서 발견한 그 소소한 단서들은 도대체 어떻게 된 건가? 그것도 자네의 이론에 들어맞나, 아니면 완전히 빗나간 건가?"

"계획에 들어 있었던 일이야. 하지만 자네가 상상하는 이유와는 다소 다른 이유일 걸세. 자네는 사람이 무언가를 바꿀 때 도덕관, 종교관, 정치적 입장 등을 바꾸는 게 더 비중이 있다고 생각하겠지만 일상적인 생활 습관을 바꾸는 것도 그 못지않게 중요한 일이라네. 브라더후드는 무신론자였고 대브넌트는 가톨릭 신자였지. 브라더후드는 격렬한 급진주의자였고 대브넌트는 완고한 토리당 지지자였어. 하지만 그러기에 앞서 누구나가 면도칼과 면도 크림, 치약 등을 고를 때 개인적인 선호도가 있지 않겠나? 그리고 그것들을 잘 살펴보면, 가령 대브넌트가 A라는 면도 크림을 썼다면 브라더후드도 그것과 같은 제품을 썼다는 사실을 발견할 수 있겠지. 만약 브라더후드가 B라는 치약을 사용했다면 대브넌트도 그랬을 테고. 이게 들통 나면 치명적인 일이 될 거야. 만약 누군가가—예를 들어 참견 좋아하는 늙은 교수라든가?—그 비밀을 꿰뚫어보고 수사를 시작할 위험성도 있겠지. 따라서 이런 사소한 흔적들은 제거할 필요가 있었네. 그리하여 대브넌트는 그 물건들을 조심스럽게 처분하기로 한 거야. 사진도 마찬가지야. 내 생각에는 브라더후드의 집에도 같은 사진이 있지 않을까 싶군. 분명 브라더후드로서든 대브넌트로서든 그 사진 없이는 살 수 없겠지."

"칼라와 양말은? 설마하니 특정 브랜드의 칼라에 집착하는 사람은 없을 텐데……."

"그건 속임수야. 대브넌트는 자신이 여행을 떠나기 위해 짐을 싼다는 인상을 사람들에게 남기고 싶어서 면도 도구뿐만 아니라 옷가지 몇 벌도 함께 챙겨 넣었던 걸세."

"수건과 비누는? 그 환상을 완성시키기 위해 그런 것들까지 필요하진 않을 것 아닌가?"

"아니, 그거야말로 가장 중요한 부분이야. 대브넌트는…… 자네 잊었나? 대브넌트는 브라더후드보다 눈썹 색깔이 훨씬 짙어. 분명 위장으로 칠한 거겠지. 그러니 그걸 지우기 위한 도구가 필요하지 않겠나? 완행열차에는 칸막이가 아주 많고 말이야."

"아니, 내 말 좀 들어보게." 리브스가 반박했다. "대브넌트가 월요일에 집을 나서면서 그런 것들을 한꺼번에 다 가지고 나갈 필요가 있었을까? 자취를 감추는 날로 예정했던 건 화요일이었을 텐데? 아니, 실질적으로는 수요일이 되겠지만. 침대칸은 수요일에 예약되어 있었으니까.

내 생각에는 그 사내가 화요일 밤에 해처리스 저택에서 자고 갈 작정은 아니었던 것 같네. 아마 자신의 본거지를 어딘가 런던 같은 곳으로 옮겨놓고서 패스턴 위처치에는 뭔가 놓고 갔던 물건을 가지러 온다는 핑계로 돌아왔겠지. 우리들 주위로 돌아온 그 남자는 브라더후드와 전혀 다른 사람이라는 인상을 심기 위해서 말이야."

"한 가지 더 있네." 매리어트가 말했다. "내 직업 때문에 이런 생각이 드는 건지도 모르겠지만, 원래부터 무신론자였던 사람이 패스턴 브리지에 있는 일요일 미사에 매주 참석하는 고통을 감내한다는 게 가당키나 한 일인가? 자네들도 알겠지만 대브넌트는 성실하게 성당에 나왔네. 그리고 반대로 원래 가톨릭 신자였던 사람이 어떻게 그렇게 마을 광장 한복판에 나와서 사람들을 모아놓고 무신론의 교리를 설파할 수 있단 말인가?"

카마이클이 씁쓸하게 말했다.

"미안하네만 매리어트, 자네는 너무 쉽게 남을 믿는 경향이 있어. 정말 모르겠나? 그 사내는 본래 가톨릭 신자야. 사람들을 모아놓고 자네 말과 자네 교리가 잘못되었다는 사실을 고래고래 외치는 건 결국 성당에 도움이 되는 일 아니겠나? 자네의 교구 신자들을 무신론자로 만들어버리면 나중에 패스턴 브리지의 신부가 그 사람들을 가톨릭 신자로 끌어들이는 일이 훨씬 쉬워지지 않겠어?"

"그러니까 결과적으로는 이런 얘기라는 뜻이군. 우리가 잡아야 할 범죄자가 존재는 하지만, 대브넌트를 찾아다닐 필요는 없다는 거지?" 고든이 말했다.

"정답이네. 결국 유령을 뒤쫓는 일이나 다름없다는 사실을 깨닫게 될 테니 말일세." 카마이클이 말했다.

사건 조사, 그리고 새로 발견된 단서

다음 날 오후(즉 목요일 오후)의 경찰 조사는 패스턴 위처치에 있는 작은 학교에서 이루어졌다. 증언을 하기 위해 기다리는 동안 리브스는 자신의 마음이 온통 무언가에 사로잡혀 있다는 사실을 깨달았다. 그렇게 마음이 사로잡혀 있을 때는 대개 어렴풋이 마음에 걸리는 무언가가 존재하는 경우였다. (이유는 모르겠으나) 교실 안에는 언제나 잉크와 분필의 냄새를 연상시키는 이상한 향이 떠돌았다. 열린 창문 밖에서는 자동차와 오토바이의 짜증스러운 경적 소리와 엔진 소리가 들려왔다.

벽을 빙 두르고 있는 동물 그림들은 도통 시야 밖으로 밀어낼 수가 없었다. 그들 중 어떤 것들은 이상한 종교적 상징이나 토템 신앙 같기도 했다. 리브스의 반대편에 있는 한 짐승 그림 밑에는 커다란 글씨로 "돼지는 포유류다"라고 씌어 있었다. 이 교구의 어린아이가 돼지가 어떤 짐승인지 알고 싶어 하면 바로 궁금증을 해소해주려는 듯한 의도가 느껴졌다. 책상 위에는 칼로 새기고 잉크를 부어 넣은 이름이 여럿 보였다. 특히 흥미로웠던 것은 'H. 프레셔스'라는 이름이었다. 어떻게 이 지방 사람들은 그렇게 희한한 이름을 가질 수가 있을까? 런던 전화번호부에는 왜 이런 이름들이 드문 걸까? 카마이클이라면 이 의문에 대해 한 가지 이론을 세워줄 수 있을지도 모른다…….

그런 생각에 푹 잠겨 있던 리브스는 문득 자신이 아직 중요한 결정을 내리지 않았다는 사실을 깨달았다. 증언을 하러 오긴 왔는데 도대체 뭐라고 해야 좋단 말인가? 더러운 일이 벌어졌다고 의심하고 있다고 사실대로 털어놓아야 하나, 아니면 경찰 스스로의 능력을 믿는 게 나을까? 만일 자신이 의심하고 있는 것에 대해 요만큼이라도 언급했다간 철로 근처에서 발견한 골프공에 대한 이야기도 나오게 되지 않을까? 시체를 발견하고 나서 경찰이 도착하기까지 도대체 뭘 했는지 묻진 않을까?

리브스는 이런저런 사항들을 미리 고든과 상의하고 올 걸 그랬다고 후회했다. 아니다, 그랬다가는 두 사람이 공모해서 법의 허점을 찌를 궁리를 하고 있었다는 의심을 받을지도 모른다. 어쨌거나 리브스는 이 모든 예비 조사가 빨리 끝나기만을 바랐다.

막상 이름이 불려 가보니 리브스는 자신에게 어떤 이론적인 의견을 개진할 여지가 없으며, 이 사건을 보고 쌓아 올린 자신의 견해에 대해서 단 한 마디라도 꺼낼 기회가 없음을 깨달았다. 경찰이 리브스에게 요구한 것은 오로지 시체를 발견한 정확한 시각(이 질문에 리브스는 다소 헷갈려했다)과 시체가 어떤 식으로 누워 있었는가에 대한 자세한 묘사뿐이었다. 더욱이 시체를 옮겨서 중요한 단서들이 다 없어졌다고 야단을 맞기는커녕 오히려 시체를 치워줘서 고맙다는 이야기까지 들었다. 상황을 종합적으로 보았을 때 경찰이 수수께끼를 푸는 데 자신이 도움을 줄 수 있지 않을까 싶었던 리브스의 생각은 완전히 계산 착오였던 셈이다. 마치 당국이 고인을 향해 침통한 정화 의식을 행하는 것 같았다.

막판에는 (분위기 탓도 있고 해서) 그야말로 학교로 되돌아와 자신이 미리 '벼락치기'로 공부해둔 구절이 아닌 바로 다음 구절을 '해석해보라'는 질문을 받은 상황에 처한 듯한 기분까지 들었다. 하지만 예상보다는 훨씬 수월하게 그 상황에서 벗어날 수 있었다. 그 느낌은 매리어트가 자리에서 일어나자 더욱 강해졌다. 매리어트는 여전히 자살이라는 결론이 내려질 가능성 탓에 몹시 불안해하고 있었던 듯, 수업 준비를 하나도 하지 않은 학생처럼 주어지는 답변에 몹시 혼란스러워하며 아무렇게나 대답했기 때문이다.

이날 오후의 주역은 두말할 것 없이 브램스턴 부인이었다. 검시관은 부인을 맞이할 준비가 전혀 되어 있지 않았으나, 부인은 그가 지켜보는 가운데 당당히 들어와 누가 묻거나 요구하지도 않은 정신 사나운 정보들을 봇물처럼 터뜨렸다. 그 뒤로는 낯선 사람들이 찾아왔다. 런던에 있는 브라더후드의 사무실 사람들, 보험회사 사람들, 빚쟁이들이 보낸 사람들……. 그리고 그 열차에서 사고로 떨어질 가능성은 전혀 없다는 이야기를 몇 시간에 걸쳐서 늘어놓은, 철도회사 사람들도 있었다.

사실, 얼굴이 완전히 짓이겨진 채로 옆방에 누워 있는 사람에 대해서는 누구도 신경을 쓰지 않았다. 복수를 기원하며 하늘을 향해 울부짖는 사람도 없었다. 오로지 중점이 되는 문제는 두 가지였다. 보험회사는 과연 보험금을 지불해야 하는가, 그리고 철도회사는 보상금을 내놓아야 하는가.

지금까지 밝혀진 바에 의하면 브라더후드는 이 세상에 친지나 친척이라고는 한 명도 없었으므로 수사 결과가 자살에 의한 죽음이라고 내려지는 것도 무리는 아니었다. 하지만 매리어트는 그간의 우려에서 벗어날 수 있게 되었다. 브라더후드는 최근 사무실에서 자주 걱정스러운 표정을 짓곤 했으며 (엘리베이터 보이를 향해 "빌어먹을 놈, 저리 꺼져"라고 말하기도 했던 모양이다) 두통이 심하다고 불평하기도 했다고 한다. 정신 이상 상태에서 자살을 한 게 확실하다면 매리어트가 장례식을 치러줄 수 있을 것이다.

처음 이 상황을 맞닥뜨리고 상의했을 때에 비하면 지금의 매리어트는 오 년은 젊어 보였다. 리브스는 생각했다. 참 이상한 일이지. 특정한 상황에서는 소망이 사고를 지배하기도 하니까 말이야. 어젯밤까지만 해도 매리어트는 살인 사건의 단서를 찾는 일에 열심이었는데 자살이 심신상실로 인한 행위라고 공표되자 현재 진행되는 수사에는 더이상 흥미를 보이지 않게 되었다. 그저 이렇게 말하기만 했다.

"이건 그냥 수수께끼일세. 그리고 난 우리가 밑바닥까지 파헤칠 수 있을 거라는 생각은 안 드는군. 만일 우리가 대브넌트를 잡을 수 있다면 무언가 진전이 보일지도 모르지. 하지만 이제 그가 가상의 인물이라는 사실을 알았는데 무슨 걱정이 있겠나? 이 이상의 행동을 취할 만한 단서조차 없지 않나. 물론 자네가 경찰에 가서 아는 걸 다 털어놓는다면야 또 모르겠지만."

하지만 리브스는 이 말에 동의하지 않았다. 군사정보부에 있던 시절 경찰로부터 자신의 경고성 메모가 전부 무시당했던 경험 이후로, 리브스는 언젠가 그들에게 매운맛을 톡톡히 보여줄 기회가 오기만을 기다리던 참이었다.

"한두 가지 확인해야 할 사실이 더 있어." 리브스가 지적했다. "브라더후드의 주머니에서 찾아낸 암호 말이야. 쪽지 뒷장에 있던 목록. 전부 겨우 네 글자로 이루어져 있긴 하지만 무언가 깊은 의미를 담고 있을 게 분명해. 그리고 둑 위에서 찾아낸 골프공도 그래. 직접 찾아낸 실제 증거가 우리 주머니 속에 있잖아."

"안타깝지만 그건 증거로서는 너무 약해. 그 공만 해도, 클럽 회원 중 아무나 나타나서 자기가 오래전에 잃어버린 물건이라고 주장할 가능성이 얼마든지 있잖아." 고든이 반박했다.

카마이클은 아무래도 여러 사람을 깜짝 놀라게 만드는 운명인 모양이었다. 이 시점에 그가 갑자기 입을 열었다.

"글쎄, 그것만이 우리가 가진 단서의 전부는 아닐세. 캐디들이 불쌍한 브라더후드의 시체를 공구 창고로 들어 옮길 때 주머니에서 뭔가가 굴러떨어졌다더군. 최소한 캐디들은 그렇게 말했다네. 내 생각에는 그 어린 날건달 놈들이 시체의 주머니를 뒤진 것 같지만……."

"도대체 그들이 그럴 이유가 뭔데?" 리브스가 물었다.

"글쎄, 자네도 캐디들이 어떤 부류의 인간인지 잘 알잖나. 그런 일을 하다 보면 도덕의식이 결핍되는 법이지. 물론 학교 다니는 어린놈들도 별로 믿음직스럽진 않지만 적어도 못된 짓을 하지 못하게 학교가 막아주긴 하니까 말이야. 그 두 녀석들이 직접 주머니를 뒤진 게 확실해."

"하지만 4실링이 남아 있던데?" 고든이 물었다.

"그래, 녀석들은 돈을 훔치는 건 두려웠던 거야. 왜냐하면 감옥에 가는 일과 직결되니까. 하지만 다른 물건들을 슬쩍하는 데는 거리낌이 없었지. 가죽 주머니가 비어 있던 이유는 분명 그 녀석들에게 물어보면 알 수 있을 걸세. 왜 담뱃갑에 시가가 달랑 하나밖에 안 들어있었는지도. 시가를 몽땅 가져가지 않을 정도의 머리는 있다는 얘기지. 여하튼 콘월 사람들이 '약탈' 행위를 그만둔 건 얼마 되지 않은 일이야. 포위Fowey에 있는 러거 여관에서 어떤 남자와 이에 대해 흥미로운 대화를 나눈 적이 있는데……."

"우리한테 단서에 대해 얘기할 게 있다면서?" 고든이 점잖게 채근했다.

"아, 그랬지. 그래서 그 둘 중 하나가 나한테 다가오더군. 아마 이름이 진저라고 했던 녀석이었을 거야. 그런데 왜 항상 적갈색 머리카락을 가진 소년은 진저[1]라고 불릴까? 자네들도 생각해보면 알겠지만 진짜 생강은 살짝 녹색이 감도는 노란색을 띠지 않던가? 그런데 어디까지 얘기했지? 아, 그래. 진저가 내게 사진 한 장을 가지고 오더니 시체를 옮길 때 그게 시체의 옷 주머니에서 떨어졌다고 말했네. 그건 불가능한 일 아닌가? 자네들도 알겠지만 남자가 사진을 가지고 다닐 때는 대부분 가슴 주머니에 꽂고 다니는 경우가 많고, 시체를 거꾸로

1 영어에서 '진저(ginger)'는 생강을 뜻한다.

뒤집어서 마구 흔들지 않는 이상 가슴 주머니에 들어 있는 물건이 시체 운반 도중에 떨어진다는 건 말도 안 되는 소리니까 말이야. 그때 아마 진저는 자기가 단서가 될 만한 물건을 몰래 가지고 있다는 사실에 겁을 집어먹은 게 아닐까 싶네. 분명 스스로 그게 '단서'라는 사실을 깨달은 거야. 하지만 경찰에 직접 건네주는 건 영 내키지 않았겠지. 그래서 내게 준 거지."

"그래서 자네는 그걸 어떻게 했나?"

"지금 가지고 있네. 가슴 주머니에 말이야. 잠깐 정신이 없어서 여태껏 잊고 있다가 조사를 받던 도중 문득 사진 생각이 떠올랐네. 공공연하게 떠들고 다니기에는 너무 늦어버린 것 같기도 하고."

"카마이클, 지금 당장 그 사진을 꺼내서 보여주지 않으면 내가 자네를 거꾸로 뒤집어 들고 마구 흔들어대야 할 것 같은 기분이 드네." 고든이 심각한 얼굴로 말했다.

"알았네, 알았어."

카마이클은 주머니를 더듬어 큼직한 포켓 사진첩을 꺼냈다. 지켜보는 친구들의 인내심을 시험하기라도 하는 양 조심스러운 동작이었다.

사진 속에는 어깨 위쪽을 찍은 어느 젊은 여성의 모습이 담겨 있었다. 아주 세련된 모습이었으며 실제로 본다면 몹시 아름다울 게 틀림없었다. 카메라는 거짓말을 할 수 없다지만,

그 카메라를 사용하는 동네 '예술가'들 대부분은 오직 진실만을 표현하는 게 상당히 어렵다는 사실에 맞닥뜨리곤 한다. 이 사진은 빈버 근처에서 사진관을 운영하는 캠벨 씨의 작품이었다. 여하튼 사진 속 여성은 어려 보이지는 않았고, 머리 모양(과 드레스의 생김새)을 보아 십여 년 전에 촬영한 듯했다. 어디에도 사인이나 이니셜 같은 것은 보이지 않았다.

획득물을 한 바퀴 돌려 본 뒤 리브스가 말했다.

"음, 이것만 가지고는 우리의 조사가 많이 진전될 수 있을 것 같지는 않네. 하지만 조사하면서 찾아내지 못했던 브라더후드의 일생 중 일부분과 조우한 것 같기는 하군."

고든이 몸서리를 쳤다.

"그저 잠깐 자취를 감추었을 뿐인데도 사람들이 벌떼같이 몰려들어 서랍 속에 꽁꽁 숨겨둔 기념품과 낡은 사진을 뒤져서 과거를 캐내려 들다니! 이래서 모든 걸 철저하게 파괴한 거야……. 당연히 전부 완벽하게 없애버려야 했겠지."

하지만 리브스는 감상주의자가 아니라 발자취에 코를 대고 킁킁거리는 개와 같은 자였다.

"어디 보자. 빈버의 사진관 주인 이름이 뭐였는지 도통 기억이 안 나는군."

"금방 알게 될걸. 자네 머리 위에서 지금 둥둥 떠다니고 있을 테니까."

카마이클이 그렇게 말하자 리브스는 그것을 금세 낚아챘다.

"아, 그래. 맞아, 캠벨이었지. 자, 우리 중 누군가가 빈버에 가서, 어쩌다 이 사진을 습득해서 돌려주고 싶은데 혹시 캠벨 씨가 친절을 베풀어 사진의 주인이 누구인지 알려주실 수 없느냐고 물어보면 꽤 먹혀들 것 같지 않나? 물론 사진사들이란 프로답지 못하게 고객의 개인 정보를 함부로 알려주려 하지 않지만, 이 방법은 왠지 통할 것 같단 말이지."

"내가 가도 상관없네. 사실 일 때문에 빈버에 있는 어떤 사람을 찾아가봐야 하거든." 매리어트가 말했다.

"하늘이 돕는군. 딱 이 시점에 우리 중 빈버에 갈 일이 있는 사람이 있다니!"

"뭐, 자네도 살다 보면 언젠가는 이 사람을 만날 일이 반드시 생길걸."

"뭐? 도대체 누군데?"

"장의사거든."

매리어트의 말을 카마이클이 이어받았다.

"장의사들은 오랜 시간 동안 문학 속에서 푸대접을 받아왔지. 직업의 특징 때문에 항상 냉소적이거나 소름 끼치는 모습으로 묘사되곤 했어. 하지만 난 솔직히 말해 그 어떤 직업을 가진 사람을 봐도 장의사처럼 사려 깊고 눈치 빠른 부류는 본 적이 없네."

"사십오 분 안에는 돌아올 거야." 매리어트가 사진을 옷 속에 쑤셔 넣으며 말했다. "카마이클, 제발 부탁이니 내가 없는 동안 새로운 증거를 꺼내지 말고 있어 주게나."

매리어트가 나가고 카마이클이 당구실 쪽으로 저벅저벅 걸어가자 리브스는 몸을 꼼지락거리면서 방금 전 찾아낸 발견물이 앞으로 얼마나 중요한 의미를 가지게 될지 이야기하기 시작했다.

"참 신기하지 않나? 한 사람이 이웃 중 그 누구와도 교류하지 않고 이런 클럽 안에서 가상의 삶을 몇 년 동안이나 꾸려왔다니 말일세. 우리는 각자 자기 자신의 세계를 이루고 있으니 그런 식의 '바깥' 얼굴은 사실 큰 의미가 없어. 아마 이름 또한 그렇겠지. 지금 내가 그 사진에 대해서 이해할 수 없는 건 이거야. 도대체 몇 년 전에 찍은 걸까?"

"난 여성 패션에 조예가 깊지는 않네만, 적어도 전쟁 전에 찍은 사진인 것 같더군."

"바로 그거야. 자, 브라더후드는 전쟁이 막 끝나자마자 이곳에 와서 바로 클럽에 들었어. 비서한테 물어 확인했지. 그리고 '대브넌트'가 클럽에 가입한 건 아주 최근의 일이야. 일이 년쯤 되었을까 싶네. 누군가가 이곳에 집을 산다면 다들 그 사람이 골프 때문에 머무르는 거라고 생각하겠지. 하지만 아무리 봐도 브라더후드나 그의 환영인 대브넌트는 빈버라는 세계를 잘 알고 있었던 것 같네. 거기서 찍은 아름다운 여인의 사진을 갖고 있었던 걸 보면 말이지."

"꼭 그렇지도 않아. 여자가 자기 사진을 남자에게 주고 싶은데 그 사진보다 나중에 찍은 게 없어서 그냥 그걸 주었다고 하면, 둘이 사귄 지 한두 해밖에 안 되었다고 해도 충분히 가능한 일이지." 고든이 지적했다.

"맞는 말일세. 하지만 여자들은 대부분 자기 사진을 자주 새로 찍곤 하거든. 다른 관점으로도 한번 생각보자고. 캐디의 말을 믿는다면 그 사진은 주머니에서 빠져나와 떨어졌다고 했지? 하지만 그렇게 항상 몸에 지니고 다녔을 리가 없는데…… 맙소사, 이런 멍청이가 다 있나. 대브넌트의 별장에 있던 빈 액자는 어느 정도 크기였나?"

"아, 딱 그 사이즈였어. 물론 액자 사이즈야 대부분 비슷비슷하긴 하지만, 왠지 '대브넌트'가 집을 나서기 직전 서둘러 몸에 챙겼던 사진은 그게 아닐까 하고 거의 확신하고 있네. 정신없이 나가다 주머니에 아무렇게나 집어넣었던 거겠지. 물론 카마이클의 말이 맞는다면 말이야."

"그래, 지금까지는 모든 일들이 환하게 드러난 것 같군. 매리어트가 유익한 시간을 보내고 왔으면 좋겠네. 우리가 범인의 흔적을 뒤쫓느라 얼마나 느릿느릿 시간을 허비했는지 생각해보게. 벌써 꼬박 이틀이나 범인한테 시간을 줘버렸어."

"그런데 갑자기 생각났는데……." 고든이 말했다. "목요일에는 빈버에 있는 가게들 대부분이 일찍 닫지 않던가?"

다소 늦은 시각 매리어트가 식당으로 들어오는 모습을 보고 그간 조마조마하며 기다리고 있던 리브스가 냉큼 덤벼들었다.

"그래, 뭐 좀 찾았나?"

"음, 여기저기 돌아다니다 캠벨네……."

"오늘은 일찍 닫는 날 아니던가?"

"뭐 그렇긴 한데……. 캠벨 사진관만은 무슨 이유가 있어서 열려 있었거든. 아무튼 캠벨은 그 사진의 주인공이 누구인지 가르쳐주는 일에도, 또 내게 그 사람 주소를 알려주는 일에도 전혀 망설임이 없었네. 이름과 주소를 듣고 나니 나도 그 사람에 대해 상당히 많이 알고 있다는 사실을 깨달았어."

"그게 누군데?"

"그녀는 렌들스미스 양이라고 하네. 아버지인 캐넌 렌들스미스 씨는 오랫동안 빈버의 교구 목사였는데 학식은 있지만 다소 따분한 노인이었지. 1910년쯤이었던가, 그만 가엾게도 딸을 내버려두고 타계했어. 혼자 남은 딸은 내가 이곳에 오기 직전에 고향을 떠났네. 전쟁 초기에 고향으로 돌아온 렌들스미스 양은 예전보다 훨씬 처지가 나아져 있는 게 눈에 보일 정도였지. 교회 옆의 하얀 창틀이 있는 낡은 벽돌집을 구입해서 목사관처럼 꾸미고 살기 시작했으니 말이야. 물론 진짜 목사관은 아니지만.

아무튼 렌들스미스 양은 아직도 거기 살고 있네. 전쟁중에는 기부금을 모금하는 등 여러 가지로 좋은 공공사업을 벌였던 모양이지만 내가 렌들스미스 양과 직접 마주친 적은 없어. 캠벨은 그녀가 여전히 굉장한 미인이라고 하더군. 그 친구는 정말이지 입조심이라는 걸 모르는 모양이야. 글쎄 최근에 렌들스미스 양이 찍은 사진을 자랑스럽게 내게 보여주면서 이런 아가씨가 아직까지 결혼을 하지 않았다니 너무나 안타까운 일이라고 하지 뭔가. 아무튼 우리가 알고 싶어 한 사람은 대외적인 활동을 열심히 하는 선량한 여성이야. 내가 할 수 있는 말은 그게 전부일세."

"흐음." 리브스가 말했다. "그리고 브라더후드가 그 여자의 사진을 가지고 있었단 말이지……. 아니, 어쩌면 브라더후드가 대브넌트로 변장한 채 렌들스미스 양의 사진을 손에 넣었다가, 잠시간 이곳을 떠나 있는 동안 지니고 있으려던 것이었는지도 모르지만. 아무리 봐도 이 여자를 찾아가봐야 뭔가 이야기를 들을 수 있을 것 같네."

"맙소사!" 매리어트가 외쳤다. "자네 설마 렌들스미스 양을 찾아가서 또 《데일리 메일》의 기자라고 소개하려는 건 아니겠지? 그만두게, 브램스턴 부인을 상대하는 것과는 완전히 다른 문제야."

"브램스턴 부인과 달리 렌들스미스 양은 숙녀니까? 글쎄, 내 생각에 그건 감상주의적인 관점에서 하는 말 같은데."

"아니, 그런 말이 아니야. 자네가 기자 신분으로 렌들스미스 양을 찾아간다면 자넨 보나마나 문전박대를 당하게 될 거라는 뜻일세."

"아하. 그런 일도 가능하겠군. 하지만 난 딱히 《데일리 메일》 기자를 사칭하려는 건 아닐세. 《카운티 해럴드》에서 왔다고 하면서, 이 지역의 전도유망한 인사인 브라더후드 씨에 관한 글을 맡게 되었다고 소개할 생각인데."

그러자 카마이클이 반박했다.

"자네가 찾아간 이유는 뭐라고 설명할 생각인가? 잘 생각해봐, 렌들스미스 양과 브라더후드가 개인적으로 알고 지내는 사이였는지는 아직 확실하지 않네. 렌들스미스 양이 자기 사진을 준 사람은 브라더후드가 아니라 대브넌트이지 않나. 그러니 나라면 당연히 브라더후드가 아니라 대브넌트의 이름을 대고 찾아가겠네."

"난 그냥 단순하게 렌들스미스 양이 이 지역에서 가장 오래 거주한 사람이기 때문에 찾아왔다고 말할 생각이었는데."

"재치 있는 시작, 제1장." 고든이 빵 조각을 뜯어 먹으며 말했다. "아니야, 리브스. 그런 방법은 안 통할 거야. 물론 기자 같은 차림새를 한 자네 모습은 다시 보고 싶네. 꽤 매력적이더라고. 하지만 그런 변장으로 성숙한 여성의 마음을 사로잡지는 못할 것 같아. 다른 방법을 강구해보는 게 어떤가?"

"설마 외출하고 없는 사이에 그 집에 들어가서 강도질을 하라는 건 아니겠지?"

리브스가 공연히 짜증을 내자 고지식한 고든이 반박했다.

"자네가 보고 싶은 건 그 여자지, 그 여자의 집이 아니잖나."

"알았어, 좋아. 가서 렌들스미스 양한테 진실을 말해보겠네. 그러니까 최소한 우리가 브라더후드 살인 사건을 수사하고 있으며, 이 사진이 시체의 주머니에서 발견되었다는 이야기는 하겠다는 뜻이야. 혹시 브라더후드 생전에 적이 있었는지 알고 있으면 알려달라고 설득하고, 고인의 마지막에 빛을 비춰줄 비밀 같은 게 있는지도 물어보겠네."

"좋은 생각이야." 고든이 찬성했다. "항상 진실만을 말하게. 그럼 사람들은 절대 자네를 믿지 않을 테니까."

"왜 내 말을 안 믿을 거라고 생각하나?"

"이유는 없어. 그냥 그러지 않을 거야. 보편적 인간성에 대한 조롱 같기는 하네만, 난 항상 진실을 감추는 가장 안전한 방법은 아예 다 드러내놓고 말하는 일이라고 생각하거든. 그럼 사람들은 상대가 자기를 놀리거나 빈정거리고 있다고 생각하기 때문에 도리어 비밀이 지켜지게 되지."

"이거 회의적인 사두개인[1]이 따로 없구먼. 난 이 여성이 그토록 인간성을 낮춰 보지는 않을 거라고 생각하는데."

"뭘 보고 그렇게 판단하지?"

"사진을 봤으니까." 리브스가 말했다.

"설마 벌써부터 그 여자한테 홀딱 반한 건가? 매리어트, 이거 아무래도 장례식도 치르고 결혼식도 올려줘야 하고 자네가 엄청나게 바빠지겠어."

"장난 좀 치지 말게. 난 여자한테 관심 없어. 아주 못생긴 얼굴이 아니고서야 길거리에서 마주친 여자 얼굴을 기억도 못 해. 물론 이 여자는 그렇진 않지. 하지만 난 사람의 얼굴을 보고 판단하는 훈련이 어느 정도 되어 있어. 이런 얼굴을 가진 여자라면 자기 자신에게 솔직할 테니 다른 사람들도 자신에게 솔직한 태도를 취하기를 바랄 것 같은데."

"사진 좀 다시 한번 보세." 고든이 말했다.

매리어트가 사진을 꺼냈고, 그 사진은 네 친구들 사이를

1 기원전 유대교 당파의 하나로, 성문화된 율법만을 받아들이며 부활이나 천사의 존재, 영생, 영혼 등을 믿지 않는 현실주의자를 이른다.

다시 한 바퀴 돌았다.

“글쎄, 자네 말이 맞는 것 같군.” 고든이 인정했다. “하지만 얼핏 예뻐 보이는 여자라고 해서 항상 진정한 미인은 아니라는 사실이 재미있지 않나? 아니, 미인의 전형적 특징에 대해서 거론하는 게 아니네. 그저 사진을 찍을 때 이 여자가 너무 심각한 표정을 짓고 있는 게 자꾸 마음에 걸려. 캠벨 씨가 사진사답게 농담 한두 마디 던져주지도 않았던 걸까? 하다못해 입술이라도 축이라고 해주지.”

카마이클이 말했다.

“자네 말이 맞아. 눈빛이 너무 심각해. 하지만 난 그렇기 때문에 사진이 더 낫다고 생각하네. 그러니까 초상화로서의 역할로 보자면 말이지. 자네들은 혹시 미래의 역사가들이 얼마나 큰 이득을 보게 될지 생각해본 적 있나? 최근의 인물 사진들이 어떻게 역사에 편입되었는지 한번 생각해보란 말일세. 아마도 영국 역사에서 우리에게 남겨진 것 중엔 낡은 연감 한 귀퉁이에 남은 에드워드 2세의 손톱만한 얼굴 스케치가 그나마 초기 초상화의 형태라 할 수 있지 않을까 싶네. 초상화가 본격적으로 도입되고 난 뒤 예술이란 게 얼마나 빠르게 타락했는지 몰라! 홀바인은 진실만을 말했지만, 반다이크가 들어온 순간 모든 게 궁중의 아첨으로 변하고 말았어. 반면 미래의 역사가들은 우리가 실제로 어떻게 살아갔는지 전부 알 수 있겠지."

"내가 보기에는 아주 슬픈 표정 같은데. 큰일을 겪고 난 여자의 표정이야. 입을 이렇게 심각하게 다물고 있는 모양새가 그녀에게 자연스러워 보여." 리브스가 말했다.

"글쎄, 보통 사람들은 그녀의 얼굴을 보고 그런 인상을 받지는 않을 텐데." 매리어트가 끼어들었다.

"그건 또 무슨 말인가?" 리브스가 매리어트를 빤히 쳐다보며 물었다.

"아까도 말했지만 캠벨이 나한테 렌들스미스 양의 최근 사진을 보여주었다고 하지 않았나? 그 사진에서는 전혀 이렇지 않았어."

그때 두 사람의 대화에 고든이 끼어들었다.

"자, 자. 어차피 내일 리브스가 아름다운 실물을 만나러 갈 건데 굳이 지금 이러쿵저러쿵 토론해봤자 별 의미 없을 거야. 그러지 말고 브리지나 한판 하는 게 어떤가?"

"좋은 생각이야. 이제 그만 살인 사건에서 좀 멀어지자고. 난 아무리 생각해도 자네들이 이 허황된 놀음에 너무 빠져 있는 것 같네."

매리어트가 그렇게 말하자 리브스도 동의했다.

"알았네. 하지만 아래층 말고 내 방으로 가세. 10월에는 켤 수도 없는 벽난로가 있는 곳에 가봐야 무슨 소용인가?"

리브스의 방은 지금까지 거론했던 그 어떤 방보다도 훨씬 풍부한 묘사를 필요로 하는 곳이었다. 낡은 다워 하우스 안에서도 리브스의 방은 가장 좋은 침실이었는데, 처음 클럽이 만들어졌을 때 어째서인지 다른 작은 방들은 전부 누군가의 몫으로 돌아갔으나 이 방만은 비어 있었다. 그 결과 초기 튜더 왕조풍의 건축 양식이 고스란히 보존되어 있던 이 방에는, 격자창과 깊은 벽감, 흰색으로 회칠된 천장을 지탱하는 울퉁불퉁하고 검은 기둥, 떡갈나무로 이루어진 벽, 오로지 낡은 벽돌로만 만들어진 개방식 벽난로가 남아 있었다.

본의 아니게 오랫동안 방치되어 있던 벽난로에서는 탁탁 소리가 나기 시작했고 중간 밝기로 켜놓은 전등갓 너머로 깜박이는 불빛은 편안한 분위기를 만들어주었다. 덕분에 네 친구들은 아직 잡히지 않은 채 세상을 활보하고 있는 살인자들과 패스턴 오트빌 교회의 활짝 열린 묏자리 등 범죄와 관련된 생각은 잊어버릴 수 있었다.

고든은 나무로 된 벽널 주위를 장식한 몰딩 위에 사진을 얹으며 말했다.

"이봐, 리브스. 일단 렌들스미스 양과 마주 앉으면 그녀가 무언가를 떠올릴 수 있도록 계속 유도해야 하네. 자네의 노력이 통해서 그녀가 웃어주는 것까지는 바라지 않겠지만, 어떻게든 여자를 계속 고무해야 해."

게임을 진행할수록 네 사람은 점점 경건하게 침묵하며 집중 상태에 빠져들었다. 혹여 렌들스미스 양이 그 자리에 직접 나타났더라면, 또 초상 사진이 그들의 관심을 받지 못했다면 네 사람은 당사자에게 조금 더 격식을 갖추었을지도 몰랐다.

하지만 한 가지에 몰두하기 시작하면 도저히 그 생각에서 벗어나기 힘든 리브스는 잠시 쉴 생각도 하지 않고 다시 그 실체 없는 사진을 멍하니 쳐다보았다.

어쩌면 이 얼굴이 브라더후드를 기이한 죽음으로 몰아넣은 장본인인지도 모른다. 아니면 이 여자는 공범이며, 범죄의 향기가 나는 비밀에 한몫했다는 죄책감을 짊어지고 있는지도 모르는 일이다. 혹은 이 범죄의 피해자일지도 모르지. 대브넌트가 패스턴 위처치에 누워 땅속 깊은 곳에 묻히기만을 기다리고 있다는 사실도 모른 채, 그의 소식이 들려오기만을 덧없이 기다리고 있는 건 아닐까? 그렇다면 딱한 노릇이다. 여타 비슷한 사건들이 그렇듯, 여자는 너무나 견디기 힘든 고통을 맞이해야 하겠지. 그런 여자에게 사건을 수사한답시고 찾아가 인터뷰를 요청하고 뻔뻔스러운 질문들을 퍼붓는 게 과연 품위 있는 일이라고 할 수 있을까? 리브스는 죄책감이 들고일어나는 걸 느꼈다.

하지만 다른 방법은 없다. 렌들스미스 양은 그 사실과 직면해야만 한다. 램프 불빛 아래에서 벗어나 벽난로 불빛에 비춰보니 사진 속 얼굴은 한층 더 아름다워 보였다. 리브스는 어슬렁어슬렁 걸어 다니며 마치 마지막 조커를 뽑기라도 한 듯 사진을 보고 또 보았다.

"이런 말도 안 되는 일이 있나!"

한없이 생각에 잠겨 있던 사람들이 그의 목소리에 방해받아 짜증이 난 표정으로 뒤돌아보았다. 리브스는 공포에 질린 얼굴로 사진을 쳐다보고 있었다. 리브스는 재빨리 램프 밑으로 걸어와 그 사진을 옆으로 돌려 불빛이 잘 비추도록 내보였다. 다른 사람들도 얼굴이 하얗게 질렸다. 사진 속 얼굴이 웃고 있었다.

정확히 말하자면 입술에 희미한 웃음이 살짝 떠올라 있는 정도였다. 눈에 잘 띄지도 않고, 그 입술선을 따라 그리기도 어려운 수준이었다. 하지만 네 사내들이 똑같이 알고 있던 전체적인 느낌, 얼굴의 전체적인 인상은 세 사람이 브리지 게임을 하는 동안 완전히 뒤바뀌고 말았다. 그녀의 얼굴이 훨씬 인간적인 느낌으로 변한데다 더 아름다워졌지만, 어째서인지는 알 수 없었다.

매리어트가 고함을 질렀다.

"이런 젠장할, 이런 끔찍한 건 내다 버리세! 난 이제 도저히 이 일에 끼어들 자신이 없어. 앞으로 무슨 일이 기다리고 있는지 도통 알 수가 없으니! 리브스, 조사가 반쯤 진행된 상황에서 자네의 고생을 몽땅 헛수고로 돌려 미안하네만 이 일을 계속 진행하는 건 실수라는 생각이 드네. 자네도 알다시피 브라더후드는…… 그 사람한테는 뭔가 묘한 구석이 있었어. 난 항상 그 사람을 보면서 불길한 느낌을 받았단 말일세. 그러니 이제 그만하자고."

리브스가 천천히 말했다.

"이건 그렇게 불가능한 일은 아닐세. 빛 때문에 그렇게 보인 걸 수도 있어. 아래층 불빛은 이렇게 환하지 않으니까. 이런 상황에서 사람의 상상력이 어떻게 작용하는지 생각해보면 참 우습지 않나?"

"나는 소위 말하는 '귀신 나오는 집'에 가본 적은 없네." 카마이클이 말했다. "하지만 러터콤에 땅을 소유하고 있던 대학교에 대해서는 기억이 나는군. 더멈퍼드 가문이 살고 있던 곳인데, 버사르 씨가 늘 주장하기를 밤에 거기서 잘 때마다 비명 소리가 들렸다는 거야. 나는 그런 이야기를 믿지 않지만, 상상이란 종종 그런 기묘한 착각을 불러일으키는 법일세."

"하지만 이 사진을 보고 우리 모두가 달라진 점을 발견하지 않았나?" 매리어트가 반박했다.

"세상에는 집단 환각이라는 개념이 있네. 누군가가 이 얼굴을 보고 심각한 표정이라고 말하면 우리의 상상은 거기서 심각한 분위기를 읽어내지. 그리고 누군가가 사진의 표정이 바뀌었다고 말하면 또다시 거기서 심각한 느낌을 발견하지 못하게 되는 거야."

리브스가 독한 위스키소다를 따라 마시며 말했다. "그거야. 우리 모두가 집단 환각을 겪고 있는 거야. 그게 분명해."

고든은 아무런 의견도 내지 않고, 넷 중 유일하게 일어나서 다가가 사진을 직접 건드렸다. 그는 타고나기를 그런 사람이었다. 고든은 불빛 아래에서 사진을 비추면서 여러 각도로 훑어보았다.

이윽고 고든이 말했다.

"아니야, 이 사진은 확실히 달라진 게 맞네. 불에 쬐면 드러나는 잉크라도 사용된 걸까? 아니, 그건 말도 안 되는 소리야. 하지만 사진이란 워낙에 기상천외한 것이라서 말이야. 어쩌면 이 방의 열기 때문에 전에는 보이지 않았던 얼굴의 음영이 지금은 보이게 된 것 아닐까?"

"물기 탓이었는지도 모르지." 리브스가 말했다. "축축한 부분이 사진을 일부 가리고 있었는지도 몰라. 그러다 불가에 가까워지자 건조되어 날아간 것이고 말이야. 맙소사, 그렇게 염려할 필요가 있나? 이제 그만 자러 가자고. 사진은 내가 서랍 속에 넣고 잠가둘 테니까 내일 아침에 다시 보면 돼. 우리 모두 지금 과도하게 흥분한 상태야."

카마이클이 문을 열며 말했다.

"그 말이 맞아. 내가 예전에 동부 루멜리아에서 이런 일을 겪었는데……."

하지만 비틀비틀 통로를 걸어 내려가는 동안 다행스럽게도 그 기억은 전부 날아가고 말았다.

예상대로 아침이 되자 모두의 의견이 갈렸다. 모던트 리브스는 아무리 보아도 지금 눈앞의 사진과 어젯밤 저녁 식사 때 보았던 사진이 어디가 다른지 알 수가 없었다. 카마이클은 집단 환각에 대한 이야기를 잔뜩 늘어놓으면서도 그 말에 동의했다. 고든은 어느 쪽인지 확신을 하지 못했고, 매리어트만이 사진에 약간 변화가 있다는 입장을 고수했다.

사진이 달라졌든 아니든 그 기묘한 물건을 다시금 주머니 속에 넣은 리브스는 아침 식사 후 외출하기 위해 고든의 오토바이에 달린 사이드카에 올라탔다. 고든은 자기가 태워다주겠다고 자청하기는 했지만 렌들스미스 양의 집 안까지 함께 들어가지는 않겠다고 미리 딱 잘라 말했다. 카마이클은 고금의 격언을 인용하며 그들을 만류하려 했지만, 두 친구는 아직 할 말이 잔뜩 남은 듯한 카마이클을 클럽 하우스 문간에 남겨놓고 출발해버렸다.

솔직히 말하자면 리브스는 렌들스미스

양의 집 거실에서 대기하면서 다소 불안한 마음이 들었다. 방은 주인의 성품을 반영하는데 이 거실은 특히나 목소리를 크게 내고 있었다. 가구는 완벽하게 계획적으로 맞춰져 있었고, 꽃들은 뚜렷한 목적성을 가지고 정돈된 것 같았으며, 책들은 단순히 모으기만 한 게 아니라 의도에 맞게 수집한 것이라는 인상을 주었다. 리브스가 나중에 말한 바에 의하면 실내에서 담배 냄새는 전혀 나지 않았다고 한다.

그리고 이 집의 주인은 결코 이 첫인상을 배신하지 않았다. 여인의 아름다움은 물론 부정할 수 없었지만, 그보다도 그 아름다운 얼굴 앞에 있으면 왠지 자신이 무력해지는 기분이 들었다. 이 여인은 친절하다는 인상과 유능하다는 인상을 동시에 주었는데, 둘 중 하나를 굳이 고르라 한다면 그녀는 유능해 보이는 쪽을 택할 것이라는 생각이 저절로 들었다. 렌들스미스는 이런 시골구석에서 빈집이나 지키는 삶보다는 큰 병원의 수간호사 자리가 더 어울리는 사람이었다.

"안녕하세요, 리브스 씨. 여기까지 찾아와주셔서 감사해요. 그런데 우리가 전에 만난 적은 없죠? 물론 저는 클럽 총무를 포함해서 회원들을 제법 알고 있지만 지금은 골프 이야기를 할 때가 아닌 것 같네요. 긴급한 일로 저를 보러 오셨다고 하던데……. 제가 뭔가 도와드릴 일이 있다면 말씀해주세요."

모던트 리브스는 어째서인지 자신이 탐정이 아니라 취조받는 용의자가 된 듯한 기분을 맛보면서 주머니에서 문제의 사진을 꺼내며 약간 과장된 어조로 말했다.

"실례지만 렌들스미스 양, 이 사진을 알아보시겠습니까?"

그녀는 잠깐 숨을 들이마셨을까 말까 하는 정도의 뜸을 들였다가 이윽고 말했다.

"당연히 알죠! 설마하니 이게 거울은 아닐 테고……. 어쨌거나 이런 걸 본인 모르게 찍을 수는 없잖아요? 이건 예전에 저희 아버지가 아직 살아 계실 때, 제가 여기 살면서 찍은 사진 같네요. 그런데 이 사진의 어떤 점을 알고 싶으신 거죠?"

"이런 질문을 드리는 게 아주 무례한 짓이라는 사실은 잘 압니다만 중요한 일이라 어쩔 수가 없군요. 상황을 전부 설명해드리는 게 현명한 일 같다는 생각이 듭니다. 패스턴 위처치에 사는 가엾은 브라더후드에 대한 슬픈 소식은 물론 들으셨겠죠?"

"네, 신문에서 읽었어요."

"실은 클럽에서 그 사람을 잘 알고 지냈던 친구 중 한두 명이 경찰의 수사 노선을 다소 납득하지 못했거든요. 그 친구들은…… 저희는 경찰이 사실들을 제대로 검토해보지도 않고 너무 쉽게 자살했다는 판단을 내린 게 아닌가 하는 생각이 들었습니다. 그리고…… 자꾸만 거기에 뭔가 더러운 짓거리가 개입된 것만 같더군요."

"더러운 짓거리라고요? 하지만 누가 대체 왜……."

"저희도 동기에 대해서는 무엇 하나 짚이는 구석이 없습니다. 그렇기 때문에 그 부분에서 혹시 당신이 저희를 도울 수 있지 않을까 하는 생각으로 여기에 온 겁니다. 사실은 시체를 발견한 게 저와 제 친구들인데, 그때의 상황을 생각해보면 브라더후드가 그러니까…… 살해당했다는 것을 암시하는 증거가 몇 가지 눈에 띄었던 거죠. 예를 들어 모자의 위치라든가…… 뭐, 거기까지는 말씀드리지 않아도 될 것 같군요.

아무튼 저희는 몹시 강한 의혹을 품고 있지만, 저희가 모은 증거만 가지고는 이 의혹을 입증하기엔 부족합니다. 무슨 뜻인지 아시겠죠? 증거들 중 그나마 가설을 조금 더 발전시킬 만한 가능성이 있는 게 바로 이 사진입니다. 제가 한 짓은 아니지만 우연히 그 사진이 경찰의 손에 들어가는 일을 면했거든요."

"경찰은 이 사진에 대해 모르나요?"

"그럴 겁니다. 하지만 브라더후드의 주머니에서 발견된 거니까…… 적어도 그의 주머니에서 떨어지는 바람에 발견되었다는 건 확실하거든요. 그러니까…… 시체를 옮길 때 말입니다."

렌들스미스 양은 아직까지도 손에 들고 있던 사진을 다시 한번 들여다보았다.

"제게 원하는 건 정확히 무엇인가요?"

"그러니까 물론 이해하시겠지만, 저도 당신에게 몹시 고통스러울 수 있는 주제를 끄집어내는 데 상당한 저항감을 느낍니다. 하지만 동시에, 세상 사람들 대부분이 모르는 브라더후드의 지난 삶과 현 상황에 대해 당신이 어느 정도 알고 있다면, 그의 죽음을 둘러싼 의혹에 대해 어느 정도 짚이는 구석이 있지 않을까 하고 생각했던 거죠. 정리해서 말하자면, 혹시 브라더후드가 잘못되기를 바라거나 그 사람을 해코지할 만한 동기가 있는 사람을 혹시 아십니까?"

"알겠어요. 정의의 심판을 내리기 위해 제게 도움을 청하신 거군요. 하지만 왜 제가 경찰이 아니라 당신을 도와야 하는 거죠?"

"우리도 경찰을 돕고 있는 겁니다. 다만 경찰은 언제나…… 이걸 뭐라고 표현해야 좋을까요? 외부로부터의 도움을 그리 반기지 않는 편이라서 말이죠. 경찰의 방식에는 불필요한 형식적 절차가 너무 많죠. 전쟁중에 저는 군사정보부에 몸담고 있었는데, 다양한 부서들이 서로 적대시하고 시샘하느라 쓸데없는 노력을 하는 모습을 볼 기회가 많았습니다. 여하튼 경찰에 접촉하지는 않았습니다. 그들 앞에 들이댈 분명

한 사실을 잡을 때까지 우리끼리 최선을 다하는 게 낫다고 생각했거든요. 그래서 시체에서 사진을 발견하고도 경찰에게는 아무 말도 하지 않았던 겁니다."

"리브스 씨."

여성은 마치 몽둥이를 휘두르는 것처럼 사람의 성을 부른다. 존경 어린 호칭인 '아무개 씨'는 인간이 바깥 세계와 연결되어 있다는 사실을 드러내는 동시에 종종 불길한 느낌을 선사할 때가 있다. 성당의 사제는 신자들이 예배를 게을리했을 때 질책하는 용도로 그 호칭을 사용하곤 한다. 대학에서 학생처장은 학생들이 사각모와 가운을 착용하지 않고 격식 차린 만찬 자리에 나가려 하면 무례함을 꾸짖는 용도로 그 호칭을 사용한다. 하지만 그 어떤 것도 멸시 어린 여성의 책망만큼의 파괴력을 지닌 것은 없다. "아무개 씨." 당신은 남자고 나는 연약한 여자랍니다. "아무개 씨." 당신은 비열한 행동을 하고 있지만 신사라는 위치에 있잖아요. "아무개 씨." 당신은 내게 존경받을 만한 가치가 없는 사람이지만, 난 최선을 다해 당신에게 예의 바르게 행동하고 있어요. 이것이 '아무개 씨'라는 호칭의 아이러니다. 때문에 사람은 누구나 직함을 원하게 되는 것이다.

"리브스 씨, 정말 유감스럽지만 당신은 제게 진실을 말해 주지 않는군요."

리브스는 앉은 채 굳어버렸다. 온갖 가식을 던져버렸는데도 그 결과는 거짓말쟁이라 불리는 일뿐이라니, 이건 너무 심하지 않은가. "진실이야말로 가장 남을 속이기 쉬운 방편이지"라는 고든의 말이 옳을지도 모른다니, 너무하지 않은가. 리브스는 굴욕적인 기분으로 앉은 채 여성이 말을 잇기를 잠시 더 기다렸다.

"물론 저는 당신과 당신 친구분들이 왜 저를 이런 식으로 대하는지 몰라요. 다만 내 눈에 명확하게 보이는 것 하나는, 당신은 내게 정직하지 않으면서 내가 당신에게 정직한 태도를 취하길 바란다는 거예요. 그건 불공평하잖아요. 죄송하지만 그래서는 아무것도 도와드릴 수가 없네요."

"한 가지만 말씀드려도 될까요? 저희가 제기한 의혹과 발견한 사실을 구체적으로 말씀드리지 않는 바람에 어둠 속을 더듬는 듯한 기분이 들어 불쾌했다면 대단히 죄송합니다. 그런 말씀이시라면 저도 충분히 이해하겠지만……."

"그런 이야기가 아니에요. 당신이 제게 한 말들이 제 상식에 비추어보았을 때 진실되지 않았다는 거죠."

리브스는 약간 섬뜩한 미소를 지어 보였다.

"제가 드린 말씀 중에 정확히 어떤 부분이 당신을 그런 의혹 속으로 몰아넣었는지 여쭈어보아도 되겠습니까?"

"리브스 씨, 당신은 제게 너무 많은 것을 요구하고 계세요.

당신은 지금 제게 난데없이 찾아온 전혀 알지 못하는 사람에게 아주 개인적인 정보를 털어놓으라고 하고 있는 거예요. 당신은 개인적인 수사를 벌이고 있다면서 이런저런 이야기를 하셨죠. 하지만 저는 당신의 말 속에 단 하나라도 진실이 있는지조차 솔직히 모르겠네요. 다만 하신 이야기 중에서 한 가지만은 명백히 틀렸다고 단언할 수 있어요. 당신은 이제 그 틀린 부분이 무엇인지 제게 묻고 싶겠죠. 그럼 제가 틀렸다고 판단한 부분 하나만을 정정하면 되니까. 그게 말이나 되는 소린가요? 이보세요, 리브스 씨. 그러지 말고 있는 그대로 전부 털어놔보세요. 그럼 제가 도와드릴 수 있을지 아닐지 판단할 수 있을 테니까요."

"정말 죄송하지만 전 이미 할 수 있는 모든 이야기를 다 해드렸습니다. 그야말로 말을 꾸며내지 않고서야 더이상 제 '이야기'를 바꾸기는 힘들 것 같군요."

"그래요, 이래서야 서로 어긋나기만 할 것 같네요. 이렇게 의견의 일치를 보지 못하는 이상 리브스 씨는 그냥 단독으로 수사를 하시는 게 최선이 아닐까 싶은데, 어떻게 생각하시나요?"

이 마지막 말이 결코 실수가 아니라는 사실은 너무나 명확했다. 리브스는 최선을 다해 품위를 유지하며 자리에서 일어나 밖으로 나갔다. 유감스럽지만 고든이 이 이야기를 들으면 배꼽을 쥐고 폭소를 터뜨리리라 인정하지 않을 수 없었다. 그리고 그 일이 실제로 일어났을 때, 리브스는 사이드카 덮개 덕분에 오토바이에 탄 사람의 소리가 전혀 들리지 않는다는 사실에 몹시 감사했다.

그나마 클럽 문간에서 마주친 카마이클은 조금 더 동정을 표해주었다. 렌들스미스 양은 대브넌트와 브라더후드가 동일 인물이라는 사실을 모르는 채 자신의 사진을 대브넌트에게 주었고, 따라서 그가 자신의 소중한 개인 물품을 그토록 쉽게 남들에게 넘겨주었을 리 없다 여겼으리라고 카마이클은 생각했던 모양이었다.

한편으로 카마이클은 그사이 자기 나름대로 발견한 것이 있어 상당히 기분이 좋은 상태였다.

"전에 그 암호…… 그 엽서에 씌어 있었던 암호가 도대체 어느 책을 기반으로 하는 건지 알아보려고 애썼다는 얘길 하지 않았나? 그게 말이야, 자넨 제대로 된 길을 찾긴 했지만, 이렇게 말해서 미안하네만 모든 방법을 다 시도해보진 않았던 거야. 예를 들어 브라더후드가 런던을 떠나면서 문제의 책을 몸에 지니고 있었다고 치세. 하지만 브라더후드는 패스턴 오트빌에서 열차를 갈아탔지. 그래서 난 이렇게 자문해봤네. 만약 브라더후드가 부주의했거나 그 책에 관심을 잃어서 그걸 일등칸 객차에 놓고 내렸다면? 자네도 알겠지만 그 열차는 패스턴 오트빌에 계속 정차해 있었고 그날 밤 청소까지 마치지 않았나."

"당연하지. 그런 생각을 안 해봤을 만큼 바보는 아닐세."

"그래서 내가 역에 가서 자네가 썼던 속임수를 되풀이해 봤네."

"존재하지 않는 책을 찾으러 왔다고 말인가?"

"아니, 시골에서는 항상 새 이야기 두 개를 만들어내는 것보다 그냥 하나로 밀어붙이는 게 훨씬 낫거든. 나는 내 친구 하나가 『사탄의 슬픔』이라는 책을 잃어버렸는데 어디 갔는지 찾을 수가 없어서 안달하고 있다고 했네. 그랬더니 그 짐꾼이 나를 다른 직원에게로 데려갔고…… 정확히는 그의 동료 짐꾼에게 말이야. 그 짐꾼이 자기가 그 열차에서 『부도덕Immorality』이라는 책을 발견했다고 하더군."

"그런 책은 없지 않나."

"그래. 은근히 있을 법하면서도 없는 책이지. 아무튼 나는 일이 어떻게 돌아가는지 지켜보기로 했네. 짐꾼은 내가 도저히 따라갈 수 없도록 꼬리에 꼬리를 무는 생각을 한참 하더니 그 책을 집에 있는 자기 마누라한테 갖다줬다고 하더군. 그리하여 그의 부인이 책을 가지고 나타났는데 아니나 다를까 모머리의 『불멸Immortality』이었어. 좀 아쉬운 모양이긴 했지만 그녀는 주저 없이 책을 내게 주었네."

"그게 우리가 찾는 책이라고 단정할 만한 증거가 어디 있나?"

"많지. 우선 책 옆면을 따라 줄이 잔뜩 쳐져 있었고, 중간중간 물음표와 느낌표가 적혀 있었네. 난 그걸 보고 이 책이 브라더후드의 수중에 있던 물건이라고 확신했지. 물론 이제부터 자네가 갖고 있는 암호와 대조해봐야겠지만."

"훌륭하네. 바로 올라가세. 금방 찾을 수 있겠지만 솔직히 어디 있는지 확실하게는 모르겠군. 내 방 청소해주는 하녀하고 끊임없이 게임을 벌이는 중이거든. 그 하녀는 아무래도 서류들이 뿔뿔이 흩어져 있는 것보다 착착 쌓여서 높은 탑을 이루고 있는 게 훨씬 찾기 쉽다고 생각하는 것 같아. 아침마다 내가 서류들을 흩트려놓으면 다음 날 아침에 또다시 쌓여서 탑을 이루고 있거든."

아무튼 그들은 리브스의 방으로 갔다.

"어디 보자. 이건 소득세, 이건 고모님 편지, 이건 그 사람…… 허! 이게 뭐지? 안 돼……. 맙소사……. 이럴 수가……. 이런 젠장! 아무래도 없어진 것 같네."

"혹시 자네 주머니에 들어 있는 거 아냐?"

"아니야……. 아니, 주머니엔 없어. 잠깐만 기다려, 내 다시 한번 찾아보겠네……. 이거참 이상한 일이군. 어젯밤에도 내가 그 암호를 다시 한번 들여다봤는데."

"그런데 지금은 없단 말이지. 달리 없어진 것은 없나?"

"없는 것 같네. 맙소사, 정말 미치겠군! 처음에는 열쇠 없이 암호만 달랑 있더니, 이제 열쇠를 찾아오니까 암호가 없어지다니."

"인생이 다 그렇지 뭐." 고든이 위로했다.

"뭐였더라? 움켜쥔 그리고 그것이 생각했다 함께 그…… 아니, 원 세상에! 이것 좀 보게, 난 이 지긋지긋한 인격 형성 책을 가지고 암호를 해독하는 바보짓을 했네. 하지만 페이지를 넘기면서 문제의 자리에 들어맞는 글자에 전부 밑줄을 쳐 놓았어. 왓슨 옹이 어쨌거나 도움이 되기는 하는군. 잠깐만 기다려보게……. 아, 여기 있군. 자, 준비됐나? '움켜쥔'이라는 단어는 8쪽 7번째 줄의 5번째 단어야. 모머리의 책에선 어떻지?"

"'당신이'로군. 메시지의 시작에 들어가는 단어로 적합한 것 같은데."

이리하여 그들은 암호를 하나하나 해독하며 유익한 시간을 보냈다. 모든 일이 끝나자 카마이클이 지켜보는 가운데 반으로 찢은 종이 위에 완성된 문장이 생겨났다.

당신이 믿음을 거스르면 언젠가 반드시 파멸하고 말 것이다.

“그래.” 곰곰이 생각에 잠겨 있던 고든이 말했다. “단순한 우연이라 하기에는 너무 그럴듯하군. 협박인지 경고인지 모르겠지만 아무튼 이건 브라더후드에게 전해진 메시지가 틀림없어. 아마 모머리의 책으로 암호를 해석해내기는 했지만 이 말을 지킬 시간조차 없었겠지. 그리고 이 메시지를 해독하고 나서 우리가 얻은 유일한 소득은, 이걸 가지고도 딱히 뭘 알아낼 수가 없다는 거야.”

“내 생각에는 브라더후드가 무슨 일을 하기로 약속했다가 마음을 바꾼 것 같군.” 카마이클이 말했다.

“그럴 수도 있지.” 리브스가 말했다.

“‘그럴 수도 있지’라니? 다른 의미라도 있다는 말인가?”

“글쎄, 나도 잘 모르겠지만……. 아냐, 그게 맞을 거야. 하지만 고든의 말대로 이걸 가지고 새로 알아낼 수 있는 사실은 없는 것 같네.”

“그것만 가지고는 어렵겠지.” 카마이클이 동의했다.

“하지만 동시에 우리 앞에 새로운 단서가 나타났다네.”

“그게 뭔가?” 고든이 물었다.

“때가 되면 이야기하지. 점심시간이 다 되었군. 아래층으로 내려가자고.”

하지만 카마이클은 계단을 다 내려가기도 전에 결국 자신의 말뜻을 설명하고 말았다.

"새로운 단서란 바로 암호가 사라졌다는 사실 자체야. 내가 잘못 생각하지 않았다면 그 사실에는 겉보기보다 훨씬 깊은 의미가 있을 걸세."

"자네가 무슨 말을 하는 건지 도통 모르겠네." 오찬 자리에서 리브스가 말했다.

"신경 쓰지 말게. 내 말이 옳을지 그를지는 두고 보면 알겠지. 그나저나 오늘 오후에 장례식이 있을 거라는데, 무슨 일을 시작하든 장례식은 끝나고 하는 게 예의겠지. 이봐, 매리어트. 몇 시에 시작하나?"

"2시 반이라네. 클럽 사람들도 꽤 많이 참석한다는데, 오후 라운드를 돌아야 하니까 시간을 맞춰달라더군. 그러고 보면, 브라더후드는 이 클럽에 아주 잘해줬는데 우리 중 진정으로 그에 대해 잘 아는 사람은 거의 없다시피 하지 않나. 위원회에서 멋진 화환을 보내주긴 했지만."

"아마 화환은 그거 하나뿐이겠지." 고든이 말했다.

"글쎄, 그렇지도 않더라고. 독특하고 비싸 보이는 화환이 있었는데 런던에서 보낸 거였어. 그런데 이름이나 문구 같은 것은 하나도 없더군."

"흠! 그거 이상한걸." 리브스가 말했다.

"친애하는 리브스, 내가 굳이 말하지 않아도 설마 관 위에 놓인 화환에 돋보기와 핀셋을 들이대지는 않겠지? 사람으로서의 도리를 지킨다면 말이야." 고든이 충고했다.

"그런 걱정은 말게. 어쨌거나 카마이클이…… 이봐, 고든! 저 친구 등 좀 두드려줘."

카마이클이 느닷없이 목이 졸린 듯 심한 기침을 했던 것이다. 아무리 점잖은 사람이라 해도 그럴 때가 있는 법이다.

조금 진정한 카마이클이 숨을 헐떡이며 말했다.

"먹은 음식이 목에 걸렸을 때 '잘못 넘어갔다'고들 하는데 그거참 웃기는 말 아닌가. 왜냐하면 음식이 기도로 넘어간 건 아니니까 말이야."

장례식은 그야말로 아이러니의 도가니였다. 장례식에 참석한 클럽 사람들은 교회 묘지로 가면서 골프채를 들고 가는 것이 적절하지 못하다는 생각까진 한 모양이었다. 그러나 그들의 복장은 고인에 대한 예의와 장례식이 끝나자마자 곧장 골프를 치러 가고 싶은 마음 사이에서 절충안을 찾은 것 같은 차림새였다. 눈물을 흘리는 사람은 아무도 없었다. 패스턴 오트빌 마을 전체는 마치 '철도에서 떨어져 죽은 사람이 묻히는 모습'을 지켜보는, 넋 나간 상태의 어린아이가 된 것만 같았다.

낭랑하게 울려 퍼지는 추모사는 일주일 하고도 조금 더 전 브라더후드가 직접 발 딛고 서서 인간의 불멸성에 대해 힘겹게 반론을 제기했던 마을 광장 곳곳으로 널리널리 퍼져 나가리라. 오트빌의 위대한 영주들도 윌리엄 3세 통치하에 옛 신앙을 저버린 이후 줄곧 이와 같이 침통한 애도문을 들으며 같은 담벼락 안에 잠들어 있었으니…….

생을 지닌 자 모두 무無로 돌아갈지니,
업적을 지닌 자 또한 모두 물거품이 될지니.

그럼에도 불구하고 죽은 자와 이별하는 자리에서는 언제나 봉건시대 특유의 장엄함이 떠돌았다. 하지만 교구 내에 제대로 알고 지낸 사람도 없으며 이 시골에서 사랑한 것이라고는 오로지 땅바닥에 파인 열여덟 개의 홀뿐인, 이 정체 모를 단기 체류자를 애도하려면 도대체 어떻게 해야 한단 말인가. 몸뚱이는 망가지고 그가 지녔던 영혼은 부정당하고 만 이 상황에서.

누군가는 사람들이 왜 화장을 원하는지 이해하기도 했다. 진지함이라고는 찾아볼 수 없는 경망한 언동을 즐기는 인간들로서는 엄숙한 전통적 매장 방식에 불편함을 느끼는 것도 당연한 일이니 말이다. 물론 마을 사람들은 좀 다르게 받아들일 수도 있다. 어쩌면 이 사람들은 장례를 치르기 위해 삶을 살아가는지도 모른다. 장례식이 치러지고 나면 그들은 열심히 고랑을 파고 경작했던 밭과 하나가 되는 것이며, 그리하여 마침내 태곳적부터 일궈왔던 땅을 영원히 소유하게 된다.

"여자의 몸에서 태어난 인간은 평생 슬픔에 찬 생애를 보내지만 그 시간은 길지 않으리."[1]

무의식 속에서, 사람들은 거대한 정원 안에서 세속에 찌든 떡갈나무와 비바람에 풍화되고 낡아버린 교회당 건물의 모습으로부터 자신의 삶을 평가하는 법을 배운다. 그러나 땅을 공 치기 좋은 곳과 나쁜 곳으로밖에 평가하지 않는 이 경박한 게임을 즐기는 침략자들은, 이 외딴 골짜기에서 도대체 어떤 공동생활을 영위하고 있는 걸까? 그들에겐 아무런 의미도 없을 텐데.

지금까지는 고든의 시선을 따라 장례식장의 모습을 살펴보았다. 아마도 리브스는 수수께끼의 화환 기증자에 대한 생각에 골똘히 잠겨 있을 것이고, 카마이클은 쉴 틈 없이 수천 가지 일들을 떠올리고 있을 게 분명했다. 장례식은 마침내 끝이 났고, 사건 수사로 돌아가고 싶어 몸이 달아 있던 리브스는 냉큼 카마이클에게 달려가 암호가 사라진 일이 무엇을 의미하는지 알려달라고 애원했다. 하지만 카마이클에게서 돌아온 건 오로지 "자네 방으로 돌아가서 얘기하세"라는 대답뿐

[1] 『욥기』 14장 1절.

이었다. 그리고 드디어 꿈에 그리던 안식처에 도착하자 카마이클이 말했다.

"서류들을 다시 살펴보게. 혹시 암호가 적힌 쪽지를 실수로 못 보고 놓친 건 아닌지."

"세상에." 리브스가 말했다. "여기 있잖아! 맹세컨대 분명 아까 봤을 땐 없었어. 카마이클, 설마 자네가 쪽지 가지고 장난을 친 건 아니지?"

"아니, 난 안 그랬네."

"그럼 도대체 누가 그런 거야?"

"그게 요점일세. 자네의 머릿속에 불을 밝혀주게 되어서 참으로 기쁘구먼. 자, 보게. 나는 그 쪽지가 분실된 건 하녀의 책임이 아니라고 생각하네. 그 아가씨는 아침 일찍 자네 방을 청소했을 뿐이야. 그후 자네가 빈버에 가고 나서 내가 아침 식사를 마치고, 혹시나 뭔가 떠오르는 게 없을까 싶어서 암호문을 다시 한번 보았네. 그때는 쪽지가 제자리에 있었네."

"설마 자네가 가지고 간 건 아니겠지?"

"당연하지. 자, 보게. 그 쪽지는 내가 역으로 가고, 자네와 고든이 빈버에 가느라 방을 비운 사이에 누가 가져간 거야."

"도대체 어떻게 도로 갖다 놓은 거지?"

"쪽지는 되돌아왔네. 내가 나중에 다시 한번 훑어보았으니까 점심때 돌아온 건 아니야. 즉 우리가 장례식장에 가 있는 동안 돌아온 거야. 즉, 우리 넷 중에서 오늘 오후에 이 암호문을 가지고 장난을 칠 수 있었던 사람은 없네. 그리고 클럽 총무 같은 사람도 용의선상에서 제외할 수 있겠구먼."

"그렇다면 설마 이 건물 안의 누군가가 내 방에 침입해서 자기 욕심을 채우기 위해 내 서류들을 뒤졌단 말인가? 자네 진심이야?"

"그렇게 놀랄 건 없지 않은가. 자넨 요 사흘 동안 남들 일에 코를 들이밀며 스파이 짓을 하고 다녔어. 다른 사람이 자네를 염탐할 수도 있다는 생각은 안 해봤나? 자, 보란 말이야. 아침 10시 반에는 쪽지가 자네 방에 있었네. 하지만 12시 반에는 그게 없었다가 4시경에 다시 돌아왔네. 그러니까 자네의 습관을 아는 누군가가 집어 갔다가 도로 가져다 놓았다고 생각하는 게 타당하지 않겠어?"

"도대체 왜 그렇게 의심하는 건가?"

"그게 참 이상한 일인데 말이야. 자네 혹시 계산을 잘못한 덕분에 도리어 올바른 길을 걸어본 적은 없나? 어젯밤 나는 사진 때문에 벌어진 기이한 경험으로 온통 혼란에 빠져 있었는데 누가 몰래 이 방에 들어와서 사진을 바꿔치기한 게 아닌가 하는 생각이 문득 들었네. 뭐, 생각해보면 그때는 줄곧 우리 네 사람이 이 방에 있었으니 불가능한 일이지. 하지만 그와 동시에, 어쩌면 우리의 활동이 사람들에게 너무 많이 알려진 게 아닌가 하는 생각도 들더군. 생각해봐, 이 도미 하우스 내에 얼마나 많은 외부인들이 우글거리고 있는지 말일세. 우리 모두 알다시피 그중 누군가가 브라더후드를 죽인 범인 내지는 그 공범일지도 몰라.

그리고 자네가 암호문을 찾아냈다가 잃어버렸다, 그 이야기를 떠올리자 나는 즉시 깨달았던 걸세. 내가 옳았다, 지금 이 순간 누군가가 우리의 행적을 뒤쫓고 있는지도 모른다고 말이지! 그래서 내가 점심을 먹다 말고 그렇게 심하게 기침을 했던 거라네. 자네가 금방이라도 듣는 귀가 많은 식당에서 암호문이 사라졌다는 이야기를 할 것 같아서. 그건 경솔한 일이었어."

"하지만 대체 뭐 하러 그런 짓을 한 건가? 왜 그걸 가져갔다가 도로 가져다 놓은 건데?"

"친애하는 리브스, 자네는 장례식에 안 가는 게 나을 뻔했네. 아무래도 우울한 분위기가 자네의 지능에 안 좋은 영향을 미친 모양이야. 암호문은 오늘 아침 자네에게 긴히 필요가 있을 때 사라졌지. 나는 누군가가 그걸 지켜보고서 그게 중요한 물건이라는 사실을 알아챈 게 아닐까 생각하네. 그리고 작은 사건이 일어나 더이상 자네에게 그 쪽지는 필요 없게 되었지. 그게 없어도 메시지를 읽어낼 수 있게 되지 않았나. 그래서 난 이제 무슨 일이 일어날까 추측해보았지. 만일 우리가 방을 비우면 이제는 필요 없게 된 쪽지가 돌아와 있지 않을까 하는 생각이 들었어. 그리고 바로 그런 일이 벌어진 거야. 가설이 실제로 검증된 순간이지."

리브스가 방 안을 왔다 갔다 하며 중얼거렸다.

"맙소사. 이제 우린 뭘 어떻게 해야 하는 건가?"

"그냥 딱 한 가지 일만 입 다물고 있게. 난 솔직히 말해 매리어트한테는 이야기해봤자 아무런 도움이 되지 않을 것 같군. 그 친군 약간 아둔한 구석이 있는데다 수다 떨기를 좋아하는 경향이 있으니 말이야. 매리어트한테 무슨 이야기를 하면 금세 주위에 소문이 쫙 퍼질 거야. 고든은 달라, 고든은 괜찮네. 그러니 다음 할 일은 명확하군. 일종의 덫을 깔아놓았다가, 놈을 현행범으로 체포하자고."

"놈이라니, 살인자 말이야?"

"반드시 살인자라고는 할 수 없네. 우리를 주시하고 있는 자는 틀림없이 있을 테지만, 그게 꼭 이번 사건의 범인이라고 단정할 수는 없어."

"그럼 그자를 어떻게 잡으려는 건데?"

"내가 볼 때는 우리 중 두 사람…… 아마 자네랑 고든이 적합할 것 같군. 나는 잠을 좀 자고 싶거든. 아무튼 두 사람이 오늘 밤 자지 않고 문 밖을 지키는 게 좋을 듯싶네. 우리가 그 방문자의 호기심을 자극했으니 그자는 분명 오늘 밤 다시 와서 자네 방을 뒤지고 싶어 할 거야. 그러니 자네가 브라더후드의 책 한두 권이나 몇 가지 물건을 가지고 있는데, 혹시 그와 친했던 사람이 있으면 건네주고 싶으니 내일 자네 방으로 오라고 총무가 없는 틈을 타서 게시판에 써놓는 거야. 자, 이제 우린 내려가서 차나 한잔 마시자고."

"난 브라더후드의 물건 같은 것 하나도 없는데." 아래층으로 내려가면서 리브스가 항변했다.

"당연하지. 어차피 지금은 브라더후드한테 요만큼이라도 신경 쓰는 자가 없네. 하지만 만약 이 익명의 신사가 자네가 갖고 있다는 물건에 관심이 있다면 밤 깊은 시각 방문할지도 모르지 않나? 만일 누가 나타난다면 자네가 덮쳐서 목을 조르면 될 테고, 아무도 나타나지 않는다면 1시쯤에는 그냥 자러 가면 될 것 같군. 하룻밤 내내 조금도 자지 않고 서 있는 건 너무하니까."

"기왕 할 거면 철저히 하는 게 좋겠네. 그럼 내 오늘 저녁에 바로 외출해서 가방 하나를 챙겨 오겠네. 누가 보면 내가 브라더후드의 집에서 무언가를 가지고 온 것처럼 말이야."

"좋은 생각일세. 잠깐 기다려봐, 내가 밴보런이라는 젊은이에게서 껌을 몇 개 얻어 올 테니."

그러자 몸을 살짝 뒤로 젖힌 리브스가 말했다.

"카마이클, 자네 덕분에 최근 깜짝 놀라는 일이 워낙 잦았네만 이것만큼은 정말로 예상치도 못했네. 자네가 껌을 씹는 모습은 도저히 상상도 안 가는걸."

"안 씹지."

카마이클은 단호하게 말하고는 더이상 그 화제에 대해 대화를 나누고 싶지 않다는 듯한 기색을 보였다. 게다가 매리어트가 돌아와서 그들이 앉은 테이블에 합류하는 바람에 리브스는 그 이야기를 다시 꺼낼 기회조차 잃어버렸다.

"한데 그게 사실인가? 이 클럽 사람들 중에서 이곳 교회 묘지에 묻힌 건 브라더후드가 최초라는 이야기 말일세." 카마이클이 물었다.

"맞아. 패리라고, 먼저 여기서 죽은 사람이 있긴 했는데 그는 런던에 묻혔어. 하기야, 지난 이백 년 동안 자기들끼리 그 대단한 비용을 지불하고 장례식을 치렀던 오트빌 가문이 그런 늙다리를 위해 공간을 내줄 턱이 없지."

"이백 년? 삼백 년 아니었던가?" 리브스가 물었다.

"자네도 알다시피 오트빌 가문은 제임스 2세 때까지 가톨릭을 믿었잖아. 사람들이 그러는데 우리가 지금 당구실로 쓰고 있는 방이 한때는 예배실이었다고 하더군. 그리고 오트빌 가문은 앤 여왕 시대까지 이곳에 묘를 쓰지 않았다고 해."

"정말인가, 매리어트?" 카마이클이 말했다. "그거 흥미로운걸. 그래, 잉글랜드에서는 신교도식 장례법만 허용되었을 테니 그 사람들은 멀리 가서 묻혔을 게 분명해. 자네들 영국의 작은 마을 안에는 초기 르네상스 건축 양식이 드물다는 걸 알고 있나? 가톨릭이 성했다는 사실을 생각해보면 굉장히 기이한 일이지. 물론 청교도들도 엄청나게 애를 썼겠지만, 르네상스가 건축에 대해 얼마나 열정적이었는지를 생각해보면 그 양식이 더 많이 남아 있을 법도 한데 말이야. 로드주의자[1]들이 정말로 권력을 장악하고 있었다면 말이지만."

"여하튼 교구 기록에 따르면 오트빌 가문은 상당히 끈질기게 교회와 대치하면서 전임자들을 몹시 애먹였던 모양이야. 심지어 저 대저택이 지어지기 전, 가문 사람들이 다워 하우스에 살고 있었던 때에도 그들은 이 근방에서 대단히 영향력이 있는 유지들이었으니까."

저녁 식사 후의 계획에 대해 전혀 모르고 있었던 고든은 자신의 역할을 떨떠름한 표정으로 받아들였다. 고든의 말에 의하면 자신의 리볼버가 장전되는 일은 1918년 11월 마지막 실탄을 발사한 후로 처음 있는 일이라고 했다. 리브스의 방 맞은편에는 아무도 쓰지 않는 작은 방이 있었다. 그 방의 문은 항상 반쯤 열려 있었으며, 낯선 이가 길을 헤매다 그곳에 들어올 위험도 거의 없었다. 고든과 리브스는 자정 무렵 조용

[1] 17세기 초, 영국국교회의 대주교였던 윌리엄 로드의 비국교도 억압 정책을 지지한 사람들.

히 그 방으로 가서 1시경까지 어둠 속에 앉아 있기로 했다. 두 사람은 손전등 하나만 가지고 가서 베지크 게임이라도 하게 해달라고 애원했지만 카마이클은 단호했다. 심지어 여간한 상황이 아닌 다음에야 귓속말도 하지 말 것을 명했으며, 한층 더 너무하게도 흡연조차 금지하고 말았다. 그들은 12시까지 리브스의 방에서 매리어트와 함께 브리지를 했다. 그러고 나서 네 친구들은 흩어졌지만 카마이클은 리브스와 고든이 옷을 갈아입는 척 자리를 뜨는 동안 조금 더 그 자리에 남아 있겠다고 우겼다.

"혹시 모르니까 말이야. 누가 오더라도 이렇게 일찍 오지는 않겠지."

시골구석에 있는 집이라도 정신을 바짝 차린 채 한 시간 동안 어둠 속에 앉아 있으면 정말로 많은 것이 들리는 법이다. 특급열차가 기적을 울리며 패스턴 오트빌 역을 지나갔다. 몇 번 멈추기를 반복하는 동안 무개 화물차들이 서로 부딪치며 음악처럼 짤랑짤랑 소리를 내고, 마침내 화물열차 한 대가 겨우 신호를 통과했다. 뒤쪽 어딘가에서 개 한 마리가 외로운 듯 길게 울부짖었다. 고양이들이 한밤중 사랑과 증오의 대화를 나누는 소리도 났다. 먼 곳 어딘가에서 석탄이 받침대 위로 떨어졌다. 나무 경첩 삐걱거리는 불길한 소리가 간헐적으로 났다. 하지만 복도에서 누군가의 발소리는 한 번도 들리지 않았다. 낡은 마구간의 종탑이 1시를 알리자 두 사람은 모두 온몸이 뻣뻣해지고 눈이 피곤해진 상태로 겨우 풀려나 침대에 기어들어갈 수 있었다.

"자기 전에 내 방에서 위스키소다나 한잔하지 않겠나?"

리브스가 속삭이자 고든이 대답했다.

"안 돼. 카마이클이 한 말 잊었어? 무슨 일이 있어도 자네 방 거실에는 들어가면 안 된다고 했잖나."

"이런 빌어먹을!" 모던트 리브스가 투덜거렸다. "하지만 다 이유가 있어서 한 말이겠지."

카마이클은 친구들을 늦게까지 못 자게 한 대가라도 치르려는 듯 이례적으로 아침 일찍 일어났다. 리브스는 파자마 차림으로 아침 샤워를 하려던 중, 카마이클이 옷을 전부 차려입고 나타난 것을 발견했다.

"도대체 이 시간에 뭐 하고 돌아다니는 건가?"

"하녀가 오기 전에 얼른 자네 방을 청소해야 하니까. 하녀들도 신발 바닥에 껌이 붙으면 싫지 않겠나?" 카마이클이 대답했다.

리브스는 다른 테이블에서 뚝 떨어진 라운지 한구석에서 아침 식사를 마치고 파이프에 불을 붙일 때까지 이 부분적인 설명 이외에는 아무것도 들을 수가 없었다.

리브스가 재촉했다.

"제발 부탁이니 이제 설명해주게. 지금 내 머릿속은 어떻게 손쓸 수 없을 정도로 껌 생각으로만 가득해서 미치겠단 말이야."

"그건 됐어." 고든이 말했다. "그보다도 난 도대체 왜 카마이클이 아침 7시 반부터 옷을 차려입고 설쳐댔는지가 궁금해죽을 지경이네."

"자네들이 그렇게 바란다면 이런 식으로 설명하지." 카마이클이 말했다. "리브스, 내가 일찍 일어난 이유는 잠가놓았던 자네 방의 문을 열어두기 위해서였어. 그렇지 않으면 하녀가 아침에 자네 방을 청소하지 못할 테니까."

"문을 열어? 아니, 그럼 문은 언제 잠근 건데?"

"내가 그 방을 나간 건 정확히 어젯밤 12시였네."

"뭐야? 그럼 나하고 고든이 한 시간 내내 혹시 누가 오지는 않나 지켜보고 있는 동안 방문은 계속 잠겨 있었단 말인가? 이봐, 카마이클. 정 우리를 골탕 먹이고 싶었다면……."

"아니, 난 자네들을 '골탕 먹일' 의도가 전혀 없었네. 이 다소 아리송한 비유를 내가 잘 이해하고 있는지 모르겠지만 말이지. 자네들은 누군가가 리브스 자네 방에 들어가려 '시도하는' 모습을 목격하기 위해 기다리고 있었지. 만약 정말 그런 일이 벌어졌더라면 분명 근육질의 두 남자가 범인을 뒤에서 덮쳐눌렀을 테고, 그자가 문을 통해 안으로 들어갔을 확률은 학술상의 흥밋거리로 끝났겠지."

"하지만 자넨 그자를 현행범으로 잡으라고 하지 않았나? 세상에, 누굴 만나러 왔다가 잘못 찾아온 손님이나, 단순히 파이프 청소 도구를 빌리러 온 사람이라도 덮쳤다면 정말 한 쌍의 멍청이들이 따로 없었겠군!"

"인정하네. 하지만 내 말을 들어보게. 나는 직감적으로 무언가를 느꼈어. 아니, 확신이라고 해도 좋네. 누군가 자네의 방에 침입했다면 문을 통해 들어가지는 않았으리라는 확신 말이야."

"문을 통해 들어가지 않았다고? 그럼 고든하고 나는 단순히 자네의 어처구니없는 유머 감각을 만족시키기 위해 그런 쓸데없는 짓을 했단 말인가? 이봐, 카마이클……."

"자넨 항상 너무 급하게 결론으로 비약하는 경향이 있어. 반대편 방에서 자네들이 지켜보고 있었던 일엔 아주 큰 의미가 있었네. 자네들은 수수께끼의 신사가 문을 통해 들어올 거라고 확신했지. 자네들이 확신한 덕에 그 신사는 어젯밤 대담하게 자네 방을 방문할 수 있었던 거라네. 이 속임수에 대해서 자네들에게 아무 설명도 해주지 않은 건 미안하네만, 그 신사가 은밀히 행동에 나설 수 있도록 유도하려면 그러는 수밖에 없었어. 그리고 무엇보다 자네들이 한 시간 정도 깨어 있게 만들 필요성이 있었거든."

그러자 이번에는 고든이 말했다.

"한 시간이라는 시간은 오로지 시곗바늘의 움직임만으로 잴 수 있는 게 아닐세. 시계는 무생물이라 시간을 기록할 수는 있어도 '느끼지는' 못하지. 시간이 길게 느껴지는 데는 여러 가지 이유가 있지만 그중에서도 특히 비좁은 곳의 어둠과

고요, 그리고 담배를 못 피운다는 사실로 인한 괴로움만 한 건 없어. 어젯밤 우리가 느낀 한 시간은 파이프를 들고 버티는 세 시간과 똑같았단 말일세."

"정말 미안하네. 하지만 자네들도 실험이 성공했다는 사실을 들으면 기뻐할걸. 리브스, 누군가가 어젯밤 자네 방에 들어가서 이곳저곳을 밟고 다녔어. 물론 방 안에는 딱히 그럴듯한 게 없었으니 밤손님께서 관심을 둔 건 무엇 하나도 얻지 못했지만."

"자넨 그걸 어떻게 알았는데?"

"여기서 껌이 등장하지. 뭐, 아교풀이었어도 괜찮았겠지만 껌이 훨씬 확실했거든. 사람들이 왜 그런 걸 씹고 다니는지 난 아직도 이유를 모르겠네. 내가 보기에는 그냥 안절부절못하고 꼼지락거리는 모습이나 다름없는데 말이지. 무의식에 대해 떠들어대는 사람들은 모든 산만한 행동이 일종의 '보상 심리'에서 오는 모습이라고 말하겠지. 하지만 이 말을 잘 살펴보면 논리적으로 큰 구멍이 있어. 예를 들어 아무개 씨는 자기 할머니를 살해하지 않지만 엄지손가락을 계속 만지작거리는 습관이 있다고 치세. 그럼 그 부류의 사람들은 분명 아무개 씨가 엄지손가락을 꼼지락거리는 건 자기 할머니를 죽이지 않는 행동의 보상이라고 말할 거야. 이런 경우 그 두 가지 행동의 연관성을 증명하는 것이 이 이야기의 골자가 되어야 하는데, 잘 지켜보면 그들은 증명 대신 꾸준히 추정만 하고 있다는 사실이 분명하게 드러나지.

아무튼 원래 하던 이야기로 돌아가자면, 밴보런의 껌에는 어떤 특징이 있네. 그 껌은 잡아당기면 한없이 늘어나서 거의 눈에 보이지 않는 실 같은 길이로까지 만들 수 있어. 내가 어젯밤에 리브스 자네 방에 그렇게 해놓았지. 방 안 여기저기에 놓인 의자와 의자 사이로 그런 실을 잔뜩 뻗어 놓으면 무심코 그걸 밟고 돌아다닌 방문객이 발바닥에 그걸 묻힌 채 나가게 될 확률이 아주 높지."

"뭐라고!" 리브스가 고함을 질렀다. "그러니까 셜록 홈스가 카펫 위에 담뱃재를 뿌려놓은 것과 같은 짓을 했단 말인가!"

"그걸 처음 시도한 게 홈스는 아니라네. 정확히 말하자면 다니엘 선지자가 먼저 한 일이거든. 『다니엘서』 외경의 '벨과 용'[1] 이야기를 읽어보게나, 리브스."

"그럼 이제 다 같이 역에 가서 런던행 열차를 기다리는 클럽 사람들의 바지 자락을 유심히 훑어보고 다니면 되는 건가?" 고든이 물었다.

"아니, 그럴 필요는 없네. 그렇게 큰 소득이 있기를 기대

[1] 다니엘은 벨 신상이 평범한 조각상에 불과하다는 걸 밝히기 위해 신전 바닥에 재를 뿌려둔다.

한 건 아니었거든. 내 목적은 '누가' 리브스의 방을 방문했는지를 찾아내는 게 아니라 누군가가 실제로 그런 짓을 했다는 것, 그리고 범인이 방문을 통해 들어가지 않았다는 사실을 확인하려는 것이었으니까."

"그럼 창문으로 들어가기라도 했단 말인가?"

"아니. 친애하는 고든, 모든 사람이 자네처럼 창문을 넘어다닐 수 있을 만큼 민첩한 건 아니잖나. 더욱이 문제의 창문은 바닥에서 족히 6미터는 떨어져 있는데다, 거기까지 이어진 배수관도 없어. 만약 범인이 사다리를 사용했다면 베고니아 화단에 분명 흔적이 남았을 테고, 그럼 하다못해 지나가던 캐디라도 그걸 발견했겠지."

"뜸 좀 그만 들이고 제발 얘기해보게. 도대체 뭐가 있나? 비밀 통로라도 있었나?"

"그거야말로 유일하게 납득이 가는 해결책이지. 물론 아무도 클럽 하우스 내에 비밀 통로가 있으리라고 생각 못 했겠지만. 하지만 여긴 평범한 클럽 하우스가 아니야. 그리고 리브스 자네라면 분명 내가 그랬듯이 매리어트가 어젯밤에 한 말의 중요성을 깨달았을 텐데."

"매리어트가 어젯밤에 뭐라고 했었지?"

"오트빌 가문은 가톨릭을 고수하면서 윌리엄 3세 시절까지 교회에 반항적으로 굴었다고 하지 않았나. 이 말인즉 그들이 신부들을 집 안에 숨겨주었다는 뜻이지. 그리고 이렇게 런던에서 가까운 곳에 신부들을 숨겨주려면 비밀 장소가 있어야만 해. 지금은 갑자기 이름이 잘 떠오르지 않지만 여하간 예전에는 그런 비밀 공간을 만드는 일만 전문적으로 하는 사내도 있었네. 아프리오리, 따라서 난 이 유서 깊은 오트빌 영주의 저택에는 그런 건축적 비밀이 숨겨져 있을 가능성이 높다고 판단했지. 그리고 아마도 필요한 경우 그들은 비밀 공간에 숨거나 도망쳤을 테고."

"이런, 리브스. 이 일을 잘 묻어두지 않으면 자네 방세가 갑자기 오를지도 모르겠군그래." 고든이 말했다.

리브스는 여전히 뭔가 불만스러운 표정이었다.

"하지만 카마이클, 그렇다면 그냥 우리가 방 안에 앉아서 잘 지켜보고 있었으면 놈이 숨어 있던 곳에서 나오는 모습을 직접 목격할 수 있지 않았겠나?"

"그럴 수도 있었겠지. 하지만 생각을 해보게. 우리가 나눴던 대화를 그 신사가 엿듣지 않았으리란 보장이 어디 있나? 그리고 자네 방 안 어디에 자네들이 안전하게 숨어 있을 만한 공간이 있어? 솔직히 말해 난 자네하고 고든이 엉뚱한 문을 쳐다보고 있다는 사실을 그자가 알지 못했더라면 절대 밖으로 나오지 않았을 거라고 생각하네."

"리브스와 내가 잠자리에 들러 간 뒤에 그자가 미리 복제

해둔 열쇠로 문을 열고 들어갔을 가능성은 물론 고려해봤겠지?”

“고려는 하지 않았지만 그러지 않았으리라는 건 알고 있네. 저 유용한 껌을 문의 잠금 쇠 부분에도 약간 붙여놓았거든. 아침에 확인해보니 전혀 손상되지 않은 채 그대로더군. 반면 방 안의 의자들 사이로 늘려서 붙여놓았던 껌은 온 사방에 쟁기질이라도 한 듯 망가져 있었다네.”

“그렇다면 이제부터는 비밀 통로의 입구를 찾는 게 급선무겠군.”

“맞는 말이야. 어디 한번 그걸 찾아보면서 유쾌한 오전 시간을 즐겨볼까. 그런데 자네 방에 피아노가 한 대 있었지. 연주할 줄 아나?”

“엉망이긴 하지만.”

“내가 원하는 게 바로 그거라네.”

“그건 또 무슨 소린가?”

“예를 들어 자네가 피아노에 앉아서 연주를 하고 있으면 비밀 통로 입구 너머에 숨어 있는 신사가 방 안에서 무슨 일이 일어나는지 파악하기 상당히 어려워지겠지? 자네가 피아노를 크게 치면 우리가 내는 소리를 지워버릴 수 있을 테니까. 그리고 만일 그자에게 듣는 귀가 있다면, 자네가 피아노를 엉망으로 치면 칠수록 도저히 그 소리를 견디지 못하고 숨어 있던 곳에서 후회할지도 몰라."

"하지만 카마이클, 우린 아직 그 사내가 살인범인지 아닌지 모르잖나. 이런 비인도적인……."

고든의 말허리를 리브스가 잘랐다.

"제발 좀 닥치게. 자네 말이 맞아, 카마이클. 늘 그렇지. 지금 당장 시작하자고."

리브스는 정말로 존경스러울 만큼 자신의 역할에 최선을 다했다. 그는 심지어 반주에 맞춰 스스로 노래를 부르기까지 했다. 리브스가 〈희망과 영광의 나라〉를 연주하기 시작하자 고든은 혹시 귀를 막을 솜뭉치 같은 게 없느냐고 물으면서 혹시 다른 방 사람들이 너무 시끄럽다고 쫓아오지는 않을까 걱정하기까지 했다. 하지만 다행히도 그때는 상식이 있는 사람이라면 대부분 런던에서 일을 하고 있거나 골프장에서 라운드를 돌고 있을 시간이었다.

여하튼 리브스의 엄호를 받으며 입구 탐색은 부산히 진행되었다. 카마이클이 말했다.

"천장은 제외해도 될 것 같네. 거기에 숨겨진 문이 있다 해도 사다리를 내렸다 올렸다 하는 건 위험이 커. 어디, 바닥을 한번 살펴보자고. 펠트 천으로 된 카펫이 깔려 있군. 리브스, 이 카펫은 바닥에 못 박혀 있는 게 확실하겠지?"

"널리, 아—주 널리
내 손으로 직접 못을 박았지.
토트넘코트 로드에서 구매한 못으로
딱 일 년—쯤 전에."

"설마 누가 무모하게 카펫에 무슨 짓을 저지르진 않았겠지. 그건 확실하네. 이 카펫은 마루 전체를 빈틈없이 덮고 있으니 마룻바닥 또한 제외해도 될 것 같군. 자, 고든. 이 방에는 벽이 네 개 있네. 문이 있는 벽, 반대편에 창문 달린 벽, 벽난로가 있는 벽, 책장 하나만 있는 빈 벽. 넷 중 어느 벽에 걸어볼 텐가?"

"내기할 생각은 없네. 하지만 문이 있는 벽부터 조사해보는 게 빠르겠지. 문만 열어보면 벽 두께가 어느 정도 되는지 금방 알 수 있을 테니까."

"그 말도 일리가 있군. 저걸 봐! 문은 살짝 파인 부분에 설치되어 있는데. 줄자가 어디 있지? 45센티미터……. 이 정도면 충분하지 않은가? 자, 여기서 벽을 두들겨보면 상당히 둔탁한 소리가 나. 즉, 벽널 너머에 벽돌이 있다는 뜻이야. 아무튼 통로 쪽에도 단순한 회반죽이 아니라 더 두꺼운 무언가가 존재한다고 생각해도 좋겠네. 수수께끼 신사가 그렇게까지 비쩍 마르지는 않았을 테지. 저기 있는 커다란 떡갈나무 상자를 제외하면 벽에서 툭 튀어나온 부분은 딱히 없구먼. 상자 안에 뭐가 들어 있는지 아나, 리브스?"

"당연히 알고 있지, 그 안은
나의 잡동사니로 가득하고, 또 서랍으로 빼곡하지.
열쇠는 벽난로 위 선반에 있다네, 굳이 확인하고 싶다면 말이야.
그의 사냥개를 데리고, 뿔피리를 들고 아침 일찍이."[1]

운율은 잘 맞지 않지만 듣고 나니 안심이 되는 대답이었다.

"그럼 다른 벽을 한번 보자고. 창문이 있는 벽은 두껍군. 창문이 움푹 들어가 있는 걸 보면 알 수 있지. 그리고 이 벽은 외벽의 두께도 지지해야 하는데, 튜더양식 건축물의 외벽은 대체로 상당히 두꺼운 편이야. 대포가 발명된 이래 성을 쌓아야 할 필요성은 사라졌지만, 그래도 습관의 힘이란 게 무서워서 사람들은 늘 외벽을 두껍게 쌓곤 했다네. 무슨 일이 생길지 모르는 법이니까. 물론 벽돌 건물은 포위 공격을 잘 견디는 장점이 있고. 자네도 버밍엄에 있는 애스턴 홀에 대해선 알고 있겠지? 그런데 벽을 두드려보니 진짜 그런 소리가 나는

1 마지막 행은 19세기의 사냥꾼 존 필을 노래한 <존 필을 아시나요>라는 노래의 마지막 구절이다.

것 같지 않나?"

"그렇군." 고든이 귀를 기울이면서 대답했다. "그런데, 자네도 깨달았겠지만 이 건물은 종교개혁 이전에 지어진 거라네. 그러니까 이 집이 지어질 당시에는 비밀 통로 같은 게 필요하지 않았을 거야. 하지만 무서운 시대가 시작되자 가문 사람들은 신부들을 도피시킬 공간이 필요했을 테고, 비밀 장소를 만들러 온 사람은 이 두꺼운 외벽에는 별다른 짓을 하지 않았을 거야. 아마도 칸막이를 급조해서 본래 하나였던 방을 두 개로 나누지 않았을까."

"바로 그거야. 이제부터는 리브스의 이웃집에 무단 침입을 하게 되는 셈이지. 리브스, 자네 옆방에는 누가 살지?"

"왼쪽 방에는 스틸 대령이 산다네.
자네들 모두 그 사람을 알겠지.
그리고 오른쪽 방에는 머독 씨가 사는데
날마다 첼로를 켜, 주먹을 날리고 싶네!
두 사람 다 런던 중심지에서 일하고
두 사람 다 오늘 아침에 나갔으니
의심을 받을 걱정은 전혀 없다네.
의심의 그림자도 없을 거야, 안심하게.
어떻게든 의심받을 일은 없겠지."

고든이 말했다.

"잘됐군. 자네가 통로를 살펴보는 동안 내가 저쪽 방에 갔다 와보겠네. 이제 줄자는 필요 없을 것 같군."

"괜찮다면 양쪽 방 모두 다녀와주지 않겠나? 어차피 시간은 비슷할 테니까."

고든이 돌아올 때까지 카마이클은 방 안 곳곳을 둘러보며 어딘가 틈새가 없는지 찾아보았다.

"뭐 새로 발견한 것 있나?" 카마이클이 물었다.

"벽난로 있는 벽 말인데." 고든이 대답했다. "스틸 대령의 방문에서 리브스의 방문까지 복도를 따라 걸으면 열두 걸음 필요하더군. 방 안에서는 다섯 걸음 걸었더니 벽에 닿았고, 스틸 대령 방에서도 마찬가지로 같은 방향 벽까지는 다섯 걸음 조금 넘게 걸리지. 그러므로 스틸 대령의 방과 리브스의 방 사이에는 한 걸음 반의 공간이 존재해. 이 점을 곰곰이 생각해보니, 반대쪽 벽이 그 정도 두께였다면 리브스가 머독의 첼로 소리를 듣지 못했을 것 같아."

"한 걸음 반? 신부들은 참 늘씬한 편이었나 보군. 그래, 분명 그럴 거야. 창문으로부터 벽난로가 있는 곳 사이의 거리는 약 3미터 정도 되는군. 그 3미터 안에서 스프링 장치를 찾아야 해."

"맙소사! 설마 벽널 중 하나를 옆으로 밀어서 열 수 있는 건 아니겠지?" 고든이 말했다.

어느새 노래하기를 멈춘 리브스가 말했다.

"그렇게 벽널을 통과할 수 있는 사람은 없을 거야. 고든 자네가 아무리 인간 코브라 같은 기예를 보이더라도 그건 불가능해."

"그렇지, 하지만 방 안에 사람들이 잔뜩 있는 상황에서 누군가 팔만 들이밀고 사진을 쏙 꺼내간 뒤 다른 사진을 그 자리에 놓는 건 가능하지. 더구나 그 사람들이 브리지 게임에 열중한 상태라면 말이야."

"바로 그거야!" 카마이클이 외쳤다. "하지만 도대체 이유가 뭐였을까?"

카마이클과 고든은 이틀 전 밤에 사진을 놓아두었던 바로 그 자리로 향했다. 그 근처에는 어쩌면 사람 하나가 벽 너머의 어둠 속에 서서 감시의 눈을 빛낼 수 있을지도 모르는 작은 틈이 있긴 했지만, 그 이상의 일은 불가능해 보였다.

고든은 마침내 벽널 외곽을 장식한 몰딩 아래 부분에 무슨 장치가 있지는 않은지 손가락으로 더듬거리며 쿡쿡 찔러보았다. 그러다 손에 잡히는 띠 장식을 약간 당기자 벽널이 옆으로 돌아가더니 이내 몇십 센티미터 크기의 삼각형 모양의 구멍이 드러났다. 리브스의 풍성한 〈애니 로리〉 연주 소리

가 신부들의 도피처 속의 고요함을 뚫고 폭풍처럼 흘러들어
갔다.

"자, 이제 뭘 해야 하지?" 고든이 말했다.

"우선, 이 구멍을 원래대로 잘 닫아두어야지. 그러고 나서 다음 할 일을 의논해보세. 리브스, 자네 피아노를 조금만 더 쳐주게나."

카마이클의 말에 고든도 동의했다.

"음악이 수사의 자양분이 된다면 얼마든지 계속 쳐야지. 어쩌면 너무 과도하게 공급받은 나머지 벽 너머 수수께끼의 신사가 병을 얻어 죽어버릴지도 모르고. 어쨌거나 설마하니 저 작은 구멍으로 사람 하나가 빠져나오진 못하겠지?"

"그렇지. 하지만 안쪽에 레버 같은 걸 잡아당기면 비밀 문이 열리는 장치가 있을 거야. 자네도 보면 알겠지만 이 구멍으로는 사람 팔 하나 정도밖에 드나들 수 없어. 이쪽에서 이렇게 팔 넣는 구멍이 열리는 걸 보면 반대편에서 문을 열 수 있도록 되어 있을 테지. 하지만 내 생각엔 먼저 반대편에서 무슨 일이 벌어질지 예상해보고 나서 문을 여는 게 현명한 처사일 듯싶네. 어쩌면 수수께끼의 신사에게 무기가 있을지도 몰라. 아니면 어디 다른 곳에 또 출입구가 있어서 그리로 도망칠지도 모르지 않나? 솔직히 말하자면, 난 위험을 무릅쓰는 건 딱 질색이라네."

그러자 피아노 앞에 앉아 있던 리브스가 말했다.

"열차에서 내려서 바로 이리로 왔다면 무기를 갖고 있을 것 같진 않은데."

"외부에 공범이 있을지도 모르지. 음식을 조달해주는 누군가가 있었다면 무기라고 못 갖다주겠나?" 고든이 말했다.

"그 방법도 괜찮겠군." 카마이클이 말했다. "망을 보고 있다가 공범이 나타나면 잡는 거 말이네. 공범은 분명 또 다른 입구를 이용해 드나들었을 테니까, 그것만 알아내면……."

"바로 거기서 우리가 기다리는 거지. 동시에 리브스가 계속 피아노를 치면 놈도 오래는 못 견딜 거야. 아니, 뭐, 어쨌건 나는 우리가 지금 당장 무슨 조치를 취해야 한다고 생각해. 그러지 않으면 우리가 지금 무얼 하려는지 눈치채고 잽싸게 줄행랑을 칠지도 몰라. 너무 단순한 방법이라 우습긴 하지만 여하튼 안에 들어가서 한번 살펴보세. 내가 앞장을 설 테니."

"우리 셋 다 들어가봤자 별 소용은 없을 것 같은데. 만약 그놈이 반대편 출입구로 도망가면 어쩔 텐가? 만약 그자가 클럽 멤버라면 갑자기 비밀 통로 반대편에서 웃으면서 슬그머니 모습을 드러낼지도 모르지. 그럼 놈에게 아무런 추궁도 할 수 없게 될 것 아닌가."

"잠깐만." 카마이클이 말했다. "갑자기 생각이 났는데, 통로 반대편 끝이 어딘지는 다들 알고 있지 않나? 지금 당구실로 쓰고 있는 방이 예전엔 예배실이었잖나. 이 문을 잠가두고 그리로 가보지 않겠나? 자네하고 고든이 당구를 치고, 아니면 뭐, 그냥 치는 척만 해도 좋고, 그러는 동안 내가 벽을 샅샅이 훑어볼 테니."

제안에 동의한 세 친구는 아무도 없는 당구실로 향했다. 하지만 벗겨져 있는 테이블 덮개와 다 나와 있는 공, 그리고 마치 방해받기 싫다는 듯 한쪽 구석에 가로로 놓아둔 큐를 보니 누군가 얼마 전까지 이곳을 사용하고 있었다는 사실은 자명했다. 그러나 우연히 이루어진 배치는 아니었다. 빨간 공은 스폿에 놓여 있었으나 점 찍힌 흰색 공은 보크라인을 넘어간 상태였다. 즉, 누가 실수를 했다는 이야기다. 점수판을 보니 아무 무늬 없는 흰색 공이 점 찍힌 공의 실수로 1점을 얻은 데 반해, 점 찍힌 공은 득점을 하지 못했다. 즉 두 사람이 게임을 막 시작하여 처음으로 한차례 치고 나서 보크 구역에서 실수를 저지른 뒤 게임이 중단되었다는 결론이 난다.

"공을 이렇게 내버려두고 갔으니, 나중에 와서 왜 건드렸느냐고 화를 내지는 않겠지?" 고든이 말했다.

그러더니 카마이클이 벽을 조사하는 동안 고든과 리브스

는 적당히 시끄러운 대화를 나누며 당구를 치기 시작했다.

카마이클이 말했다.

"벽널에 똑같은 무늬로 오래된 몰딩 장식이 있군. 운이 좋으면 같은 장치가 작동할지도 모르겠어."

아니나 다를까, 십 분도 채 지나지 않아 카마이클은 같은 장치를 찾아냈다.

고든이 말했다.

"이제 됐군. 가서 매리어트를 데려오자고. 매리어트와 카마이클이 함께 당구실 문 앞을 지키고 있으면 되겠지. 나와 리브스는 위층에서 손전등을 가지고 비밀 통로를 통해 아래로 내려오겠네. 전에 어둠 속에서 격투를 벌여본 경험에 의하면, 손전등을 지니고 있으면 시야를 확보할 수 있는데다 자신의 모습을 쉽사리 감출 수도 있기 때문에 싸움에서 훨씬 유리하지."

어렵지 않게 발견된 매리어트는 짤막한 설명을 듣고 나서 보초를 서는 데 동의했다. 카마이클은 리볼버를 들고 오긴 했으나 다룰 줄을 몰랐으므로 그저 상대를 겁주려는 의도가 더 컸다. 중세식 원칙에 충실한 매리어트는 9번 아이언 하나로만 무장했다. 고든은 리볼버를 챙기고 손전등을 든 뒤 리브스와 함께 다시 위층으로 입구로 올라갔다. 벽널을 밀고 손을 집어넣어 조금 더듬자 안쪽에 있는 걸쇠가 금세 손에 잡혔다. 걸쇠를 풀자 벽이 밀리면서 벽 전체가 회전하더니, 오른편이 방 쪽으로 튀어나오고 왼편은 통로 쪽으로 쑥 들어갔다. 모든 작업이 놀라우리만치 순조로웠고, 문을 닫자 낡은 기둥에 난 갈라진 틈은 거의 보이지도 않을 정도였다.

고든이 말했다.

"신부들이 꽁꽁 숨어 지냈던 모양이군. 성직자 사냥꾼들이야 원한다면 손도끼로 벽을 때려 부수고 쉽게 들어갈 수 있었겠지만 그건 장관이 용인하지 않았겠지. 이래서야 우리가 꼭 공권력의 대리인이 된 것 같은 기분인데."

"안에 숨은 사내가 신부들 역할이고?"

"한 가지 상황만 제외하면 그렇지."

"그게 뭔데?"

"그 사내는 진짜 범죄자라는 거."

"자, 이제 어떻게 할까?"

"네덜란드인들처럼 용기를 내보자고."

고든은 아무것도 타지 않은 위스키를 벌컥벌컥 마셨다.

"지금 여기 카마이클이 있었다면 '술의 힘을 빌려 용기를 내다'라는 말을 '네덜란드인 같은 용기'라고 표현하는 관용어구의 기원에 대해 설명하기 시작했을 테지. 친애하는 리브스, 자네도 알겠지만 우리가 네덜란드와 마지막으로 전쟁을 치른 게 17세기의 일이지. 만약 우리가 아직까지 독일과 전쟁을 하고 있었더라면 이런 곳이 딱 독일군의 대피호일 텐데 말이야. 왜냐하면 그땐 우리가 폭탄을 들고 입구에 서서 적군을 향해 나오라고 고함을 질러대야 했으니까. 하지만 장관[1]은 썩 좋아하지 않았겠지……. 아무튼 그자는 참 골칫거리야."

"그래서 이제부터 우리가 도대체 뭘 해야 하는 건데?"

"내가 선두에 설 테니 자네는 뒤따라오게. 나는 리볼버를 들고 가고, 자네는 손전등으로 뒤에서 비춰줘. 손전등은 내 어깨 바로 뒤, 팔 하나만큼의 거리에서 들고 있어주게. 그래야 만약 사격이 필요할 경우 상대를 헷갈리게 만들 수 있을 거야. 대화를 나눌 때는 낮은 목소리로 하세. 만약 아무도 없으면 당구실로 나가서 카마이클한테 자네가 바보였다고 말하면 되는 거고."

"좋아. 있잖아, 솔직히 난 이 신사를 만나고 싶은 건지 확신이 서질 않네. 알고 보니 호기심에도 한계가 있더군."

"음, 그럼 준비됐나? 내가 문을 열자마자 통로를 확 비추는 거야. 내가 먼저 들어가면 뒤로 바짝 따라오게."

비밀 통로의 높이는 놀라울 만큼 높았는데, 리브스의 방 천장 높이와 거의 비슷한 듯했다. 너비는 굉장히 좁아서 몸을 옆으로 돌려 게걸음을 걸어야 했다. 그래도 간신히 정면을 보

[1] 1925년 당시 재무부 장관이었던 윈스턴 처칠을 말하는 듯하다.

고 걸을 수 있는 공간 정도는 있었기에 거미줄이 덕지덕지 낀 벽에는 닿지 않을 수 있었다.

앞으로 곧게 이어지던 통로가 갑작스럽게 아래로 내려가더니 나무 계단이 나타났다. 고든이 대충 계산해본 결과, 복도를 면한 리브스의 방 벽에 다다를 때까지 그들은 리브스의 방 마룻바닥보다 낮은 곳을 걷고 있던 셈이었다. 여기서 두 친구는 계획이 약간 꼬였다는 사실을 깨닫고 몸을 웅크려야 했다. 비밀 장소는 벽과 벽 사이가 아니라 바닥 방향으로 감춰져 있는 게 확실했다. 곧 오른쪽으로 급격히 꺾이는 구간이 있었고, 리브스의 방을 지나는 통로가 이어졌다. 바닥에는 먼지가 고르고 두툼하게 쌓여 있었는데, 상당히 최근에 생긴 듯한 사람의 발자국을 금세 알아볼 수 있었다.

통로는 급하게 왼쪽으로 꺾였고, 바깥에서 비치는 희미한 빛이 두 친구의 관심을 끌었다. 눈을 가늘게 뜨고 보니 외벽에 난 가느다란 틈으로 빛이 들어오고 있었는데, 그 너머로 한 면이 2미터쯤 되는 정방형 공간이 있었다. 방의 높이는 성인 남자가 몸을 굽히지 않으면 허리를 펼 수도 없는 정도였지만 빛과 공기 덕분에 통로보다는 훨씬 나았다. 방바닥을 빗자루로 쓸어서 먼지를 한쪽으로 싹 치워버리고 싶은 충동이 느껴지는 방이었다. 삼백 년 전 사냥당하던 신부들이 숨어 살던 피난처가 바로 이곳이라는 데는 의심의 여지가 없었다. 또한 지난 며칠 동안 쫓기던 사내가 지낸 곳도 바로 이곳이었을 것이다.

최근에 사람이 머물렀던 흔적도 더러 눈에 띄었다. 회칠한 벽에 드문드문 긁힌 흔적이 있었는데 누군가의 머리글자 같았다. 관광객들의 낙서 같기도 했지만 현 상황을 고려해보면 그런 장난은 아닐 것이다. 무엇보다도 기독교의 상징이 간혹 눈에 띄었다. 십자가가 여러 개, 그리고 예수의 이름도 적혀 있었다. 작은 창을 통해 빛이 가장 강하게 드는 곳에는 경건하지만 서툰 시가 몇 줄 씌어 있었는데, 17세기 방식 필체로 휘갈겨져 있던 터라 알아보기 힘들었다. 벽에 못 박혀 있는 양초 토막만이 이 머나먼 기억 속에 남겨진 유일한 유형有形의 기념물이었다.

최근 방문한 사람이 있었다는 흔적을 발견한 순간 그들의 눈은 한층 더 반짝거렸다. 짚으로 대충 만든 초라한 침상에는 클럽 라운지에서 슬쩍한 것이 분명한 쿠션 세 개로 간단히 만든 쉴 자리가 있었다. 빈 포도주병에는 양초 토막이 꽂혀 있고, 예비용 양초가 두 개 더 있었다. 구석의 쓰레기 더미 위에는 셀 수 없이 많은 담배꽁초가 여기저기 아무렇게나 흩어져 있었다. 전부 어디서나 볼 수 있는 흔해빠진 물건들이었다. 역시나 클럽 라운지에서 가져온 듯한 금요일 자 《데일리 메일》은 약간 구겨져 있었다. 구두약과 솔이 놓여 있는 걸 보니 이 수상한 사람은 이런 상황에서도 차림새에 신경을 쓴 모양이었다. 리브스는 이러한 유물들을 대단히 흥미로운 얼굴로 재빨리 훑어본 뒤 실망한 표정으로 고든을 쳐다보았다.

"고작 이런 걸 가지고 단서라고 부르긴 어렵겠군그래. 제대로 도망친 게 분명하다면, 자신의 정체를 암시할 만한 물건은 단 하나도 남겨놓지 않았어."

"그건 별로 놀랍지 않네. 그 신사가 자네에겐 일종의 손님이긴 하지만, 그렇다고 여기 앉아서 환대해주셔서 감사하다는 편지를 쓰진 않았을 것 아닌가." 고든이 대답했다.

"어딘가에서 승리의 환성을 지르고 있겠군."

"어쩌면 당구실에서 그랬을지도 모르지."

"당구실?"

"그래. 누군가가 자네 보라고 보크라인을 넘는 실수를 저질러놓은 것 아냐?"

"자네 설마……."

"신경 쓰지 말게, 나도 잘 모르겠군. 일단 조사나 더 해보자고."

그렇게 잠시 대화하는 동안에는 그들이 작게 속삭이는 소리를 제외하고 비밀 통로로부터 아무런 소리도 들리지 않았다. 대신 아주 살짝 열려 있는 작은 창을 통해 멀리서 희미한 소리가 들려왔다. 오토바이가 부르릉거리는 소리가 몇 번 나더니, 누군가가 골프장에서 "포어!"[1] 하고 외치는 것도 들렸다. 한참 아래쪽(처럼 느껴지는 곳)에서 누군가가 양동이에 물을 채웠다. 두 친구는 다시 손전등을 켜고 비밀 통로로 기어 들어갔다. 한참이나 걸어가니 다시 길이 기울며 머리 위로 천장이 높아졌다. 마루 사이의 공간이 다시 한번 나올 줄 알았더니 그게 아니라 벽 사이의 공간이었다. 계단을 다 내려간 두 사람은 예상치 못했던 전개에 당황하고 말았다. 통로가 두 방향으로 갈라져 한쪽 길은 직진, 다른 한쪽 길은 오른쪽으로 꺾여 있었다.

"이제 어떡하지?" 리브스가 손전등으로 양쪽 길을 번갈아 비추며 중얼거렸다. "어느 쪽으로 가든 뒤쪽에서 따라잡힐지도 몰라."

"나도 알아. 운에 맡길 수밖에 없겠군. 손전등이 하나밖에 없으니 따로따로 갈 수는 없네. 일단 직진하는 길로 가보세. 무슨 일이 있거든 바로 도망칠 준비는 하고 있자고."

얼마 걷지 않아 그 길은 텅 빈 벽으로 막혀 있다는 사실이 드러났다. 하지만 고든이 벽에 금이 있는 것을 발견했고, 몸을 숙여 그 틈으로 들여다보니 그들이 십오 분 전 떠나온 당구실이 보였다. 당구공은 여전히 제자리에 있었고, 카마이클

1 골프를 칠 때 공이 나아가는 방향에 있는 사람들에게 '공 조심해요!'라는 의미로 외치는 소리.

과 매리어트가 지키고 있는 문도 굳건히 닫혀 있는 상태였다.

"손전등을 좀더 환하게 켜봐." 고든이 나직이 말했다.

리브스의 손전등 빛이 이렇게나 강했나? 갑자기 밝기가 두 배가 된 듯했다. 그때, 두 사람은 등 뒤에서 또 다른 손전등이 켜졌다는 사실을 깨달았다. 어둠 속에서 낯선 목소리가 들려왔다.

"거기 당신들, 이제야 잡았군. 당신은 전등 내려놔……. 좋아. 그리고 거기 앞에 당신은 리볼버 내려놓고……. 이제 천천히 이쪽으로 돌아와."

몹시 굴욕적이었으나 그들이 할 수 있는 일은 없었다. 다른 쪽 통로에서 온 누군가가 그들을 덮친 것이다. 전등이 너무 밝아 상대방의 얼굴은 잘 보이지 않았다. 그는 두 친구가 지나온, 두 갈래의 갈림길에 멈춰 서더니 둘을 앞세워 보냈다. 모습은 여전히 보이지 않았다. 두 친구는 왔던 길을 되짚어 돌아갔다. 고든은 아까 발견한 신부들의 방으로 뛰어들까 하는 생각을 했지만 소용없는 일이었다. 무기도 없었거니와 그들을 함정으로 몰아넣은 살인자는 리볼버를 가지고 그들을 위협할 게 틀림없었기 때문이다. 두 친구는 수치스러운 기분으로 리브스의 방 입구까지 돌아갔다. 문은 여전히 열려 있었다.

"그리로 똑바로 나가. 그리고 내가 괜찮다고 할 때까지 꼼짝하지 마."

순순히 리브스의 방으로 빠져나오면서, 두 친구는 낯선 이가 뒤에서 문을 닫고 그들이 알지 못하는 방식으로 걸어 잠그리라 생각했다. 하지만 두 사람은 깜짝 놀라고 말았다. 닫히지 않은 비밀 입구에 사람 형태의 그림자가 나타났는데 곧이어 환한 햇살 아래로 모습을 드러낸 자는 의심할 여지 없는 경찰관이었기 때문이다.

"자, 그러면." 경관은 예상치 못한 상황을 맞닥뜨렸을 때 응당 지을 법한 표정으로 물었다. "이게 다 어떻게 된 겁니까?"

삶에서 유머 감각이 종종 불리하게 작용한다는 사실은 부정할 수 없다. 그것은 암묵적으로 자기반성을 의미하고, 반성은 곧 패배로 이어지는 법이다. 하지만 웃음이란 무릇 어린아이의 순수함에서 우러나오기 마련이었고, 범죄자로 의심받는 위기로부터 두 명의 아마추어 탐정을 풀어주기에는 그보다 더 나은 도구가 없었다. 때문에 심각했던 고든의 표정은 그 질문을 듣자마자 해맑게 바뀌었다.

"대체 이 방에서 뭘 하고 있던 거요?" 경찰이 물었다. 고든의 노력이 통했는지 의심은 어느 정도 거둔 모양이지만 친밀한 느낌은 전혀 들지 않는 말투였다.

"뭐, 보시다시피 여긴 내 방입니다." 리브스가 대답했다.

경찰이 날카롭게 말했다.

"경고하겠는데, 잘못하면 큰일로 번졌을

지도 모른단 말입니다. 우리는 살인범이 그 통로에 숨었으리라고 판단하기에 충분한 근거를 갖고 있습니다. 당신들이 하는 말 한 마디 한 마디가 전부 증거로 수집되는 게 싫다면 그냥 아무 말도 하지 말아요."

그러더니 그는 경찰에게는 벼락을 대신하는 필수품인 경찰 수첩을 꺼내들었다.

"이거 정말 죄송하게 됐습니다, 경관님." 고든이 말했다. "하지만 보시다시피 저흰 지금 꼬리에 꼬리를 물듯 같은 일을 하고 있었던 겁니다. 살인범을 잡으러 왔다고 하셨죠? 혹시 찾고 계신 게 브라더후드 사건의 범인 아닙니까? 실은 저희도 그놈을 찾고 있었습니다. 아주 우연한 계기로, 리브스 씨가 빌려 지내고 있는 이 방과 연결된 통로 안에 그놈이 은신처를 마련하여 들락거리고 있었던 게 아닌가 하는 생각이 들었거든요. 그런데 살인범을 발견하는 대신, 우리는 서로를 발견하고 말았군요."

"아주 바람직하지 못한 일입니다, 여러분. 범인을 검거하는데 도움이 되는 정보를 얻었다면 바로 경찰에 보고하는 게 신사의 의무 아닙니까? 제가 두 분을 놀라게 했다면 사과드리겠습니다만, 이 문제도 생각도 해보셨어야지요. 정의를 실현하는 게 누구의 의무겠습니까? 여러분 의무겠습니까, 제 의무겠습니까? 두 분이 거기서 소동을 피우지만 않았어도, 물론 일부러 그러신 게 아니라는 걸 잘 알고 있습니다만, 아무튼 두 분이 거기서 범인이 다 듣도록 난리를 피우지만 않았어도 지금쯤 통로에서 놈을 몰아넣어 붙잡았을지도 모르지 않습니까? 이제 그놈이 어디 갔는지 어떻게 알아낸단 말입니까? 두 분이 저지른 짓을 똑똑히 보십시오."

"하지만 검시 배심원들은 자살이라고 하지 않았습니까?"

리브스가 항변했다.

"아, 그럴 수도 있죠. 하지만 경찰 입장에서는 검시 배심원의 말만 듣고 꽁꽁 묶여 있을 수는 없는 노릇이거든요. 경찰은 의심하기 시작하면 바로 행동에 나서는 법입니다. 선량한 시민이라면 뭔가 의심스러운 점을 발견했을 때 경찰에 보고하는 게 의무겠지요? 그래야 경찰이 즉각 조치할 수 있을 테니 말입니다."

"여하튼 계획을 방해하게 되어 대단히 죄송스럽습니다."

공권력 집행자의 위엄 있는 분노가 어느 정도 사그라지고 차분하게 설명하는 태도를 보이자 고든이 설명했다.

"저흰 그냥 벽 뒤에 뭐가 있을지 궁금해서 조금 뒤져보고 싶었을 뿐이었습니다. 괜히 옷에 먼지만 잔뜩 묻혔군요. 한데 저희랑 한잔하고 가지 않으시겠습니까, 형사님?"

"정확히는 '경사'입니다. 근무중에 술을 마시는 건 규정 위반이지만, 두 분이 어떤 범법 행위도 저지르지 않았다는 사실을 증명해주시기만 한다면야 그 한두 잔을 거절할 이유는 없지요."

이렇게 친선의 맹세를 한 공권력의 신은 흔해빠진 문구로 조약을 비준했다.

"그럼 신사 여러분, 건강을 위해 건배합시다."

그 순간 리브스는 스코틀랜드 야드와 협력하기 위한 순간이 도래했음을 깨달았다. 골프공과 사진의 인도를 받지 않았는데도, 또 카마이클과 껌의 보조 없이도 스코틀랜드 야드는 올바르게 범인의 뒤를 쫓았다. 그 사실은 리브스의 가슴에 깊은 인상을 남겼다.

"그런데 경사님." 리브스가 말했다. "우리가 이렇게 따로 움직이는 건 비효율적인 짓 아닐까요? 경사님과 저희가 함께 범인을 뒤쫓는 건 어떻겠습니까?"

"정말로 미안합니다. 두 분이 정보를 주신다면야 추후 경찰이 행동에 나설 때 큰 도움이 되겠지만, 아시다시피 저희 의무에 민간인을 함부로 끌어들일 순 없는 노릇입니다. 아시겠지요? 하지만 우린 이제 친구 아닙니까. 두 분과 함께 아래층으로 내려가서 반대편 입구를 보여드리는 것 정도는 별 문제 없겠지요. 두 분은 모르시겠지만 제가 그 입구를 통해 통로로 들어갔거든요."

카마이클이 아직도 무의미한 위치에서 문지기를 서고 있

을 거라는 생각이 든 두 친구는 개인 가이드를 동반한 투어에 참석하는 치욕을 맛보는 일에 동의하기로 했다.

"반대편 문은 지하 저장고에 있습니다. 외부에서 들어가야 하는 저장고 말이죠."

경사가 아래층으로 가는 길로 이끌면서 설명했다. 말인즉슨 두 친구의 비밀 통로 모험은 처음부터 그 목적을 달성할 수 없는 운명이었다는 뜻이다. 일행이 현관문을 열고 나오자마자 두 번째 경찰관이 돌풍처럼 달려들었다. 그때 그들의 시선이 한 오토바이로 쏠렸다. 사이드카가 달린 오토바이는 막 정문을 통해 빠져나가는 참이었다.

"저놈이에요!" 또 다른 경관이 나타나 숨을 헐떡이며 말했다. "지금 저 젠장맞을 오토바이 타고 튀는 저놈요!"

수수께끼의 사내는 금세 사라졌다. 심지어 기상천외하리만치 뻔뻔하게도 자신을 뒤쫓는 법의 수호자가 타고 온 교통수단을 갈취해서.

"이봐요, 경사님." 정신을 차린 리브스가 소리쳤다. "제 차가 근방에 있습니다. 지금 경사님이 잡아탈 수 있는 것들 중 제 차가 가장 빠를 겁니다!"

잔뜩 동요한 경사가 빈버 역에 전화를 걸어 이러저러한 메시지를 남겨달라고 고든에게 부탁하는 동안, 리브스는 눈 깜짝할 사이 자신이 새로 뽑은 '타르퀴니우스 수페르부스'를 끌고 건물 앞으로 돌아왔다. 용감무쌍한 수수께끼의 사내가 사라진 지 삼 분도 되지 않아 두 명의 경찰관 중 하나는 리브스의 옆에, 하나는 고급스러운 쿠션이 깔린 뒷좌석에 앉아 추격하는 자동차 속에서 흔들리고 있었다.

"경사님 차는 속력이 얼마나 됩니까? 시속 65킬로미터? 이놈은 시속 80킬로미터까지도 거뜬합니다. 어디서 막히지만 않는다면요. 어, 그러니까 혹시 난폭 운전을 하다가 경사님 동료분에게 쫓기지는 않겠죠?"

"경고만 받고 끝날 겁니다. 기록엔 안 남아요. 괜찮으니 걱정하지 마십시오. 어디 들이박지만 않으면 됩니다."

리브스가 내는 속력을 보면 정말로 그러지 않기만을 열렬히 바라는 수밖에 없었다. 오토바이는 여전히 시야에 들어올 기미조차 보이지 않았고 그들은 슬슬 이 일이 허망하게 끝날지도 모른다는 생각이 들었다.

클럽에서 800미터 정도 떨어진 곳에서 길이 둘로 갈렸다. 나중에 런던 로드에 들어서면 어차피 합류하겠지만, 한쪽은 남쪽으로 한쪽은 북쪽으로 뻗어나가는 길이었다. 도망자는 과연 사람들로 북적이는 주택지로 갔을까, 아니면 한적하게 탁 트인 북쪽 시골 방향으로 갔을까?

다행스럽게도 이 고민은 금세 해결되었다. 평소보다 훨씬 넓게 흩어져 있는 양떼가 북쪽 길을 떡하니 가로막고 있었던 것이다. 그렇게 서둘러 도망치는 사람이 오른편에 뻥 뚫려 있는 길을 놔두고 굳이 메에 하고 빗발치는 양 울음소리 한복판을 뚫고 지나갔을 리 없었다. 어떤 계획을 갖고 있는지는 알 수 없으나 어쨌거나 확실히 런던 방향으로 달려갔으리라. 일행은 눈 깜짝할 새 패스턴 오트빌 역 근처의 철로 아래를 지나 런던 로드의 교통량 속으로 미끄러지듯 스며들었다.

토요일이긴 하나 아직 그리 늦은 시각이 아니었기에 교통의 흐름은 쾌적했다. 일 년 가운데 이 시기면 더욱 그랬다. 길 오른쪽으로는 드문드문 지나가는 대형 트럭과 시장으로 향하는 수레만 보였다. 리브스의 차는 오토바이 두 대를 추월했다. 일행은 오토바이가 가까워질 때마다 희망을 품었다가 실망하곤 했다. 도로는 대체로 완만한 지그재그 모양으로 기나긴 시골 언덕길을 오르락내리락했다. 높은 곳으로 올라갈 때마다 일행의 시선은 넓게 펼쳐진 길을 따라 추적자의 흔적을 훑곤 했다. 엔진 앞의 지면은 마치 폭포 속으로 뛰어들었다가 갑자기 눈앞으로 펄쩍 뛰어오르는 듯하고, 말라빠진 산울타리는 금빛 줄무늬처럼 보였다.

사냥감을 발견하지 못한 채 16킬로미터쯤 달렸을 무렵 경사가 불안해하기 시작했다.

“급행열차가 웨이포드에서 서는데 여기서 이삼 킬로미터만 더 가면 됩니다.” 그는 몸을 돌려 뒷좌석에 앉은 동료를 쳐다보았다. "자네 상행선 급행이 웨이포드에서 몇 시에 정차하는지 혹시 기억하나? 11시 45분? 이런. 선생, 만약 우리가 먼저 웨이포드에 도착한다면, 놈은 차를 몰고 그대로 지나치거나 역을 비껴가고 말 겁니다. 반대로 녀석이 역에 무사히 들어가면 분명 런던으로 가는 급행을 잡아타겠죠.."

"웨이포드에서 놈을 잡지 못하면 우리도 타야겠군요. 11시 45분 열차라고요? 탈 수 있을 것 같은데요. 하지만 놈을 먼저 잡지 못하면 앞길이 어둡습니다. 저 앞에 있는 게 뭐죠?"

"저건 아닙니다. 아, 저쪽은 화물열차용 측선이군요. 아직 급행열차는 신호도 안 들어왔어요."

웨이포드는 집이 아무렇게나 흩어져 있는, 유쾌하지 않은 마을이었다. 그 사이를 뚫고 도로를 달리는 동안 왠지 머리 위로 어두운 그림자가 지는 듯하고 차가 인정사정없이 덜컹거렸다. 그들은 몇 번이나 속도를 늦춰야 했고, 급기야는 실망스럽게도 철길 건널목 앞 차단기가 코앞에서 내려오는 것을 지켜보는 수밖에 없었다. 그때, 리브스가 감속을 하는 도중에 건널목 차단기가 다시 올라가기 시작했다. 갑자기 경사가 기쁜 목소리로 외쳤다.

"저놈입니다! 철도 건널목에 잡혀 있어요. 저놈은 우리보다 고작 삼십 초 정도 빨리 출발했어요!"

이 추적극을 후에 회상해본다면 그야말로 악몽이라고밖

에 달리 표현할 수 없으리라. 눈앞에서 아이들이 간발의 차이로 비켜났지만 개는 그러지 못했다. 길 한복판에서는 대형 화물 트럭이 급작스레 방향을 돌리기까지 했다. 하지만 마침내 일행은 뒤쫓던 남자의 모습을 포착했고, 그가 철로로 달려가는 모습을 똑똑히 보았다. 한편으로, 역에 들어온 급행열차가 속도를 늦추며 내는 브레이크 소리와 기적 소리도 들렸다. 저만치 떨어진 플랫폼에는 '빈버'라는 팻말을 단 한산한 시골 열차가 마지막 8킬로미터를 기어오고 나서 완전히 기진맥진해진 채 엉덩이를 붙이고 앉아 헐떡거리고 있었다.

다행히도 일행은 금방 역장을 찾아 경찰 수사가 있으니 잠시 급행열차를 역에 묶어놓도록 했다. 도망자는 사이드카가 달린 오토바이를 역 출입구 근처에 버려놓고 추적자들에게 발견되기 전 다른 승객들 사이로 모습을 감춘 듯했다.

역무원들의 도움을 받아 혼란 속에서 힘겹게 이루어진 수색 작업은 아무런 소득 없이 시간만 한참 끌었다. 화가 난 승객들은 범인에게서 열차 지연의 보상을 받겠다는 양 자신들이 제공할 수 있는 정보를 모조리 쏟아냈다. 마침내 검표원 하나가 텅 빈 일등칸 객차의 다른 선로를 면한 문을 가리켰다. 문은 잠겨 있지 않았다.

"저쪽으로 2미터쯤 가서 다른 플랫폼으로 빠져나간 건 아닐까요?"

“아닙니다!” 갑자기 번뜩이는 생각이 스친 리브스가 소리쳤다. “막 출발하려는 빈버행 열차에 올라타느라 문을 제대로 닫을 시간이 없었던 겁니다! 경사님, 빨리 차에 다시 올라타 쫓아가야 합니다!”

경사는 잠시 머뭇거리다가 결국 그의 주장에 동의했다. 역무원들에게는 계속해서 수색을 이어가라는 지시가 내려졌다. 사이드카는 웨이포드 경찰에게 맡겨졌고, 리브스와 두 명의 빈버 경찰은 역에 도착한 지 십오 분도 지나지 않아 왔던 길을 정신없이 되짚어 돌아가게 되었다.

시골 열차는 역에서 대기하며 신호수와 잡담을 하는 데 많은 시간을 낭비한다. 하지만 막상 달리기 시작하자 일행은 이렇게나 빠른 자동차를 가지고도 열차를 따라잡는 일이 결코 쉽지 않다는 사실을 깨달았다. 십 분 가까이 출발이 뒤처져 있는 경우에는 더더욱. 웨이포드와 패스턴 오트빌 사이를 달리는 이 열차는 중간에 멈출 일도 없었다. 당연히 패스턴 오트빌 역에는 열차가 도착하자마자 붙잡아달라는 연락을 보냈지만, 그곳 역무원들은 인원도 몇 안 되는데다 그리 똑똑하지도 못했다. 이 미꾸라지 같은 도망자를 플랫폼에서 붙잡지 못하면 분명 다시 어딘가로 금세 도망쳐버릴 게 뻔했다.

리브스는 이번에는 스스로를 재촉하며 타르퀴니우스의 액셀을 밟았다. 목적은 분명했다. 망설임이 무의식 밑바닥을 흐르며 굳은 의지를 흔드는 일도 없었다. 운전수 스스로가 자동차의 일부가 되어, 인류 정의를 실현하는 맹렬한 엔진의 작은 지렛대가 된 듯한 기분이 들었다. 도로를 달리는 내내 철길은 잘 보였다. 세 쌍의 눈동자는 있는 힘껏 시야를 넓히며 빈 버행 열차가 뿜어내는 연기를 찾아 헤맸다.

꼬박 1.5킬로미터쯤 달렸을 무렵 그들은 겨우 열차를 발견했고, 잠시 후 열차 바퀴가 채 멈춰 서기도 전에 역 입구에 도착했다. 잔뜩 지친 세 명의 역무원들이 짜증을 내는 승객들을 향해 제발 자리에서 일어나지 말아달라고 호소하고 있었다. 그렇게 열차표 없이 무임승차한 사람을 찾아 잔혹하고 빈틈없는 수색이 시작되었다. 그리고 마침내, 그들은 일등칸 객차에 멍하니 앉아 있던 도망자를 찾아냈다. 경찰은 그를 끌어내는 대신 직접 안으로 들어갔다. 경사의 야단스러운 태도를 견디며 따라 들어간 리브스는 범죄자의 얼굴을 흘깃 쳐다보았다.

대브넌트였다.

카마이클이 안경 너머로 눈을 깜박였다.

"이거 아무래도 내가 실수를 저지른 것 같구먼. 내 옛 은사님이 늘 이런 얘기를 하셨는데…… 벤저 교수님 말일세. 고든, 아마 자네가 입학하기 전에 계셨던 분일 거야. 그래……. 아무튼 벤저 교수님이 항상 내게 말씀하시길 '카마이클 군, 항상 코가 시키는 대로 하게. 자네 코는 정직하지만 자네 두뇌는 비뚤어져 있거든'이라고 하셨지. 벤저 교수님은 늘 그렇게 재치 있는 노인네였어."

"그것도 엄청나게 우스꽝스러운 실수였지." 리브스가 혼잣말하듯 대답했다. "이런 생각은 혹시 안 해봤나? 어쩌면 대브넌트가 벽에 난 구멍 바로 뒤에서 우리가 그는 존재하지 않는 사람이라고 엄숙하게 결론을 내리는 대화를 다 듣고 있었을지도 모른다는 생각 말일세. 대브넌트란 실체 없는 인물이며 늙은 브라더후드의 영적인 투사에 지나지 않고, 따라서 그는 존재하지 않는 인물이라는 이야기 말이야."

"더욱 우스운 건, 우리가 지금까지 정의의 편에 서서 그 실현을 돕고 있다고 생각했지만 사실은 방해하고 있었다는 걸세. 우리가 위층을 두들기고 마구 살펴보며 돌아다닌 일이 대브넌트의 경계심을 자극하여 도망치게 만들었다는 사실에는 의심의 여지가 없겠어."

카마이클의 말에 고든이 응수했다.

"두들겨? 살펴보고 다녀? 말도 안 되는 소리. 계기는 리브스의 노래였어. 내가 계속 말했잖나. 리브스가 쭉 그렇게 연주하고 노래하면 안에 숨어 있던 사내는 분명 견디지 못하고 튀어나올 거라고 말이야. 나 또한 그런 경험이 있었으니까 하는 말이네."

"어쩌면 바지에 붙은 껌을 보고 결심했을지도 모르지." 리브스가 말했다. "아무튼 큰 피해를 입지 않았으니 괜찮네. 경찰은 웨이포드의 불쌍한 콜리 한 마리를 제외하면 누구에게도 큰 폐를 끼치지 않고 범인을 잡았으니 말이지. 참 좋은 개였는데. 소식을 들은 주인은 썩 유쾌해 보이지 않더군."

"과연 경찰이 대브넌트가 살인범이라는 사실을 증명할 수 있을까?" 카마이클이 물었다.

"절대 못 할걸." 리브스의 목소리는 확신에 차 있었다. "경찰이 내가 생각하는 것 이상의 무언가를 감추고 있다면 또 모를까."

고든이 끈질기게 말했다.

"하지만 대브넌트가 그렇게 생쥐처럼 벽널 뒤에 숨는 고생까지 감내한 데에는 분명……."

"그래, 그건 맞는 말일세. 하지만 경찰은 대브넌트가 비밀 통로에 숨어 있던 사내였다는 사실조차 증명하지 못하고 있어. 자네도 알다시피 대브넌트는 분명 열차에 타고 있었지만, 그 열차는 본래 토요일마다 그가 타고 오던 차편일세. 대브넌트는 그저 승차권을 살 시간이 없었을 뿐이라고 얼마든지 주장할 수 있어. 방금 런던에서 오던 길이었다고 말이야. 진짜 살인범은 2미터 너비 선로를 가로질러 반대편 플랫폼으로 사라져버렸다고.

뭐, 진짜 그렇게 말할지 어떨지는 모르겠지만 어쨌든 대브넌트는 자신을 변호하겠지. 경찰이 증인들, 그러니까 대브넌트가 웨이포드에서 열차를 타는 모습을 본 사람들을 데려와서 그가 바로 우리가 쫓던 도망자라는 걸 증명하더라도, 그 사실이 대브넌트가 살인범이라는 사실까지 증명하는 건 아닐세. 참 이상한 일이지만 고금을 통틀어 인간이란 결백하더라도 자신에게 살인 혐의가 씌워질 것 같으면 자연스레 도주를 해버리곤 하거든.

이렇게 생각해보세. 대브넌트는 자기만 아는 모종의 이유로 화요일에 그 열차를 타고 여기에 온 거야. 그리고 패스턴 위처치로 갔다가 우리가 3번 티그라운드에서 무언가를 발견했다는 이야기를 들은 거지. 그런데 대브넌트는 화요일에 여기 나타난 납득할 만한 이유를 댈 수 없었고, 브라더후드에게 우리가 모르는 어떤 원한을 품고 있었다고 하자고. 자, 이제 대브넌트는 그날 자신이 이곳에 있었다는 사실을 감춰야만 의심을 피할 수 있게 되네. 그리고 어째서인지는 모르지만 그는 비밀 통로의 존재를 알고 있었지. 뭐, 클럽 회원이니까 남들의 시선을 끌지 않고 여기저기 헤매던 중에 여기까지 왔을 수도 있고. 아무튼 그런 경위로 신부들의 은신처에 납작 엎드려 숨은 채 토요일까지 버티다가, 살인 사건에 대해서는 아무것도 모르는 척 해맑게 웃는 얼굴로 나타나려 했던 거지. 뭐, 무고한 사람도 얼마든지 이상한 짓을 저지를 수 있는 법 아닌가."

"논리가 무척 빈약해 보이는군." 고든이 말했다. "다시 한 번 말해두겠는데, 관찰에서 바로 추론으로 비약하고 그 추론을 사실인 양 인식하는 건 위험한 습관이야. 자넨 대브넌트가 살인범이라고 말하고 싶은 거겠지만, 내 말뜻은 우리가 아직 아무것도 모른다는 거야. 우리가 아는 건, 대브넌트에게 사건의 범인으로 몰릴 만한 이유가 있어서 필연적으로 기묘한 행동을 취했다는 것뿐일세."

"난 아직도 내가 당구실 문 밖에서 기다리는 동안 안에서 무슨 일이 일어났는지 전혀 모르겠네." 카마이클이 말했다.

"자네가 당구실 밖에서 기다리는 동안에는 아무 일도 일어나지 않았어. 무슨 일이 일어났던 건 그전이지. 상당히 이른 시각, 우리가 여기 모여서 걱정하고 있는 동안 대브넌트는 그 장소가 안락한 도피처가 아니라는 사실을 깨달은 거야. 그래서 당구실로 숨어들어가서 우리에게 무슨 메시지라도 남기듯 당구공을 배치해놓곤 어디론가 어슬렁어슬렁 가버린 거지. 내 생각엔 하인들의 방 중 하나로 가지 않았을까 싶네. 이 건물 안에 공범이 있다는 사실은 명백해. 그후에 경찰이 온 거지. 아마 경찰은 외부에서 누군가가 대브넌트에게 물자를 조달해주는 걸 목격하지 않았을까 싶어."

"설리번이겠지." 고든이 말했다. "내가 대브넌트의 별장에 숨어들었던 바로 그날 설리번이 옷 칼라나 여러 가지 물건들을 챙겨서 대브넌트에게 가져다준 거야."

"아무튼 경찰이 지하 저장고에서 입구를 발견하곤 그들이 늘 그러듯 춤을 추고 노래를 하며 난장판을 벌였던 거지. 대브넌트는 이 모든 일들을 심각하게 받아들였기 때문에 가장 가까이에 있던 오토바이를 냉큼 낚아챘어. 그게 경찰 오토바이인지 뭔지도 몰랐을걸. 한번 도망치기 시작했으니 웨이포드에서 멈춰서 다 어처구니없는 실수였다고 해명할 수도 없었을 테고. 일단 도망을 쳐버렸으니 계속 도망갈 수밖에 없던 거지. 심지어는 아주 똘똘하게 해내지 않았나. 조금만 시간이 더 있어서 급행열차의 객차 문을 잘 닫았거나, 빈버로 가는 열차에 정당하게 탈 수 있는 정기권만 있었어도 절대 잡히지 않았을걸. 대브넌트가 토요일마다 타는 열차였으니까."

"난 그가 성공적으로 도망치지 못했을 것 같네." 카마이클이 말했다. "정의는 늘 승리하는 법이라고 옛 사람들도 말하지 않았던가. 그런데 혹시 자네들 마그나 에스트 베리타스 에트 프라이발레비트[1]라는 말의 어원을 알고 있나? 구절의 마지막은 정확히 하자면 프라이알레트네만."

"포기하겠네. 전혀 모르겠군." 고든이 말했다.

"그건 『제3 에스드라서』에 나오는 말이라네. 백 명 중 아흔아홉은 대답하지 못하는 질문이지. 그런데 무슨 이야기를 하고 있었더라? 아, 그렇지. 아무튼 범죄자들이 항상 도망치지 못한다는 사실은 놀라운 일이 아닐 수 없네. 그렇게 생각해보면 범인이 이번 사건이 진행되는 내내 어떤 행동을 취했는지 금방 따라잡을 수 있을 거야."

고든이 반박했다.

"그건 동의할 수 없겠는걸. 어느 지점에서만큼은 우리도 올바른 길을 취했지 않나. 그러다 갑자기 자네가 나타나서 '대브넌트와 브라더후드가 동일인'이라는 가설을 내놓는 바람에

1 '진리는 위대하며 반드시 승리한다'는 뜻의 라틴어.

방향이 완전히 꼬이고 말았지. 그후로는 계속 갈팡질팡하기만 하고……. 아니, 그보다 더했지. 찾아내야 하는 사내가 바로 몇 미터 내에 줄곧 있었는데도 냄새조차 맡지 못하고 완전히 길을 벗어나버렸으니까. 그 사내가 은신처에서 나와 리브스의 서류를 헤집어놓은 덕분에 겨우 제자리로 돌아올 수 있지 않았나. 우리 입장에서 보면 순전한 우연에 불과했지만 말일세. 하지만 자네가 생각하는 이상적인 탐정은 결코 우연에 의지해서는 안 되는 것 아닌가?"

리브스가 끼어들었다.

"그 이야기는 그만 잊어버리자고. 아무튼 우리 둘 다 순진한 어린양처럼 카마이클의 이론을 졸졸 따라갔다는 잘못이 있으니 말이야."

"솔직히 말해두자면 나는 단 한 번도 카마이클의 의견에 동의한 적 없네."

"동의한 적 없다고? 이런 음흉한 친구를 봤나. 도대체 카마이클의 설명 중 어디에 불만이 있었기에?"

"내 생각엔 그 의견이 인간의 고유한 성질을 너무 무시하는 것 같았거든. 예전에도 말했지만 난 정황증거보다는 인간의 성질을 더 신뢰한다네. 예를 들어 토요일부터 월요일까지는 가톨릭 신자였던 사람이 평일에는 무신론자가 되는 건 말도 안 된다고 봐."

"그 부분은 카마이클이 설명하지 않았나. 로마가톨릭에 몸담고 있는 사람이라면 자기가 보기에 부적절한 교리를 일소시키고 싶을 게 아닌가?"

"아니, 그게 또 그렇지가 않아. 한때 선량한 가톨릭 신자들을 많이 알고 지내던 시절이 있었기 때문에 나는 그 사람들의 관점을 어느 정도는 잘 아네. 그들은 카마이클이 언급한 방식의 행동은 안 해. 왜냐하면 그건 좋은 일을 하기 위해 나쁜 일을 행하게 되는 일이거든. 그리고 가톨릭에서는 그런 행위를 허용하지 않지."

"난 그저 가능성 하나를 제시한 것뿐일세. 물론 다른 방식으로도 얼마든지 생각해볼 수 있지." 카마이클이 항의했다.

"나도 알아. 하지만 그중에 쓸 만한 것이 하나도 없는데 가능한 설명 방식이 많아봤자 무슨 소용인가? 가능하긴 하지만 말은 안 되는 설명 방식을 잔뜩 찾아내기만 하는 광기가 어려움을 해결할 수 있을 거라 상상하는 부류를 나는 도저히 이해할 수가 없네. 그렇게 많아봐야 쓸모도 없는 걸 어쩌란 말인가? 사실상 이번 경우에는 딱 한 가지 가설밖에 없었네. 브라더후드는 정말 무신론자였지만 대브넌트로 행세할 때는 사람들에게 다른 인상을 주도록 일부러 가톨릭 신자인 척했다는 이야기 말일세. 하지만 자네는 이게 얼마나 어처구니없는 일인지 모르겠나? 일요일마다 패스턴 브리지에 있는 성당에 가는 대신 삼 주에 한 번씩만 매리어트의 교회에 고개를 내밀었으면 훨씬 괜찮은 지역적 명성을 쌓을 수 있었을 거라고."

"그럼 다른 인적 개연성은 뭐가 있는데?"

"토요일부터 월요일까지 종교관을 바꾸는 것도 어렵지만 세상에서 가장 어려운 일은 토요일부터 월요일까지 골프 실력을 바꾸는 일이지. 말만 들어서는 그럴듯해 보이지만, 사실 나는 그 말을 믿을 수가 없었네. 카마이클 자네도 불가능할걸. 왜냐하면 골프란 경험에 기반한 게임이니까."

"그런 의심을 품고 있었으면서 왜 진작 말해주지 않았나?"

"자네들이 너무 진지하게 이야기하고 있었으니까 그렇지. 하지만 자네의 말을 듣고 내가 무슨 생각을 했는지 일기에 전부 적어두었으니 읽어주겠네."

몇 분 정도 자리를 비운 고든은 자신이 매일 저녁 이십 분씩 투자하는 엄청난 두께의 일기장을 가지고 돌아왔다.

"여기 있군. '목요일, 카마이클이 한 가지 생각을 해냈다. 대브넌트와 브라더후드가 같은 인물이며, 지킬과 하이드처럼 한 쌍으로 행동한 게 아니냐는 이야기였다. 하지만 내가 보기에는 종교와 골프에서 명백하게 드러나는 현상을 간과하는 게 아닌가 싶다. 물론 이것은 매우 전형적인…….'" 고든은 잠시 읽기를 멈췄다. "이 부분은 자네에게 별로 흥미롭지 않을 듯하군."

“계속하게.” 리브스가 말했다. “난 카마이클의 생각이 전형적이라고는 한 번도 생각해보지 못했거든. 그게 뭔가?”

“음, 실은 난 일기에 그날그날 일어난 일들만 단순하게 적지는 않았다네. 내 나름대로 철학적 분석도 곁들이곤 하지. 리브스 자네도 알다시피 나는 신문사에 글을 투고하는 나쁜 버릇이 있는데, 매일 느낀 것을 적어두면 글감을 찾는 데 도움이 되거든.”

“자네가 그렇게 열심히 적은 걸 직접 듣게 되다니, 이거 대단히 영광인걸.” 카마이클이 건조한 목소리로 말했다.

“‘물론 이것은 매우 전형적인…….’” 고든이 다시 일기를 읽어 내려갔다. “‘현대 철학적 사고방식이다. 이렇게 사고하는 이들은 항상 무언가를 설명할 때 다른 개념을 끌어들이기 마련이다. 카마이클이 대브넌트를 설명하면서 브라더후드의 존재를 끌어들인 것도 마찬가지다. 쉽게 말해, 전혀 다른 두 가지 요소를 아무렇게나 섞어버리는 것이다. 예를 들어 현대인들은 체벌을 일컬어 교정의 다른 이름이라고 한다. 그리고 그렇게 말해버린 순간 체벌이라는 개념은 눈앞에서 완전히 사라져버린다. 또 현대 철학자들은 개념이 심상의 다른 표현 방법이라고 하거나, 진실을 아름다움 내지는 지적 쾌감과 동일한 것이라 하고, 물질이 움직임의 형태라 할지도 모르겠다. 문제의 근원은 항상 잘못된 동일화에 있다. 사실은 그렇지 않은

데도 A가 B라고 단언해버리는 것이다.

이러한 일이 일어나게 된 원인은 경험을 과도하게 단순화하여 결과적으로 사고가 마비되어버렸기 때문이다. 대브넌트와 브라더후드를 동일화한 데에는 상황을 간소화하고 효율적으로 만드는 감각이 작용한다. 이로써 많은 것이 설명된다. 그러나 동시에 많은 진실들을 외면하게 된다. 결과적으로, 지금까지 대브넌트를 쫓은 가엾은 리브스는 이제 그를 상상 속의 존재로 여기게 되었고, 그의 노력은 상상 속의 살인자를 뒤쫓아온 것으로 격하되고 말았다. 체벌과 교정이 같은 것이라고 말해버리면 매우 단순하고 효율적으로 보이는 것과 마찬가지다. 복잡한 생각을 설명해주고 사고도 단순해진다. 하지만 실제로는 마음속에서 체벌이라는 개념을 제거하고 실존하는 것을 정신적 허구로 만들어버리는 것이다.

카마이클의 이론은, 무언가를 물질과 정신의 세계에서 분리시키고 마는, 변명의 여지 없이 거대한 오류에 관한 아주 적절한 우화가 되어주었다. 말해두지만, 정신은 물질의 한 상태이거나 그것을 우회해서 말하는 방식이다. 카마이클이 대브넌트가 브라더후드의 한 상태라고 말했던 것과 마찬가지로 말이다. 유물론자나 관념론자와 마찬가지로 카마이클은 경험을 공식에 꿰맞춰 이론의 신뢰성을 떨어뜨렸다. 누가 이 주제로 글을 쓸 수 없을까? 물질세계를 대표하는 브라더후드는 정신세계를 대표하는 대브넌트가 있는 곳을 떠남으로써 존재할 수 있다. 이를, 현대 정신을 대표하는 카마이클은 그들이 실은 같은 존재라는 사실을 뒷받침하는 훌륭한 이유라 여겼다. 유물론자들은 도처에서 브라더후드를 발견하고, 관념론자들은 도처에서 대브넌트를 발견한다. 결과적으로 둘 중 누구도 이 실존에 관한 미스터리를 해결할 수 없다. 대부분의 동양 신화들이 발생하는 방식을 따라서 누군가가 동양 신화의 일종을 만들어내는 것과 마찬가지다. 이 문제의 가장 우스운 점은, 그러는 동안 사실 대브넌트가 지척에 머무르고 있었다는 것이다.'

내 생각에는 이 부분이 핵심을 상당히 잘 꿰뚫어보고 있는 듯하네. 이봐, 카마이클. 난 자네가 비밀 통로를 발견하리라는 것까지 예견했다고."

"흠. 반 정도는 아주 흥미로운 진실인 것 같군." 카마이클이 말했다.

말하는 것을 깜박했는데, 직전 챕터에서 기록된 대화는 토요일 오후에 이뤄졌다. 어떤 숙녀가 찾아와 긴급한 일로 만나고 싶어 한다는 메시지가 리브스에게 전달되었을 때, 그는 아래층에서 차를 마시고 있었다. 이름을 대지 않은 그 숙녀는 이른바 '작은 라운지'라 불리는, 병원 대기실처럼 작고 음울한 방에서 리브스를 기다리고 있겠다고 했다. 그러면서 가능한 한 빨리 와주면 고맙겠다는 말도 덧붙였다. 따라가겠다는 고든의 제안을 묵살한 리브스는 카마이클에게 함께 가자고 했다. 리브스는 자신이 중요한 사람이 된 듯한 우월감에 젖어 작은 라운지로 향했다가 꿈에도 생각지 못했던 렌들스미스 양과 마주쳤다.

"리브스 씨가 저를 보고 불쾌해하실 수도 있다는 건 잘 알아요. 어쩌면 제 이야기를 다 듣기도 전에 더욱 불쾌해지실지도 모르겠고요. (리브스는 그렇지 않다는 뜻으로 목구멍 속에서 꾸르륵거리는 소리를 냈다.) 지난번에 제가 리브스 씨를 문전박대하면서 당신이 거짓말쟁이 같다고 했었죠. 이제 와 생각해보면 첫 만남에서 그런 짓을 한 건 제 잘못이었어요. 실은, 도와주셨으면 하는 일이 있어요."

리브스는 엄청나게 당황했다. 상대가 경관이라면 자신에게 아무런 적의가 없다는 뜻으로 위스키를 권하면 그만이겠지만 숙녀에게 그런 걸 권하기란 어려운 일이었다.

"제가 도움이 된다면야 기쁘겠습니다. 그럴 의도는 조금도 없었지만, 지난번에는 제가 안 좋은 인상을 남겨드렸던 것 같군요. 이렇게 됐으니 허심탄회하게 모든 이야기를 털어놓고 서로 편하게 이야기를 나누는 게 어떻겠습니까?"

"제가 하고 싶었던 말이 그거예요. 당신을 전적으로 신뢰하고 있다는 증거로 지난번에 제가 당신을 의심한 이유를 말씀드릴게요. 그때 제 사진을 가지고 오셔서 살해당한 사람의 몸에서 발견되었다고 하셨잖아요? 사실 그 말은 얼마든지 믿을 만했어요. 저는 그 사람이 제 사진을 갖고 있었다는 걸 알고 있었거든요. 하지만 리브스 씨가 제게 보여주신 사진은 제가 그 사람에게 준 사진이 아니었어요. 같은 시기에 같은 곳에서 찍은 사진이긴 하지만 자세가 약간 달라요. 그래서 전 당신이 함정을 파놓은 거라고 생각했어요. 리브스 씨의 태도에서는 '자, 젊은 아가씨. 난 모든 걸 다 알고 있어요' 하는 끔찍한 느낌이 풍겼거든요. 그래서 전 당신이 사실 경찰이고 저를 위협하느라고 그러시는 줄…… 아뇨, 아직 얘기 안 끝났어요. 실은 리브스 씨가 제게 보여주신 사진과 같은 날 찍은 사진을 가지고 있는 사람이 있어요. 그 사람은 바로 오늘 아침에 살인자로 체포된 대브넌트 씨예요."

"그렇군요. 그럼요, 물론 렌들스미스 양이 오해하신 것도 당연한 일입니다. 사실, 저도 그 사진이 어떻게 제 손에 들어오게 되었는지 정확히 모르지만, 지금이라면 그때는 하지 못했던 추측 정도는 할 수 있을 것 같군요."

리브스는 비밀 통로와 열리는 벽널을 발견하게 된 경위를 간략하게 이야기했다.

"이제 아시겠지만, 만약 벽널 뒤에 숨어 있던 사람이 대브넌트라면 우리가 브라더후드의 몸에서 찾아낸 사진을 가져가고 대신 당신이 그에게 주었던 사진으로 바꿔치기하는 건 얼마든지 가능합니다. 도대체 왜 그게 필요해서 가져갔는지는 모르겠지만, 우리 네 사람 모두 벽널 장식 위에 두었던 사진이 처음 봤을 때랑 달라졌다고 생각했습니다. 그게 진짜로 다른 사진이었다면 당연한 일이죠."

"그래서 내가 등장하게 된 거로군요. 그런데 리브스 씨, 혹시 어떤 형태로든 경찰에 협력하고 계신가요?"

"아뇨. 물론 웨이포드에 갔다 왔을 때 제 차에 경찰이 타고 있긴 했지만 그렇다고 제가 경찰을 돕고 있는 건 아닙니다.

저 혼자 수사를 진행하고 있죠. 솔직히 말해 경찰의 지능이나 그들의 방법에 별로 신뢰가 안 가거든요."

리브스는 민간인이 수사에 참여하는 것이 경찰 규정에 어긋난다는 이야기는 생략했다.

"그렇다면 편하게 말씀드려도 되겠네요. 경찰이 관심을 보인다 하더라도 이 이야기는 철저히 비밀에 부쳐주셨으면 해요. 괜찮겠죠? 그러니까 만약 리브스 씨가 증인으로 불려 가기라도 하면……."

"경찰이 저를 증인으로 부를 구실은 제가 화요일에 시체를 발견했다는 것과 오늘 그들을 웨이포드에 태우고 갔다는 것 말고는 없을 겁니다. 제가 살인범에 대해 무슨 가설을 세우고 있으리라고는 기대도 안 할 겁니다. 그러니 전혀 걱정 마십시오."

"그 정도의 위험은 저도 무릅쓸 수밖에 없겠네요. 아시잖아요, 경찰은 일단 누군가를 붙잡으면 그저 자기들의 문제를 해결하고 체면을 살리기 위해 무조건 죄를 뒤집어씌우려고 안달하는 것 말이에요."

"당연하죠. 저도 그런 경험이 있습니다."

리브스에게는 그런 경험이 없었지만 동의해서 나쁠 것도 없었다.

"아무튼, 먼저 저에 대해 말씀드리는 게 좋겠네요. 제가 어쩌다 이런 일과 관련되었는지에 대해서도요. 제 성은 사실 서류상으로 '렌들스미스'가 아니에요. 그건 결혼 전 이름이죠. 현재 성은 '브라더후드'예요."

"그러니까 당신은……."

"과부죠. 탐정이 되면 잘 어울리시겠어요, 리브스 씨."

경우가 바른 사람이라면 이 말에 포함되어 있는 아이러니를 눈치챘겠지만, 리브스는 그저 칭찬을 받아서 몹시 기뻤다. 문득 리브스는 무릇 탐정이란 늘 수첩을 들고 다니며 발견한 사실들을 기록해야 한다고 생각했다. 하지만 수첩 같은 건 없었으므로 그는 "잠시 실례하겠습니다" 하고 말한 뒤 클럽에 비치되어 있는 수첩 종이를 한 장 찢은 다음, 거기에 연필로 "RS 양 = B 부인" 하고 적었다. 누가 옆에서 보았더라면 상당히 멍청해 보였을 짓이었다.

"리브스 씨, 전 이 근처에서 자랐어요. 제 아버지는 한때 빈버의 교구 목사셨죠. 그 사진…… 두 장을 찍었을 때 저희 아버지는 아직 살아 계셨고 저도 결혼하지 않은 상태였어요. 저와 결혼할 수 있게 해달라고 아버지께 부탁했던 유일한 사람이 대브넌트 씨였죠. 리브스 씨도 이 부분에 대해서는 알고 계셨으리라 생각해요."

"실은 몰랐습니다."

이 말에는 리브스가 어느 정도까지는 추론해냈다는 뉘앙스가 배어 있었으나 실질적인 내용은 조금도 담고 있지 않았다.

"그때는 대브넌트도 해처리스에 살지 않았겠군요?" 리브스가 물었다.

"맞아요. 그 사람 친척들이 이 주위에 집을 한 채 갖고 있었어요. 지금은 다 허물어졌지만요. 그 사람 어머니가 오트빌 가문 사람이었거든요."

"그렇군요."

리브스는 연필을 핥고 "대브넌트 씨의 모친은 오트빌 부인"이라고 적었다. 갑자기 번뜩이는 생각이 뇌리를 스쳤다.

"맙소사! 그래서 그 사람이 비밀 통로에 대해서 알고 있었던 거군요!"

"당연하죠. 어렸을 때 종종 거기 들어가서 놀곤 했다는 이야기도 했었어요. 그 사람 가족이랑 오트빌 가문 사람들 사이는 소원했대요. 그래서 가톨릭에 귀의한 게 아닌가 싶어요. 서로 드러내고 싸우진 않았지만요. 그냥 서로에 대해 신경을 쓰지 않았을 뿐이라더군요. 아무튼 대브넌트 씨는 저를 몹시 사랑해서 결혼하기를 원했어요. 하지만 전 그럴 수 없었어요. 제가 그 사람을 정말 사랑하는지 확신이 없었거든요. 그리고 아버지께서 독실한 저교회파[1]셨기에 신앙 문제에서도 갈등이

[1] 영국국교회 안에서도 프로테스탄트의 영향을 크게 받은 교파.

있을 게 뻔했고요. 그후 대브넌트 일가는 이곳을 떠났고, 저도 아버지가 돌아가신 뒤 고향을 뒤로했어요. 그러고는 두 번 다시 만나지 못했죠."

"그게 언제였죠?"

"전쟁이 터지기 삼사 년쯤 전이에요. 1910년경이었던 걸로 기억해요. 아버지가 남겨주신 유산이 얼마 되지 않았기 때문에 저는 먹고살기 위한 일을 시작했어요. 그리고 얼마 지나지 않아 브라더후드라는 남자를 만나게 되었죠. 그는 제게 프러포즈를 했고 저는 그걸 받아들였어요. 왜 그랬느냐고 묻지는 마세요, 리브스 씨. 세상에는 탐정조차 결코 알아낼 수 없는 게 있어요. 여자가 남자를 사랑하게 되는 이유 같은 것 말이에요. 그냥 그 사람이 언제나 빈털터리였다는 이야기까지만 해둘게요.

결혼하고 나서 우리는 켄징턴에 있는 끔찍한 집에서 살림을 시작했어요. 저는 그 사람이 하는 증권 거래에 대해서는 아무것도 몰랐지만, 솔직히 말해 그게 그리 안전한 일이 아니라고 늘 예감하고 있었어요. 그러다 갑자기 돈을 많이 벌기 시작했죠. 짐작하시겠지만, 벌어들인 돈은 전부 제 명의로 돌렸답니다. 파산이 두려웠기에 채권자들이 손을 대지 못하도록 안전한 장소를 마련해두려 했던 거예요. 저는 사업에 대해서는 바보나 마찬가지라 전혀 몰랐어요. 그렇지 않았다면 조금쯤은 신경을 썼을 텐데 말이죠. 어쨌거나 그건 꽤 괜찮은 생각이었고, 우리는 시골에 집을 마련하자고 합의를 봤어요. 전 빈버에 살고 싶었어요. 그나마 제 친구들이 몇몇 있는 동네였으니까요.

그러다 어느 날 전 그이의 실체를 알게 되었어요. 사업 이야기가 아니라 사생활에 대한 거예요. 세상에는 무신론자라도 좋은 사람들이 정말 많죠. 하지만 제 남편은 그렇지 않았어요. 그이는 먼저 도덕을 내던져버리더니 종교마저 무시했어요. 무슨 뜻인지 아시겠어요? 그 반대였으면 좋았을 텐데."

리브스는 "브라더후드는 신뿐만 아니라 도덕도"라고 적다가 그 위에 줄을 벅벅 그었다.

렌들스미스 양은 말을 이었다.

"이혼은 하고 싶지 않았어요. 짐작하시겠지만, 전 그 부분에 대해서는 어렸을 때부터 엄격하게 교육받았거든요. 남편 역시 재산 때문에 이혼을 원하지 않았어요. 그렇게 도움과 충고를 필요로 하고 있을 무렵 대브넌트 씨와 재회했죠. 남편 이야기를 들은 대브넌트 씨는 분노했어요. 그러고는 남편의 사업이 어떻게 돌아가고 있는지 알아보겠다더니 무언가를 알아냈어요. (그게 뭔지 저는 모르지만요.) 그게 드러나면 남편은 파멸에 이를 수도 있다고 했어요. 대브넌트 씨는 제 남편에게 가서 머리에 권총을 들이밀고, 그러니까…… 진짜로 협박을 했던 것 같아요. 남편이 저를 놓아주고 제 허락 없이는 저와 결혼했었다는 사실을 남에게 발설하고 다니지 않겠다고 굳은 맹세를 했다더군요. 그래서 전 빈버에 집을 얻었고, 모든 일이 해결되었다고 생각했죠.

리브스 씨도 아시다시피, 얼마 지나지 않아 제 남편은 이 근처에 집을 얻고 패스턴 위처치에서 살기 시작했어요. 저를 감시하려 했던 것 같아요. 자신이 전보다 바른 생활을 하고 있다는 인상을 심어주고 싶었던 것 같기도 하고요. 하지만 주말이면 항상 어디론가 사라졌어요. 저는 그런 사실에 대해 별로 신경을 쓰지 않았죠. 저에게 돌아와달라고 한 일도 한두 번 있었지만 전 그럴 마음이 없었어요. 대브넌트 씨는 전쟁터에서 돌아온 뒤 마찬가지로 패스턴 위처치에 집을 얻었지만, 런던에서 일을 해야 했기 때문에 이곳에 머물 수 있는 건 주말뿐이었어요. 제게서 가까이 있다가 무슨 일이라도 생기면 바로 달려와 도와주고 싶었던 듯해요.

그리고 결국 사태가 벌어진 건 지난 화요일이었어요. 곧 파산하게 될 것을 미리 내다본 남편은 제발 돌아와달라고 절망적으로 애걸복걸했죠. 가장 끔찍한 일은 제게 더이상 그를 제압할 수단이 남아 있지 않았다는 거예요. 그 사람을 파멸시킬 비밀 따위는 이제 그에게 아무런 위협도 되지 않았죠. 그러니 그 사람의 진솔한 이야기를 믿을 수밖에 없었어요. 달리

믿을 구석이 없는데도요.

신문에 난 기사를 읽기 전까지는 화요일에 무슨 일이 있었는지 전혀 몰랐어요. 그리고 지금도 도대체 어쩌다, 왜 경찰이 남편을 살해한 용의자로 대브넌트 씨를 체포했는지 모르겠어요. 물론 지금 제가 리브스 씨에게 한 이야기를 알게 되면 경찰은 더 확신을 가지겠죠. 하지만 그럼에도 당신에게 모든 것을 털어놓고 도움을 요청하는 게 낫겠다고 생각했어요."

"당연히 제가 할 수 있는 일이라면 무엇이든지 기꺼이 하겠습니다. 음, 결백한 사람의 결백을 증명하는 일이니까요. 당신도 그렇게 생각하시죠, 렌들스미스 양?"

"리브스 씨, 여자의 직감이란 걸 믿으세요? 아마 당신은 안 믿으시겠죠. 무엇에서든 단서나 증거를 찾으려 애쓰시는 분이니까요. 하지만 전 대브넌트 씨가 남편에게 손가락 하나 대지 않았다고 확신해요. 그건 당신이 지금 그 의자에 앉아 있다는 사실만큼이나 확실하다고요. 이 느낌은 어떻게 설명할 수도 없고 분석할 수도 없어요. 말하자면 육감이죠. 전 항상 이런 상황에서 강한 직감을 느끼곤 했고, 대체로 맞았답니다. 그래서 두려움 없이 리브스 씨에게 부탁드리는 거예요. 최선을 다해 이번 사건을 수사하고, 발견한 증거를 꼼꼼히 살펴봐달라고 말이에요. 그러면 분명 대브넌트 씨의 무죄가 입증되리라고 확신해요. 그 사람이 어딘가로 도망가서 숨어버렸다는 사실은 저도 알아요. 하지만 살인 용의자로 체포될 처지에 놓이면 아무리 결백한 사람이라 할지라도 그런 짓을 얼마든지 할 수 있는 것 아니겠어요?"

"저도 제 친구에게 오늘 오후에 같은 이야기를 했습니다."

"정말 놀라운 분이시군요, 리브스 씨! 아, 그리고 이거 하나만 기억해주세요. 대브넌트 씨는…… 그 사람은 아직도 저를 사랑해요. 그리고 아시겠지만 그 사람은 자기가 살인 사건에 연루되면 제 이름도 함께 거론되게 될 거라는 사실을 잘 알고 있을 거예요. 그러니까 그 사람이 도망쳤던 건 오로지 자기 일신의 안위만을 생각해서 그런 건 아니에요."

"예, 최선을 다하겠습니다. 한데 지금 해주신 이야기 외에 이 사건에 빛을 비춰줄 만한 건 없습니까? 그러니까, 당신이 파산 소식을 듣고 난 후 브라더후드…… 남편이나 대브넌트를 만나지는 않았습니까?"

"아, 네. 이 이야기도 해드려야 할 것 같네요. 대브넌트 씨는 파산 소식을 듣고…… 어쩌면 그렇게 될 가능성이 농후하다는 사실을 깨달았을 때였는지도 모르겠네요……. 아무튼 제게 경고 편지를 보냈어요. 전 런던으로 올라가서 대브넌트 씨를 만난 뒤 그날 오후에 바로 돌아왔죠. 대브넌트 씨는 같은 열차를 타고 저를 빈버까지 바래다주고 싶어 했지만 제가 그러지 말라고 했어요. 같이 열차를 타고 있는 모습을 다른 사람에게 보이고 싶지 않았거든요. 그 결과 그 사람은 제 남편이 떨어져 죽은 바로 그 열차를 타게 되었고, 그로 인해 살인 누명을 쓰고 말았어요. 그 생각만 하면 스스로를 용서할 수가 없어요."

"대브넌트가 혹시 그 일로 브라더후드를 만나러 간다는 이야기를 흘리지는 않았나요?"

"아뇨, 한 번도요. 그 사람은 남편이 품위를 지키겠다고 한 말에 희망을 걸고 있었거든요."

"한 가지 더 여쭤보고 싶은 게 있습니다. 좀 이상한 질문인데요, 혹시 대브넌트가 화요일 오후에 이곳으로 오면서 주머니에 골프공을 넣어 오진 않았을까요?"

"글쎄요, 뭐 그랬을 수도 있겠죠. 하지만 그런 말은 안 했어요. 그런 일이 있었나요?"

"아닙니다, 그냥 여쭤볼 만한 이유가 있어서 그랬습니다. 자, 렌들스미스 양. 제가 최선을 다하겠습니다. 뭔가 더 필요한 정보가 생기면 찾아뵙고 여쭙도록 하죠. 혹시 댁에 전화가 있습니까?"

"네, '빈버 35'예요. 정말 감사해요, 리브스 씨. 멋진 활약 기대할게요."

리브스는 계속해서 격려의 미소를 지으며 클럽 하우스를 떠나는 렌들스미스 양을 배웅했다. 그리고 문을 닫으며 혼잣

말을 중얼거렸다.

"정말 괜찮은 여자야."

리브스는 위층으로 올라가는 길에 매리어트와 마주쳤다. 매리어트는 어디서 나쁜 소문을 주워들었을 때마다 그렇듯 고통스러운 표정을 하고 있었다.

"사냥에 성공했다는 얘기 들었네. 축하하네, 리브스. 클럽 안에 소문이 쫙 퍼졌어. 한데 그 대브넌트라는 딱한 친구 말인데…… 혹시 배심원들이 그를 보고 미쳤다고 생각할 가능성은 없을까? 평범한 살인보다 훨씬 끔찍한 범죄를 목도하면 왜들 그렇게 미친 사람의 소행이라고 추정하게 되는 걸까? 자네가 대브넌트를 봤을 때는 어땠나? 혹시 정신에 문제가 있는 것 같지는 않았나?"

"친애하는 매리어트, 또 결론으로 너무 성급히 비약하는군. 경찰이 대브넌트를 체포한 이유는 살인 사건이 일어난 후 그가 수상쩍은 행동을 했기 때문이야. 그렇게 행동한 이유에 대해서는 이제부터 그가 해명해야겠지. 하지만 내가 보기엔, 이 상황이 대브넌트에게 유리해 보이지는 않아."

그 말에 매리어트가 고개를 절레절레 저었다.

"밝혀진 사실들이 너무 명확해서 무서울 정도야. 양심의 가책이 조금이라도 있다면 그렇게까지 철저하게 자신을 숨기지는 않았을 텐데. 그래도 다시 한번 묻고 싶네. 그게 정신이 멀쩡한 자의 소행이 정말로 맞는 건가?"

대브넌트가 유죄라는 추정이 그토록 널리 퍼져 있다는 사실에 리브스는 다소 실망감을 느꼈다. 인간이란 끔찍하리만치 비논리적인 존재라는 생각이 들었다. 리브스는 카마이클이 뭔가 새롭고 놀라운 가설을 세우지 않았을까 하는 희망을 품고 그를 찾으러 갔지만, 고든은 그의 희망을 무참히 꺾어버렸다.

"카마이클은 이제 이 사건이 지긋지긋해졌다면서 골프를 치러 갔어. 대브넌트한테 앙심을 품은 듯한 말투더군. 아무래도 그는 브라더후드의 일과 상관없이 그저 순수하게 대브넌트가 교수대에 매달리는 꼴을 보고 싶은 모양이야. 인간의 본성이란 참 야릇하기도 하지."

"내 말 좀 들어봐, 고든. 조금 전에 내가 렌들스미스 양을 만나고 왔다네. 그 여자가 내게 모든 걸 알려줬어. 잠깐 내 방으로 와봐. 내가 모든 사연을 이야기해주겠네. 아무래도 이번 사건을 처음부터 다시 생각해봐야 할 것 같아."

고든은 렌들스미스 양이 폭로한 이야기를 듣고도 그리 충격을 받지는 않은 듯했다.

"내가 보기에 그 이야기들은 전부 대브넌트를 향한 의혹을 확고하게 할 뿐이지 무력화하지는 않는 것 같아. 아직까지 유일하게 알아내지 못한 게 범행 동기였는데, 여기 딱 준비되어 있었군. 대브넌트는 자기 눈앞에서 브라더후드를 치워버리고 싶어서 안달이었던 거야. 마치 해충을 박멸하듯 이 세상에서 없애버리고 깔끔하게 과부와 결혼하는 일만 남았던 거지. 그 여자가 변호사에게 도움을 청하면서 이 이야기를 다 털어놓지나 않았으면 좋겠구먼."

그러자 리브스가 항변했다.

"내가 가장 감동받았던 부분은 말이야, 이 세상에 렌들스미스 양보다 대브넌트에게 강력한 동기가 있다는 걸 잘 아는 사람이 없는데, 대브넌트가 무죄라는 걸 그녀보다 강력하게 주장하는 사람 또한 없다는 거야. 즉, 이런 얘기야. 일단 현재까지 드러난 대브넌트가 유죄라는 증거들은 그가 무죄라는 그녀의 믿음을 강력하게 시험했던 게 아닐까?"

"크레도 퀴아 임포시빌레[1]라는 건가? 하지만 난 그 숙녀의 직감이 그렇게 신빙성 있다는 생각은 들지 않네."

"고든, 왜 이리 일관성 없이 구는 거야? 며칠 전만 해도 물

[1] '불가능하기 때문에 믿는다'는 뜻의 라틴어.

질적인 증거보다는 인간적인 증거를 더 신뢰한다고 하지 않았어?"

"하지만 그 숙녀의 직감은 증거가 아니잖아. 난 그 여자가 대브넌트에 관하여 알고 있는 지식에 대해서는 신뢰할 준비가 되어 있네. 하지만 자신이 대브넌트를 잘 알고 있다고 스스로를 설득하고 있는 부분은 신뢰할 수가 없어. 단언컨대 이거야말로 '여자의 직감'이라는 것을 정확하게 묘사하지 않나 싶군."

"이런, 고든! 난 그래도 자네가 상상력이 풍부한 사람인 줄 알았는데."

"내 말 좀 들어봐, 리브스. 렌들스미스 양은 스스로 자신의 직감을 믿으니 자네한테도 그걸 믿으라고 했다면서. 항상 제 직감을 믿었고, 단 한 번도 틀린 적이 없다고 했지. 그런데 그런 여자가 어떻게 눈을 시퍼렇게 뜬 채로 브라더후드처럼 더럽고 치졸한 사기꾼과 결혼을 했겠어? 만약 여자의 직감이란 게 그렇게 쓸 만하다면 그 지저분한 벌레 같은 놈하고 결혼을 했겠냐는 말이지."

"뭐, '여자의 직감' 이야기는 차치해두세. 난 대브넌트의 유죄 여부에 대한 선입견을 갖지 않고 완벽히 공평한 자세로 다시 생각해보고 싶어. 그간 우리가 모은 증거들을 다시 살펴보고 제대로 이해하지 못했던 부분이 있는지 알아보는 일을 자네가 도와줬으면 해. 그것들이 대브넌트와 관련이 있는 게 맞는지 검토해보지 않았잖나."

"그 말은 자네가 생각하고 있는 걸 떠들어대면 내가 맞은편에서 잘 듣고 있다가 가끔 한 번씩 '친애하는 리브스! 도대체 어떻게 그런 걸……' 하고 감탄해달란 말이지? 알았네, 시작하자고."

"어디 보자. 우리가 브라더후드의 시체를 조사했을 때 제일 이상한 물건이 뭐였지?"

"자네는 두 개의 시계라고 말하고 싶겠지만 내가 보기에 가장 미심쩍었던 것은 열차표였네. 왜냐하면 그는 정기권을 가지고 있을 게 뻔하잖나."

"맞네. 내가 매표소에서 확인했지. 하지만 실수로 집에 놓고 왔을 수도 있지 않겠어?"

"그래, 하지만 꼭 그렇지도 않아. 왜냐하면 대체로 이런 노선에서는 짐꾼들이 정기권을 끊은 승객들 얼굴을 익혀두고 있지 않겠나? 그러니까 브라더후드가 '내 정기권을 집에다 놓고 왔군요' 하고 말했으면 짐꾼이 그냥 모자를 벗어 인사하고는 '알겠습니다. 가십시오' 하고 말했을 거란 말이야. 그 가능성, 아마 백 퍼센트에 가까울 그 가능성을 알면서 과연 브라더후드가 런던을 떠나기 전 열차표를 구매할 정도로 바보였을까? 내 기억에 이 노선에서는 표를 바꾸거나 역 밖으로 나가지 않는 이상 검표하는 걸 본 적이 없어."

"자네 말이 맞아. 뭔가 분명 잘못되었어. 그럼 그 열차표는 도대체 왜 그 안에 있던 거지?"

"브라더후드가 죽은 후 누가 가져다놓은 것 같아."

"표가 시체의 몸에서 나오도록 함으로써 다른 정황을 만들려고 한 게 명백하군그래. 자, 어디 보자. 죽은 사람 주머니에 열차표를 가져다 놓음으로써 만들어낼 수 있는 잘못된 정보란 무엇일까? 그가 열차에 오른 건 다른 날이었다? 물론 그것도 가능하겠지."

"그래, 하지만 그건 아닐 거야. 내 말은, 그가 살해당한 건 월요일이 아니었어. 왜냐하면 그가 집을 나선 건 화요일 아침이었다고 조사중에 밝혀졌으니까."

"좋아, 그럼 그건 제외하세. 아니면, 사실 일등칸에 타고 있지만 원래 탔던 열차가 삼등칸이었다는 인상을 줄 수도 있지. 하지만 이건 소용없는 소리네. 왜냐하면 열차가 붐빌 때는 삼등칸 표를 갖고 있던 사람이 일등칸에 타는 일도 곧잘 있으니까. 게다가 이 열차는 상당히 붐볐지. 아니면 실제로는 아니었는데 고인이 열차를 타고 어딘가로 가고 있었다는 인상을 만들어낼 수도 있어. 하지만 브라더후드는 실제로 열차를 타고 런던에서 오는 길이었으니 이것도 아니군.

이제 남은 유일한 가설은 브라더후드의 진짜 목적지가 사실 다른 곳이었다는 건데, 이런 젠장. 차표에는 패스턴 위처치라고 씌어 있었고 브라더후드가 살해당한 곳은…… 아니, 이런 세상에!"

"왜 그러나?"

"고든, 우리는 완전히 멍청이였네! 그자가 3시에 런던에서 출발했고 웨이포드와 빈버 사이에서 정차하지 않는 열차를 탔다면, 패스턴 위처치로 가는 표로 그 사실을 숨길 수도 있지 않겠나? 그보다 더 늦은 열차, 그러니까 4시 50분에 패스턴 오트빌에서 출발하는 열차에 올랐다고 모두가 믿게 만드는 거지!"

"이런 세상에, 말이 되는군그래. 그럼 살인범은 3시에 출발하는 열차표를 보여줌으로써 확실한 알리바이를 얻게 되는 셈이군!"

"그렇지. 어디 보자, 4시 50분 열차라고 추정할 수 있는 근거가 또 없을까?"

"시계…… 그 손목시계, 그거야. 4시 54분을 가리킨 채 멈춰 있었어."

"그건 그냥 시곗바늘이 마침 4시 54분을 가리키고 있었을 때 시계가 깨졌다는 의미일 뿐이지. 하지만 시계를 조작하는 건 세상에서 가장 쉬운 일이야. 그리고…… 이런, 고든. 아무래도 증명할 수 있을 것 같아!"

"증명해?"

"그래, 다른 시계, 회중시계 말이야. 그걸 찾아냈을 때 그 시계는 한 시간 빠르긴 하지만 제대로 움직이고 있었던 거 기억 안 나나? 그게 한 시간 빨랐던 건 살인범이 화요일 오후 3시 54분에 시계를 주머니에서 꺼내서 4시 54분으로 돌려놨기 때문이었던 거야."

"그러니까 자네 말은……."

"그러니까 살인범은 손목시계와 마찬가지로 그 시계도 떨어지면서 깨져 멈출 거라고 예상했던 거지. 그게 멈추면 마찬가지로 4시 54분이라는 기록이 남을 테고. 하지만 우연히 그 시계가 깨지지 않은 덕분에 그게 살인범이 저지른 짓이라는 증거란 걸 알 수 있게 된 거야!"

"이거참 굉장하군! 하지만 왠지 이 문제에서 우리가 놓치고 넘어간 게 있는 것 같은데…… 아, 그래. 이거야. 우린 브라더후드가 왜 화요일에 떠나는 척해놓고 수요일에 출발하는 침대차를 예매했는지에 대한 수수께끼를 풀어야 하네. 우리가 방금 생각해낸 것처럼 4시 50분에 패스턴 오트빌에서 출발하는 열차를 탔다면 같은 날 밤 침대차를 타기엔 너무 늦어져. 하지만 여태까지 우리가 생각한 게 틀렸고, 그가 런던에서 3시에 출발했다고 가정하면 얘기는 달라지지. 시간표를 확인해보면, 빈버에서 출발하는 열차를 타면 크루에서 침대차에 오를 수 있어."

"그래, 맞아. 하지만 그건 부수적인 문제에 불과해. 어디 보자……. 침대차는 원래 목요일에 출발하기로 되어 있었어. 그리고 목요일이라는 글자 위에 줄을 긋고 대신 수요일이라 적혀 있었지?"

"맞아. 하지만 그게 가짜라고 보기는 어렵네. 수요일이 아니라 목요일이라 해서 더 그럴듯해 보이는 건 아니니까. 오히려 더 이상하지."

"그래, 그건 분명 이상한 일이야. 그럴 수는 없었을…… 고든, 수요일이 며칠이었지?"

"17일이었지."

"그래? 그럼 화요일이 16일이고 목요일이 18일이었겠군."

"친애하는 리브스! 도대체……."

"어린애 장난이지, 친애하는 고든. 아니, 여길 보게. 중요한 문제야. 요일 이름 중에서 화요일Tuesday을 목요일Thursday로 바꾸는 건 아주 간단하지. 그리고 숫자 6을 8로 바꾸는 일도 아주 쉽지 않나?"

"그건 그런데, 딱히 바꾼 흔적은……."

"정말 모르겠나? 침대차는 사실 살인이 일어난 그날, 바로 '16일 화요일'에 예약되어 있었던 거야. 브라더후드는 곧장 빈 버로 갈 예정이었어. 살인범은 브라더후드의 주머니에서 침대차 승차권을 발견하고, 열차에 관한 가짜 증거를 완벽하게 꾸며낼 황금 같은 기회를 잡은 거야. 물론 그대로 찢어 없애버릴 수도 있었겠지만 그래서는 브라더후드가 정말로 빠른 열차에 올랐다는 사실을 증명하게 되기 때문에 범인에게는 더욱 위험한 행동이었을 거야. 오히려 속임수를 쓰는 편이 나았겠지.

화요일을 목요일로 바꾸고 16일을 18일로 바꾼다. 봐, 얼마나 쉬운 일이야……. 들킬 위험도 거의 없지. 하지만 들킬 가능성이 아주 없다고는 할 수 없었으니 범인은 작은 위험도 무릅쓰고 싶지 않았던 거야. 그래서 '16일 화요일'을 '18일 목요일'로 바꾸고 나서, '18일 목요일' 위에 줄을 긋고 '17일 수요일'을 적어 넣었던 거지. 즉, 이중 속임수였던 거야. 사람들은 보통 수정이 두 번 되어 있으면 처음 수정된 내용에는 신경을 쓰지 않거든."

"범인은 보통내기가 아니로군!"

"보통내기가 아니지. 하지만 범인은 대브넌트가 아니야. 그는 그 뒤에 런던발 3시 47분 열차로 도착했다는 짐꾼의 증언이 있었잖나? 렌들스미스 양 또한 그가 다음 열차를 탔다는 사실을 증명해줄 수 있지. 따라서 대브넌트가 패스턴 오트빌에 도착하기 한참 전에, 사실상 그가 런던에서 출발한 지 칠 분밖에 지나지 않았을 때 브라더후드는 둑에서 굴러떨어진 거야. 자, 이래도 유죄를 고집할 텐가?"

"그래, 자네 말이 맞을지도 모르지. 하지만 이건 정황증거에 불과하지 않나? 지금 우리는 대브넌트가 유죄라는 가설보다 우리가 세운 가설이 더 그럴듯하다는 건 증명했지만, 그렇다고 대브넌트가 유죄라는 가설이 아예 불가능하다는 건 증명하지 못했네. 하지만 만약 우리의 가설이 옳다면 한 가지는 확실해. 살인범은 우발적으로 범행을 저지른 게 아니라 아주 꼼꼼하고 신중하게 계획을 세웠다는 거야. 그럼 이제 이 정교한 계획을 실행할 만한 동기와 기회가 있었던 사람을 찾아봐야겠군."

"나도 알고 있네. 우리가 진짜 범인을 찾아내서 끌고 가기 전까지 경찰은 우리의 반대 주장을 받아들이지 않을 거야. 경찰은 항상 희생물을 원하는 법이니까."

"더구나 우리는 대브넌트가 4시 50분 열차에서 누군가를 밖으로 떠미는 일이 불가능하다는 사실을 입증할 수 없고 말이지."

"말도 안 된다는 사실은 증명할 수 있네. 4시 50분 열차가 어찌나 항상 붐벼대는지, 또 자네와 내가 그 열차에 탔던 날은 또 얼마나 붐볐는지 생각해봐. 하지만 3시에 런던에서 출발한 열차는 당연히 한가했겠지. 그때는 아직 사람들 대부분이 일을 하고 있을 시간이지 않나. 열차에는 쇼핑하러 외출한 숙녀들뿐이었을 거야. 그 열차라면 삼등칸에서도 남몰래 무언가 저지를 수 있었겠지."

"하지만 그 역시 정황증거에 불과하잖나."

"고민해볼 만한 지점이 둘 있네. 하나는 암호 뒤에 적혀 있던 '세탁물 목록'이지. 별거 아니라는 느낌도 들지만. 그리고 다른 하나는 철로 옆에서 주운 골프공."

"암호에 대해서 생각해볼 필요가 있겠군. 대브넌트가 그 암호를 적은 게 자기라고 인정하려나? 그러면 왠지 그에게 더 불리한 상황이 될 것 같은데. 대브넌트는 브라더후드가 약속을 깨려고 했다는 사실을 알고 있었지. 그러니 경찰에서는 그가 믿음을 깨면 파멸하게 될 거라고 적혀 있는 쪽지의 중요성을 더욱 무겁게 취급할 것 같아."

"맞아, 경찰이 그걸 찾아낸다면 말이지. 하지만 경찰이 과연 암호를 해독할 수 있을까? 대단히 의심스러운걸."

"자네가 말할 생각은 없나?"

"전혀. 자네가 무슨 말을 하고 싶은지는 알아. 누군가는 가서 진실을 말해줘야 한다는 거지. 하지만 진실을 말한다는 건 쉽지 않은 일이야. 난 진실을 알지. 즉 대브넌트는 결백하다는 거야. 그러므로 이 엽서는 상당히 부차적인 문제고, 진실을 설명하는 것과는 큰 상관이 없네. 만약 내가 경찰에게 암호의 의미를 설명한다 한들, 내가 뭔가 잘못 알고 있다는 인상만 더 깊이 심어줄 거야. 그러니 그냥 앉아서 암호 연구만 하고 아무 말도 하지 않는 게 진실을 가장 흥미롭게 탐구하는 방법 아니겠나?”

“글쎄.” 고든이 말했다.

다음 날 아침 식사 자리에서 만났을 때 고든은 무언가 깨달은 듯한 표정이었다.

"밤새 침대에 누워 어젯밤 했던 이야기에 대해 생각해봤는데, 몽땅 쓸모없는 짓이었어. 그렇게 해봐야 전혀 소용없을 거야."

"소용없다고?"

"그래. 내가 보기엔 도저히 해결할 수 없는 문제가 두 가지 있어. 생각해봐, 리브스. 만약 브라더후드가 4시 50분에 패스턴 오트빌을 지나는 열차에서 떠밀렸다면 대브넌트가 겁을 집어먹게 된 걸 이해할 수 있어. 대브넌트가 범행 장면을 봤을 가능성이 있으니까. 아니면 브라더후드가 오트빌에서 열차에 타는 걸 봤는데 위처치에 도착했을 때는 보이지 않는다는 사실을 깨닫고, 뭔가 잘못되었다고 직감했을 수도 있지. 비록 자신은 아무 짓도 안 했지만 말이야.

하지만 대브넌트가 4시 50분에 돌아왔고, 브라더후드는 앞선 열차에서 떠밀렸다면 대브넌트가 도대체 그 사실을 어떻게 알 수 있었단 말인가? 우리가 철로 옆에서 시체를 발견했다는 이야기를 떠들어댈 때까지 대브넌트는 아무 것도 몰랐을 거야. 그리고 시체의 정체는 우리도 다음 날까지 확신하지 못했잖나. 그렇다면 대브넌트가 굳이 자취를 감추고 불편하기 짝이 없는 비밀 통로에 숨을 이유가 뭐겠어?"

"나도 그 문제에 대해 생각해봤어. 자네가 잊고 있는 것 같은데, 대브넌트는 렌들스미스 양과 대화를 나눈 뒤 바로 돌아왔어. 아마 3시에 렌들스미스 양이 열차에서 내리는 모습을 본 뒤 바로 같은 열차에서 브라더후드가 내리는 모습을 보았을 거야. 해처리스로 돌아오는 길에 대브넌트는 브라더후드에게 상당히 불만스러운 마음을 품었겠지. 따라서 대브넌트가 가장 먼저 한 행동은 그의 집에 전화를 걸어서 바꿔달라고 한 거였어. 브램스턴 부인의 장광설을 들은 대브넌트는 그가 아직 집에 도착하지 않았다는 사실을 알게 되었지. 브라더후드는 자살을 했을 수도 있고, 그보다 더 가능성이 높은 건 어딘가로 사라지는 거겠지.

어찌 되었든 브라더후드는 자취를 감췄고 대브넌트는 자기 자신, 심지어는 렌들스미스 양까지 이 사태에 얽히지 않을까 두려워졌을 거야. 별일 없을 수도 있지만 위험성은 존재했어. 그래서 대브넌트는 교묘한 계획을 고안해냈지. 어렸을 때 놀던 비밀 통로로 돌아가서 클럽 사람들이 떠드는 동네 소문을 엿듣기로 한 거야. 누구에게 들킬 걱정도 없으니 그는 결정을 내리고 자신의 계획을 상세히 짰네. 그래서 통로에 납작 엎드린 채 렌들스미스 양이 이 상황에 관련이 있다는 사실을 알게 될 때까지 기다렸던 거지. 그러다 두 가지 경솔한 행동 때문에 자신의 존재를 드러내게 되었던 거고."

"그래, 자네 이야기가 사실일 수도 있음은 인정해. 하지만 다른 문제가 하나 더 있어. 그것도 더 설명하기 어려운 문제야. 누가 봐도 브라더후드의 소지품으로 보이는 모머리의 『불멸』이 패스턴 오트빌 역에 정차한 3시 47분 런던발 열차 안에서 발견되지 않았나? 브라더후드가 3시 47분 열차에 타지 않았다면 도대체 그 책을 어떻게 그 열차에 남겨둘 수 있었단 말인가?"

"자네 말이 맞아. 하지만 그것도 속임수였다고 생각하면 되지 않을까? 잘 생각해보게. 우리가 상대하는 건 극도로 영리한 범죄자야. 열차표도 속이고 시계도 조작했네. 침대차 예약 편지까지 건드렸지. 그런 범죄자가 브라더후드가 열차에서 읽는 책 하나쯤 가짜로 가져다 놓았다 한들 놀라울 게 있겠나?"

"우리가 상대하는 게 영리한 사내이긴 하지만, 그렇다고 해서 3시에 출발하는 열차를 타고 이리로 오면서 동시에 3시 47분 열차에 책을 남겨둘 만큼 영리한 놈은 아니라고 생각하는데."

"아니, 그게 사실이야. 좀 어려울지 몰라도 분명 설명할 수 있는 방법이 있을 거야. 잠시만 기다려봐……. 아, 알겠네! 카마이클이 그 책을 건네받았을 때 짐꾼은 책을 '열차'에서 주웠다고 했지. 하지만 짐꾼이 '3시 47분발 열차'에서 책을 주웠다고 해서 그 열차가 반드시, 현재 문제가 되고 있는 '화요일 3시 47분발 열차'라고 할 수는 없네. 짐꾼 입장에서 '3시 47분'이라는 말은 그냥 매일같이 반복되는 하나의 사건인 거야. 그렇게 보면 짐꾼이 월요일에 책을 손에 넣었다는 이야기도 가능하겠지.

브라더후드는 월요일 오후에 하행 열차에 모머리의 책을 놓아둔 거야. 따라서 그는 아마 자신에게 위험을 경고하는 암호를 읽지 못했겠지. 카마이클이 책을 찾아 나선 건 금요일이 다 되어서였고, 그때쯤이면 짐꾼은 무슨 요일에 책을 발견했는지 기억도 못 했을 거고."

"그것도 말이 되긴 하는구먼. 하지만 그다지 마음에 드는 설명은 아니야. 그게 사실이라면 내 목을 매겠어."

일요일 아침 식사가 끝난 직후 한 시간은 패스턴 오트빌의 도미 하우스에 생명력이 사라지는 시간이었다. 클럽 멤버들 중 교회에 가는 사람은 드물었고, 그나마도 그들 중 몇 명은 브라더후드의 장례식에 참석하는 것으로 이번 주 예배를 (옥스퍼드 말투로 표현하자면) '갈음했기' 때문에 교회에 가는 사람의 수는 더욱 적었다. 한편, 목사가 9시 반 예배를 시작하기 전에 라운드를 도는 것은 적절한 아침의 시작으로 여겨지지 않았다. 사람들은 담배를 피우고 일요 신문을 읽으며 교회에 갈지 말지 고민하는 사람의 분위기를 내고 나서야 움직이기 시작하곤 했다.

날씨에 대한 이야기가 활발하게 오고 가고, 나이 든 사람들 사이에서는 뇌졸중에 걸린 양 발작적으로 정치적 상황에 대한 이야기가 오갔으며, 아크로스틱[1]을 즐기는 사람들은 클럽 안을 왔다 갔다 하면서 그럴듯해 보이는 사람들에게서 전문 지식을 긁어모으느라 바빴다. 하지만 이렇게 안식일의 평화가 지켜지는 것도 골프를 준비하는 잠깐 동안뿐이었다. 고든은 사건 수사를 잠시 쉬고 카마이클과 함께 골프장에 나가기로 했다. 한편 모던트 리브스는 골프장 미스터리가 풀리기 전까지 골프채는 건드리지도 않기로 결심한 참이었다.

위층으로 올라가며 리브스가 고든에게 말했다.

"말이 나와서 말인데, 그 문제를 이런 식으로 생각해본 적 있나? 책을 매개로 한 암호는 대체로 사전에 책을 준비해둔 두 그룹 사이에서 쓰이곤 하지. 그런데 이번 사건의 암호는 미리 준비되어 있었다고는 보기 어려워. 왜냐하면 그 메시지는

1 여러 단어의 가장 앞의 글자 내지는 단어를 따서 문장을 만드는 말놀이.

적을 겨냥하고 작성한 것 같으니까.

따라서 이 메시지는 당시 브라더후드가 모머리의 『불멸』을 읽고 있었다는 사실을 아는 누군가가 보냈다고밖에 생각할 수 없지. 읽지는 않더라도 아무튼 브라더후드가 그 책을 갖고 있었다는 사실만 알면 돼. 자, 그렇다면 도대체 대브넌트가 그 사실을 어떻게 알았을까? 대브넌트는 브라더후드를 보지도 못했고 같은 열차를 타지도 않았어. 브라더후드의 생각이 그 책에 미칠 거라는 사실을 어떻게 알았을까? 대브넌트에게는 불가능한 일일세. 따라서 우리가 알아내야 할 건 브라더후드가 특정한 순간에 특정한 책을 집어 들 것임을 알 수 있는 사람이야."

"아무튼 책을 다시 한번 살펴보자고. 카마이클이 말하길 책 귀퉁이에 적혀 있는 질문이나 낙서 따윌 보면 그 책은 정말 브라더후드의 것이 맞는다고 했었지. 하지만 그것도 아직 사실인지 입증하지 못했잖나."

그런데 기묘하게도, 두 사람은 리브스가 이틀 전 겪은 일을 되풀이하고 말았다. 리브스는 그 책을 책장의 특정 선반 위에 올려놓았고, 그 사실을 확신했다. 하지만 책은 그곳에 없었다. 방을 아무리 뒤져봐도 책은 나타나질 않았다. 절망에 빠진 그들은 카마이클을 찾아가 혹시 그 책을 자신의 소유라 여기고 말없이 가져간 건 아닌지 물었다. 그러나 카마이클은 책이 분실된 사실을 전혀 몰랐고, 고의적인 절도라고 의심하기 시작했다. 그리고 이렇게 말했다.

"자네들도 알다시피 우리는 대브넌트가 암호가 적힌 쪽지를 가져갔다는 사실을 증명하지 못했어. 물론 비밀 통로를 발견했을 때 그를 의심하긴 했지만 말이야. 사진을 바꿔놓는 일도 오로지 대브넌트만이 할 수 있는 일이었고. 하지만 그냥 문을 통해 걸어 들어온 누군가가 슬며시 암호를 들고 가져가버릴 수도 있었네. 그리고 지금도 여전히 아무나 문으로 들어와서 자네 책을 얼마든지 슬쩍할 수 있다네, 리브스."

"하지만 지금은 그 누군가가 대브넌트가 될 수 없지. 그 불쌍한 친구는 지금 철창 속에 갇혀 있으니까."

"그 암호도 참 이상야릇해." 고든이 말했다. "처음 우리가 손에 넣었을 때는 아무짝에도 쓸모없는 것 같더니 우리가 필요로 할 때마다 사라지곤 하니 말이야."

"나도 그래서 짜증이 나 죽을 지경일세." 리브스도 동의했다. "내가 방을 뜰 때마다 이상한 일이 일어나잖아."

"이봐, 카마이클. 자네 차례야. 이제 그만 청진기 내려놓고 네발로 엎드려서 우리를 위해 단서를 찾아주게." 고든이 말했다.

"내가 보기에는 한 사람이 남의 방에 들어가서 책 한 권을 가지고 나오면서 주위에 아무런 흔적도 남기지 않을 리 없을 듯해. 어디 한번 둘러보자고. 아무튼 오늘은 일요일이니 하녀들도 청소를 하지 않았을 거야. 알다시피, 정확한 이유는 모르지만 하녀들은 일요일에 난로는 청소해도 방은 청소하지 않더군. 한데 리브스, 책을 어디쯤에 두었나?"

"그쪽에 있는 선반, 위에서 두 번째 칸에."

"자네가 책을 거기 올려놓은 건 자연스러운 일이야. 손이 닿는 높이니까. 하지만 자넨 키가 크지. 아마 보통 남자들은 자네보다 키가 작지 않을까 싶네만. 의자가 하나 있으면 좋겠군……. 고맙네. 그래, 아마 그 사내는 키가 작았을 거야. 책을 꺼내려면 발끝으로 까치발을 서야 했을 테고, 그러면 누구나가 그런 상황에서 그렇게 하듯 균형을 잡기 위해 왼손의 네 손가락 끄트머리로 아래 칸 선반 끝을 잡았겠지. 그런 다음 범인은 오른손 검지로 책 끄트머리를 집었겠지. 대충 고든의 키와 비슷할 듯싶군."

"이런, 들켰나!" 고든이 깜짝 놀라며 과장된 고함을 질렀다. "죄인 호송차를 부르게. 내 말없이 따라가겠네."

"고든, 난 그냥 관찰을 하고 있는 거지 자네한테 누명을 씌우려는 게 아니야. 왜냐하면 자네는 키에 비해 팔이 긴 편이잖나. 대략 추정해볼 때 이 사내는 우리 키와 비슷하거나 그보다 좀 작을 것 같군. 게다가 설마 그 사내가 다른 선반은 거들떠보지도 않았을 리 없겠지. 대개는 책을 찾을 때 다른 책 한두 권도 무심코 펼쳐 보게 되어 있거든. 책이 갖고 있는 매력이란 그만큼 특별나지. 옥스퍼드의 화이트웰 서점에서 손님들이 그냥 둘러볼 수 있도록 내버려두었더니 매년 20파운드 상당의 책을 도둑맞았다는 이야기를 들은 적 있네. 아! 리브스, 자네의 방은 탐정 입장에서는 훌륭한 연구 대상이 되겠군."

"왜 특별히 내 방만 꼬집어 그리 말하는 건가?"

"왜냐하면 자네는 깔끔한 습관의 소유자니까."

"깔끔하다고!" 고든이 어처구니없다는 듯 말했다. "저 책상 위에 쌓인 편지들을 보고도 그런 말이 나오나?"

"다소 깐깐한 성격이라고 바꿔 말할 수도 있겠지. 아무튼 바닥 위에 뭐가 떨어져 있는 걸 그냥 두지 못하고 주워 올리는 유형의 인간이야. 자네는 항상 책을 반듯하게 놓아두는 타입이지. 그렇게 사는 사람도 있고 그렇지 않은 성격의 사람도 있네. 자, 만약 이 셰익스피어 책이 어제 저렇게 비뚤어져 튀어나와 있다면 자넨 분명 단번에 깨닫고 책을 잘 밀어 넣었을 거야."

"그랬겠지."

"방문자는 그런 성격의 인간이 아니었네. 그자는 이 책을 뽑아내기 위해 양쪽에 있는 두 권의 책을 밀어 넣고, 다시 되돌려두면서 제대로 정리해놓지 않았어. 자, 그 친구가 어느 부분을 읽었는지 한번 보자고. 자네도 알겠지만 일반적으로 책을 아무렇게나 펼치면 마지막으로 봤던 페이지가 나오지. 그러니까 그 페이지를 펼쳐놓고 시간을 좀 들였을 경우의 이야기이긴 하지만……. 그 원리를 이용해보면, 우리의 이름 모를 친구는 『햄릿』을 읽고 있었던 모양이군. 이 페이지에 '사느냐 죽느냐' 하는 구절이 나오는데."

"취향 한번 진부하군." 고든이 말했다. "거기서 딱히 뭘 알아낼 수 있을 것 같지는 않은데."

"최소한 이 방문객이 진중한 사람이고, 그렇다면 여기 사는 사람 중엔 없단 걸 알겠어. 갑자기 생각났는데, 이제 그 비밀 통로가 사용될 일은 없겠지?"

"당연하지. 나도 그것 때문에 자꾸 신경이 쓰여서 그 앞에 소파를 가져다 놓았다네."

"원한다면 얼마든지 소파를 치우고 들어갈 수 있는데." 고든이 말했다.

"하지만 일단 안으로 들어가면 소파를 원래 있던 자리에 놓을 수 없게 되지. 아니, 난 우리가 찾는 사람이 분명 클럽의 멤버나 하인일 거라고 생각하네. 신장 약 162센티미터에 칙칙한 문학 취향을 가진 사람 말이야. 혹시 어디에 흔적을 남기진 않았을까? 난로만이 유일한 희망이로군. 아! 그 친구 아무래도 자네한테 꽤 친근감을 느꼈던 것 같아, 리브스. 담배 파이프 청소 도구를 빌려서 썼던 모양이군."

카마이클은 상체를 굽히고 난롯가에서 파이프 청소 도구 하나를 집어 들면서 물었다.

"자네 어제 난로에 불 피웠나?"

"아니, 어젠 정신이 없었거든. 그저께는 피웠지만."

"그럼 이 난로 안의 장작 받침은 오늘 아침이 아니라 어제 아침에 청소한 거로군. 이 파이프 청소 도구는 상당히 지저분하네. 따라서 그 방문자는 자네처럼 맛을 다 망쳐버리는 끔찍한 종이에 담배를 작게 말아 피우는 습관은 없다는 뜻일세. 고든, 자네도 그러지 않던가? 그렇다면 분명 낯선 사람이 이 방에 들어온 거야. 그 사람이 꼭 책을 가져간 사람과 동일 인물일 필요는 없고. 내 생각에 그 낯선 이는 여기에 오늘 아침이 아니라 어제 들른 것 같네."

"왜?"

"왜냐하면 하루 중 가장 처음으로 피우는 파이프는 대체로 깨끗하거든. 밤새 바짝 마르니까. 이 파이프 청소 도구는 아주 더러워. 만일 이걸 사용한 사람이 책을 가져간 사람과 동일인이라면 무언가 사악한 의도를 가지고 온 게 아니라는 사실은 명백해. 그렇지 않고서야 이렇게 제 집처럼 편하게 있었을 리가 없지."

"하지만 갑자기 생각나서 한 일인지도 모르잖아."

"당연히 그렇지. 하지만 파이프가 깨끗이 청소되어 있다는 이유로 자네가 누군가를 쉽게 절도범으로 몰아가지 않도록 주의해야겠어. 일단, 그 낯선 이가 파이프를 먼저 비웠다고 하세. 그게 일반 담배였다면 분명 어딘가 병이 남아 있을 텐데……. 아, 여기 있군. 내가 생각했던 대로 역시나 '워커스 아미 컷'이었군. 클럽 사람들의 절반은 이걸 피우지. 아니, 아직은 누군가에게 수갑을 채울 생각이 없네. 그렇지만 자네가 친구들의 방을 뒤지고 다니며 없어진 책을 찾겠다면 말리진 않겠네."

"저녁 예배 시간에 하면 되겠군." 고든이 냉소적으로 말했다. 어쨌거나 클럽 멤버들이 이 사실을 알면 결코 유쾌해하지 않을 것이다.

"아무튼 잘 생각해봐야겠어. 자네하고 고든은 나가서 라운드를 돌고 오는 게 좋겠네. 그동안 나는 뭘 어떻게 할 수 있을지 살펴볼 테니."

두 사람이 떠난 뒤, 모던트 리브스는 잠시 안락의자에 앉아 '지적 영감'이라는 이름의 가장 어려운 사냥감을 추적하기 시작했다. 그저 예술적 영감이었다면 길가의 꽃 한 송이나 한 쌍의 연인만 보아도 자연스레 떠올릴 수 있다. 딱히 뒤를 쫓거나, 그것들이 부름에 응답하여 다가오도록 애쓸 필요도 없다. 단순한 지적 문제라면 자리에 앉아 머리 주위를 젖은 수건으로 문지르면서 의지의 힘으로 해결할 수도 있다. 하지만 지적 영감을 사냥하려면 오로지 사실 정보를 물고 늘어지듯 끈질기게 직시해야만 할 때가 있다.

바로 지금이 그 순간이었다. 그가 생각하기에 자신이 가지고 있는 단서들은 대브넌트에게 무죄판결을 내리기에 충분했다. 그러나 그를 대신해서 잡아넣을 희생양을 찾아낼 만큼은 아니었다.

"골프공이라." 리브스는 계속해서 혼잣말을 중얼거렸다. "선로 옆에 떨어져 있던 골프공. 살해당한 사람이 떨어진 곳에서 몇 미터 거리를 두고 떨어져 있던 골프공. 여기에 분명 뭔가 있을 텐데. 도대체 이걸 어디다, 어디에 끼워 맞춰야 옳을까?"

이윽고 불도 붙이지 않은 벽난로를 앞에 두고 두뇌를 쥐어짜는 데 지친 리브스는 모자를 움켜쥐고 어슬렁어슬렁 바람을 쐬러 나갔다. 반쯤은 명확한 목적을 두고, 또 반쯤은 생각에 깊이 빠진 채 그는 다시 한번 둑 위의 철로로 향하는 가파른 길을 올라 출입 금지 구역으로 발걸음을 옮겼다.

성 루크의 여름은 아직도 이어지고 있었다. 비교적 고요한 인간의 안식일은 자연이 불러오는 가을의 정적과 공모라도 한 듯 전원 지대를 침묵케 했고, 햇빛은 메뚜기 우는 소리에도 떼까마귀 우짖는 소리에도 방해받지 않고 차분하게 내렸다. 리브스의 발밑 한참 아래에서는 골프 치는 사람들이 하루하루 돌아가는 존재의 굴레 속 희망과 공포 사이에서 만족스럽게 기도를 올리는 모습이 보였다. 고든과 카마이클은 현재 3번 티그라운드에 있었다. 손을 흔들려면 얼마든지 그럴 수 있었다. 카마이클은 공 하나를 쳐도 언제나 과하게 심각하고 진지한 자세를 취하곤 했다. 저만치 먼 곳에서는 버려진 집 한 채가 잊힌 과거의 침묵을 내뿜으며 서 있고, 그 밖의 모든 것은 전부 꾸벅꾸벅 졸고 있었다. 모던트 리브스는 끈질기게 홀로 범죄를 뒤쫓아 성큼성큼 걸었다.

리브스는 선로 바로 아래 둑에 몸을 쭉 뻗고 드러누워 큰 소리로 혼잣말을 하기 시작했다.

"자, 모던트 리브스. 너는 지금 런던에서 빈버로 가는 급행 열차에 타고 있다. 이 열차는 웨이포드 역에서 딱 한 번 멈추지. 하지만 역을 제외하고도 종종 정차했을 거야. 왜냐면 안개 낀 날엔 경고 신호가 자주 울리는 탓에 열차가 천천히 달렸을 테니까. 이날은 워낙 안개가 짙었고 열차도 천천히 달렸어. 옆자리 승객에게 권총을 쏘더라도 다른 객차 사람들은 그 소리가 안개 경고 신호라고 착각할 가능성이 다분하다. 이런 생각을 쭉 이어가도 괜찮을까? 아니, 누군가에게 상처를 입히면 반드시 흔적이 남을 테고, 그러면 수사관들의 관심을 끌었을 거야. 이 방면으로는 딱히 큰 진전이 없을 것 같군, 친구.

너무나도 죽이고 싶어서 견딜 수 없는 사람이 같은 열차에 타고 있다고 치자. 너는 오늘 그놈을 꼭 죽이고 싶어. 왜냐하면 방금 전에 그놈이 파산했다는 소식을 들었거든. 만약 그자가 오늘 시체로 발견되면 다들 자살이라고 생각해줄 게 분명해. 이미 너는 그놈에게 조심하라는 경고를 보냈어……. 도대체 왜 그랬는지 알 수가 없군. 어쨌든 경고를 보낸 건 월요일이야. 그놈이 살아날 찬스를 주기 위해서……. 아니, 이건 말이 안 되지. 왜냐하면 화요일에 파산 소식을 듣기 전까지 아무것도 몰랐잖아……. 하지만 그 메시지는 화요일 아침 그놈에게 전달되었지.

그렇다면 네게는 파산과 상관없이 그놈을 죽여야 하는 동기가 있었다는 건데. 지금은 아직 모르겠지만……. 아마 친절한 대브넌트 씨도 그건 모를 거야. 그 사람은 이 차편으로 오지 않아. 3시 47분 열차가 오길 기다리고 있겠지. 너는 이 사람에게 월요일에 메시지를 보냈어. 그자가 갖고 있는 책에 의지하여 풀어내야 하는 암호가 실려 있고, 너는 그자가 그 책을 갖고 있는 걸 알고 있었지. 아니면 네가 그에게 책을 준 걸까? 그렇다면 나중에 책이 발견되었을 때 너와 연결 고리가 생길지도 모르니, 너는 분명 그 책을 훔치고 싶을 거야.

아무튼 열차는 증기를 내뿜고 있고, 너는 무슨 일이든 해야 해. 이 살인을 무사히 해치워야 해. 그놈은 같은 객차에 타고 있을까? 만약 다른 객차에 타고 있었다면 차량 사이에 건너갈 수 있는 통로가 있었을까?

어디 보자. 런던에서 3시에 출발한 열차에는 각 차량을 연결하는 통로가 있어. 하지만 빈버에서 분리되는 후부 열차와는 통로로 연결되어 있지 않지. 너는 아마 후부 열차에 탔을 거야. 왜냐하면 역무원들은 늦게 온 승객들을 후부에 쑤셔 넣곤 하니까. 그러니 선두 열차가 아니라 후부 열차 안에 앉아 있었을 게 틀림없어. 나중에 복잡한 방법으로 사체를 처리해야 하는데, 일등칸이었다간 누군가 검표하러 들이닥칠 수도 있잖아. 그래, 넌 분명 후부 열차 안에 있어.

그리고 같은 차량에 오르지 않은 이 상황에서, 너와 그자를 이어주는 건 각 차량의 승강용 발판을 제외하면 아무것도 없지. 열차가 달리는 동안 발판 위에 오르는 건 몹시 어렵겠지만 짙은 안개 탓에 열차가 정차중이었을 수도 있어. 열차는 저쪽에 보이는 패스턴 위처치 화물 측선으로 빠져 있었을 수도 있지. 어쨌거나 안개 때문에 아무것도 보이지 않았을 거야.

그렇다고 둘이 같은 차량 안에 있었을까? 이 정도는 답해줄 예의를 갖추고 있겠지. 가능성은 낮을 거야. 네가 목표물과 같은 객차에 탔다면 분명 그 모습을 목격한 자가 한 명쯤은 나타났을 테니까. 게다가 너는 살인을 저지를 장소로 열차가 크게 커브를 그리는 선로 위를 택했어. 네가 그 사내를 밀어 던질 방향의 반대편으로 도는 커브지. 왜 굳이 이런 노선을 골라야 했을까? 발판 위에 서서 무슨 짓을 하려고 꾸민 게 아니라면 말이야. 그러므로 너는 그자와 서로 다른 객차에 있었던 거야. 네가 승강용 발판 위에 서서 그자를 공격했을 것 같지는 않아. 아마 그랬더라면 그자가 비상 연락 신호 줄을 당겼겠지.

그자는 일등칸 객차에 혼자 있었고, 너도 그랬을 거야. 그자는 자고 있었을지도 모르지만, 그렇다 한들 네가 그 사실을 알 길은 없었지. 물론 두 객차 사이에 구멍을 뚫을 수도 있어. 하지만 그래서 어쩌려고? 「얼룩 띠」에서 나오는 것처럼 코브라라도 집어넣어서 그걸 보고 놀란 상대방이 열차에서 뛰어내리게 만들거나, 아니면 그자가 자리에 앉은 채 뱀에 물려 죽게 할 셈인가? 그리 쉬운 방법은 아니지. 남들의 시선을 끌지 않고 코브라를 구입하는 건 어려운 일이야. 아니면 구멍을 통해 독가스를 주입할 수도 있을까? 그거 좋은 생각인걸. 90점 주겠네.

하지만 친애하는 리브스, 이런 말을 하면 자네 마음이 상할지도 모르겠지만 그리 실용적인 해결법은 아닌 듯해. 열차에 오르면서 여러 개의 산소통이나 커다란 풍선 따위를 들고 있으면 남들 눈에는 상당한 얼간이로 보일걸. 그래, 벽에 구멍을 뚫어봐야 별 쓸모도 없는 일이야. 무얼 하든 창문 밖으로 상체를 내밀고 있어야 하잖아. 어찌됐든 너와 그자 둘 다 창밖으로 몸을 내밀고 있어야 뭐가 되든 되는 거야.

물론 역도 아닌 데서 갑자기 열차가 서면 사람들은 창밖으로 몸을 내밀 거야. 하지만 네가 노리는 그자도 몸을 내밀지는 알 수 없는 일이지. 대다수 사람들은 열차가 커브를 돌 때 커브를 트는 방향을 내다보게 돼. 그래야 시야가 더 넓게 잘 보이니까. 그리고 그자가 밖을 내다보게 만들기만 하면…… 계속해봐! 리브스, 그 방향으로 좀더 생각해봐! 아, 그래. 그렇게 하면 얼마든지 가능하지. 아무튼 고맙네. 전체적인 그림이 훨씬 선명하게 보이기 시작했어. 그때 다가가서 지팡이로 놈의 머리를 강하게 내리치면 상대방은 기절하겠지. 아마 좀 눈에 띄는 짓이긴 할 거야. 런던에 그런 지팡이를 들고 다니는 사람은 많지 않을 테니까……. 그러니까 아주 굵은 지팡이 말이지. 그건 분명…… 아, 이런 세상에!"

다음 순간 리브스는 가파른 둑을 기어 10여 미터 아래에 있는 무성한 풀무더기 쪽으로 내려갔다. 리브스는 그 속에 반쯤 파묻힌 것을 힘겹게 꺼냈다. 옹이가 있는 커다란 지팡이였다. 온순한 사람도 얼마든지 들고 다닐 법한 물건이지만 만약 싸움이 벌어진다면 충분히 도움이 될 수 있을 것 같았다. 당연히 우연의 일치겠지만, 그렇다고 하기에는 너무 앞뒤가 잘 맞아떨어지는 듯했다.

한편으로는, 폭력에 사용된 도구가 여태 발견되지 않다가 사건이 터진 지 일주일 가까이 지난 후에야 자기 손에 들어왔다는 사실도 도저히 믿기 어려웠다. 지팡이에는 이름도, 핏자국이나 폭력이 일어났음을 알리는 흔적 따위도 없었다. 하지만 희생자의 머리를 내리치면서 지팡이가 부서지거나 별다른 흔적이 남지 않는 것도 충분히 가능한 이야기였다.

다음으로 할 일은 이 귀한 물건을 들고 집으로 돌아가는 일이었지만, 말처럼 쉽지가 않았다. 리브스는 이 수확물을 당당히 들고 도미 하우스로 돌아갈 엄두가 나지 않았다. 만약 살인범이 정말로 거기서 지내고 있다면 금세 이 지팡이를 알아보고 깜짝 놀랄 테니 말이다. 바지 속에 지팡이를 숨겨 가더라도 누군가 한눈에 이상하다는 사실을 깨달을 게 뻔했다. 리브스는 일단 지팡이를 도미 하우스에서 약간 떨어진 덤불 속에 숨겨놓고, 골프백을 가져와 지팡이를 거꾸로 넣은 뒤 아무에게도 들키지 않게 조심조심 자기 방으로 갔다.

고든과 카마이클은 그가 발견한 것에 대해 적절하고 놀라운 반응을 보여주었지만 쓰임새에 대해서는 쓸 만한 조언을 해주지 못했다. 카마이클은 지팡이를 브라더후드의 무덤 앞에 가지고 가서 지팡이가 피를 흘리는지 관찰해보는 것도 괜찮겠다고 말했지만, 그 방법은 탐정의 세계에서 더이상 사용되지 않는다는 말도 덧붙였다. 모든 의견을 종합해보니 우연히라도 누군가 이 지팡이를 발견해서는 안 되므로 일단은 어딘가에 잘 감춰두는 것이 가장 좋은 방법이라는 결론이 내려졌다. 또 명확히 한 사람에게 용의가 좁혀질 때까지 기다릴 필요가 있었다. 그때가 되면 이 지팡이도 쓸모가 생길 터였다.

한편, 리브스는 이번 사건에서 자신의 주장을 충분히 뒷받침할 만큼 근거를 모았다고 생각하여 일요일 오후에 렌들스미스 양을 방문했다. 이번에는 고든이 동행을 거절했으므로 리브스는 자기 차를 끌고 나가야 했다. 하지만 이제부터 만날 숙녀가 자신의 차를 본다면 괴로운 기억을 떠올릴 것을 염려해, 리브스는 차를 호텔 차고에 조심스럽게 주차했다.

리브스에게 새로운 소식이 없는지 묻는 렌들스미스 양의 목소리에서는 열의와 걱정이 뚜렷이 배어났다. 리브스는 일주일 전 처음 만났을 때 그녀에게서 꾸짖음을 들었던 자신의 지각없는 행동을 상기하며, 자신이 품은 의심과 희망을 남김없이 전부 이야기했다.

"리브스 씨, 당신은 천재세요." 그가 이야기를 마치자 렌들스미스 양이 말했다.

"똑똑한 일들은 전부 카마이클의 공입니다." 리브스는 솔직히 인정했다. "하지만 한 가지 주제에 그 친구의 흥미를 오랫동안 집중시키는 건 굉장히 어렵거든요. 항상 다른 주제로 잔가지를 뻗는 통에 말이죠."

"제가 전남편과 같은 열차에 타고 있었다니 생각만 해도 분통이 터지네요. 그러면서 아무것도 깨닫지 못했다니 말이에요." 렌들스미스 양이 말했다. "자, 어디 볼까요. 열차 어디쯤에 앉아 있었더라? 아, 그래요. 통로 쪽 자리였어요. 실수로 흡연석에 앉았다는 사실을 깨닫고 열차가 떠난 후 자리를 옮겼거든요. 전 열차에 꽤 일찌감치 올라타서 빈버행 후부 열차에 사람이 탔는지 어쨌는지는 보지 못했어요."

"대브넌트는 당신이 떠나는 모습을 봤습니까?"

"네, 봤어요."

"열차를 타고 오는 길은 어땠습니까?"

"기어가던걸요. 안개가 끼면 이 노선이 어떻게 되는지 리브스 씨도 아시잖아요. 대체 뭐가 그렇게 위험한지 저는 잘 모르겠지만, 아무튼 신호가 울릴 때마다 거의 매번 멈추더라고요. 그리고 말씀하시니 생각났는데, 패스턴 위처치 들어가기 조금 전에 있는 커브 길에서도 한 번 멈췄어요."

"누군가 아는 사람이 빈버에서 내리는 건 못 보셨습니까?"

"전혀요. 그때 역 안에 있는 소포 접수소에 들를 일이 있어서 열차에서 내린 사람들과 함께 역 밖으로까지 나가지는 않았거든요. 아, 전 어쩌면 이렇게 쓸모가 없을까요. 너무 속상하네요."

"신경 쓰지 마십시오. 괜히 누구를 목격했다가 저희를 잘못된 단서로 인도하셨을지도 모를 일이니까요."

"리브스 씨, 실은 당신에게 한 가지 더 드릴 말씀이 있어요. 듣고 나면 그냥 제 착각이라고 생각하실지도 모르지만요. 실은 계속해서 감시당하고 있는 듯한 기분이 들어요."

"감시를 당한다고요?"

"네. 어제 당신을 만나러 가려고 열차에 탔는데 거의 비어 있었거든요. 토요일 열차는 원래 그렇지만요. 같이 탄 사람은 한 사람뿐이었어요. 처음 보는 남자였죠. 그런데 이상한 건 오트빌에서 돌아오는 길에도 같은 사람와 같은 열차를 탔어요. 게다가, 이것도 그냥 착각일 수 있겠지만 오늘 아침에 교회에 다녀오는데 길 반대편에서 그 남자가 저를 지켜보고 있었던 것 같아요."

"심각하군요. 혹시 당신이나 당신 남편한테 뭔가 원한을 품은 자가 있습니까?"

"솔직히 잘 모르겠어요. 아시다시피 최근에 저희는 상당히 멀리 떨어져 살았거든요. 아니에요, 그냥 우연일 수도 있을 것 같아요. 제가 만약 이 남자를 다시 보게 되면 리브스 씨에게 전화해도 괜찮을까요?"

"부디 그렇게 해주십시오. 그 남자를 또 봤다고 한마디만 하시면 제가 차를 끌고 바로 달려오겠습니다. 그럼 함께 그자를 잘 관찰해볼 수 있겠죠."

리브스는 깊은 생각에 잠긴 채 차를 몰았다. 한 사람의 남편을 죽인 살인범이 과부가 된 여자의 뒤까지 쫓는다는 게 과연 말이 되는 일일까? 그녀에게 영적 능력이 있어서 죽은 자의 그림자가 자신을 따라다니는 것을 느끼는 게 아닐까? 브라더후드가 무덤 속에 편히 잠들어 있으리라 생각하는 사람은 별로 없을 것이다. 패스턴 오트빌에 있는 브라더후드의 무덤을 방문해보면 새로운 착상이 떠오르지는 않을까? 리브스는 그런 생각을 한 자신을 반쯤은 부끄러워했지만, 그래도…… 그런다고 무슨 해가 되진 않을 테니까.

도미 하우스에 일찍 돌아갈 필요가 없었으므로 그날 저녁은 무덤에 방문하기 적당했다. 리브스는 집으로 돌아가는 지름길인 런던 로드를 타는 대신 패스턴 위처치와 패스턴 오트빌을 이어주는 바람 부는 시골길을 달렸다. 몇 분 지나지 않아 리브스는 교회 묘지 입구에 다다랐고, 늘어선 비석들 사이를 걸어갔다.

갑자기 하모늄[1]에서 바람이 빠지는 듯한 소리가 들려 리브스는 깜짝 놀랐다. 그러고 보니 저녁 예배 시간이었다. 이 곡조는 뭐였더라? 〈내 주를 가까이 하게 함은〉이었던가? 리브스는 현관 쪽으로 가까이 다가갔다. 건물에서 밖으로 공공연히 울려 퍼지는 소리는 기이하게도 듣지 않고는 지나칠 수 없도록 유혹하는 힘이 있다…….

그래, 이건 바로 그 찬송가가 맞다. 신도들이 소박하게 부르고 있는 곡은 여성 신도들의 목소리가 기조를 이루고 있었지만 그 가운데 결코 무시할 수 없는, 크고 음이 맞지 않는 한 남성의 목소리가 전체를 압도하고 있었다. 시골 교회에서 치르는 일요일 저녁 예배의 정수를 느끼기에는 지금 이 현관만큼 적절한 곳이 없으리라. 기름 램프 냄새, 널빤지로 만들어져 보기 흉한 신도 좌석, 주일용 예복, 죽은 미덕과 위선의 기억을 간직한 채 벽에 붙어 있는 명판. 그래, 이제 찬송가가 끝나

1 풀무로 바람을 내보내어 소리를 내는 건반 악기.

가고 있었다.

야곱이 잠 깨어 일어난 후
돌단을 쌓은 것 본받아서
숨질 때 되도록 늘 찬송하면서
주께 더 나가기 원합니다.
더 나가기 원합니다…….

그런 다음 찬송가를 부르는 사람들이 다 함께 기량을 최대한 발휘하기로 약속이라도 해놓은 듯 마음속을 꿰뚫고 들어오는 "아멘"이 울려 퍼진다. 이윽고 서 있던 사람들이 모두 자리에 앉는 모양인지 옷자락이 부스럭거리는 소리와 발 끄는 소리가 들리더니, 돌연 매리어트의 목소리가 또렷한 울림으로 성서를 읽기 시작했다.

안에 있는 사람은 의심할 여지 없이 매리어트였다. 아무래도 상당히 당혹스러운 설교 주제를 고른 모양이었다. 매리어트는 죽은 브라더후드의 갑작스러운 비극에서 교훈을 끌어내도록 신자들을 독려하고 있었다. 삶의 한복판에서 매리어트는 신도들을 향해 그들이 죽음 안에 있음을 상기시켰다. 그리고 이어서 이 주쯤 전에 인간 성품의 생존에 대해 주장한 브라더후드의 이야기를 비판했다. 생각해볼 만한 설교였지만 전부 노골적인 표현들로 채워져 있었다.

"우리 주위를 돌아보면 모두가 너무나 부주의하고 무관심하며 불신이 팽배해 있습니다. 우리 스스로 그렇게 자문하게 되지 않던가요? 어머니의 무릎 밑에서 들었던 늙은 노파의 옛날이야기에서 배운 교훈들은 우리가 어린아이였을 때는 유익했지만 어른이 된 후로는 더이상 맞지 않게 되는 것 아닐까 하고 말입니다. 우리 스스로 그렇게 자문하게 되지 않던가요? 우리 인생의 이야기가 과연 다른 어딘가에서 계속될지, 또 끝내 면류관을 얻을 수 있을지 말입니다. 그리고 결국에는 우리 스스로를 설득하겠지요. 아니면 설득한다고 생각하겠지요. 저편에는 아무것도 없다, 발버둥 쳐서 손에 넣을 수 있는 것은 아무것도 없다고 말입니다. 죽음은 고요한 잠입니다. 정직한 자든 부정한 자든 모두 공평하게, 그저 잠에 드는 겁니다. 그리고 저 오래된 물음이 다시 우리에게로 돌아옵니다.

잠이 들면, 아마도 꿈을 꾸겠지. 아, 그것이 문제다!
이 육신의 껍데기를 벗어버렸을 때
죽음의 잠 속에서 어떤 꿈이 찾아올지 모르기에
우리는 주저할 수밖에 없으니.[1]

[1] 『햄릿』 3막 1장. '사느냐 죽느냐' 하는 대사 뒤로 이어지는 햄릿의 대사 중 일부.

그리고 우리는 이 고난이 그리 쉽게 끝나지 않으리라는 사실을 압니다. 이 불안을 이겨내는 일도 결코 쉽지는 않습니다……."

모던트 리브스는 더이상 그의 설교를 듣고 있지 않았다. 그는 곧장 차로 돌아가 도미 하우스로 향하는 길을 달리면서 다시 한번 혼잣말로 중얼거렸다.

"'사느냐 죽느냐'—이런, 젠장!"

리브스는 돌아오자마자 고든의 방으로 가 자리를 잡고 앉았다. 자신의 방은 여기저기 쑤시고 다니던 사람들이 갑자기 들를지도 몰랐고, 리브스는 고든과 단둘이서만 이 이야기를 하고 싶었다.

그가 입을 열었다.

"정말이지 이 끔찍한 일에 연루되지 않았더라면 얼마나 좋았을까 싶어."

"갑자기 머릿속이 딱 멈추기라도 한 건가? 다시 라운드나 도는 게 좋을 것 같은데. 해결되지 않는 문제를 붙잡고 끙끙거려봤자 소용없는 짓이잖아."

"해결했네."

"뭐라고!"

"해결하지 않는 편이 나았는지도 몰라. 이봐, 고든. 누가 내 방에서 셰익스피어 책을 가져갔는지 알아냈네. 매리어트였어."

"그렇군, 그런데 설마 자네 말은……."

"내 셰익스피어 책을 가져간 사람은 매리어트였다고. 오늘 저녁 설교에서 책의 일부를 인용하려고 그랬겠지. 자네가 무슨 말을 하려는 건지 나도 알아. 모머리의 책을 가져간 건 또 다른 사람일 수도 있단 말이겠지. 하지만 그렇지 않았다네. 매리어트의 방에 가보니 그 책도 거기 있었거든."

"이런, 맙소사! 한눈에 들어오게 놓여 있던가?"

"탁자 위에 있었는데 신문이나 종이 따위로 완전히 가려져 있었어. 의도적으로 숨긴 것 같았네. ……사실 별로 내키지는 않았지만, 왠지 매리어트의 방 탁자 위에 쌓여 있는 종이를 치워봐야 할 것 같다는 생각이 들더군. 그 안에는 일주일 전 브라더후드가 보낸 엽서가 하나 있었어. 모머리의 『불멸』을 선물해준 데 대한 감사 인사가 적혀 있었어."

"세상에, 그건 말도 안 되는 일이야! 매리어트가, 설마 매리어트가 그런 사람일 리 없는데……."

"그래, 나도 알고 있어. 내내 그 생각을 하고 있었어. 하지만 눈앞의 사실을 직시해보란 말이야. 어제 오후에 내 방에 들어왔던 사람이 매리어트라는 사실에는 조금도 의심의 여지가 없어. 매리어트는 파이프 청소 도구나 셰익스피어 책을 빌리러 들어왔던 거야. 뭐, 나야 그 친구에게 뭘 빌려주든 딱히 아깝지는 않네만. 매리어트는 분명 그때 선반 위에 있던 모머리의 책을 발견한 게 분명하네. 안 챙길 수 없었겠지. 그 물건이 내 수중에 있는 한 그 친구는 안심할 수 없었을 테니까. 그리고 매리어트 또한 카마이클이 말한 신장 범위에 해당하지. '워커스 아미 컷'을 피우고, 파이프는 언제나 지저분하고."

"그래, 하지만 뭔가 다른 일 때문에 모머리의 책이 필요했을지도 모르잖아."

"그럼 왜 내게 그걸 가져간다고 말하지 않았겠나? 이봐, 고든. 현실을 좀 똑바로 바라보란 말이야. 내가 정리해주겠네. 내가 얼마나 맹렬하게 그 생각만 하고 있었는지 자네도 알겠지. 첫째로 매리어트는 브라더후드를 싫어할 이유가 있었어."

"그래, 싫어했겠지. 하지만 그렇다고 죽이고 싶은 마음까지는 없었을걸."

"성직자들의 내면에서 들끓는 격정을 이해하지 못하는 우리 눈에는 당연히 그렇게 보이겠지. 아무튼 매리어트는 그 때문에 언제나 힘겨운 시간을 보냈고, 마을 사람들의 마음에서 신앙심을 조금이라도 이끌어내려 몹시도 애를 썼네. 그러니 난데없이 나타나서 사람들이 품은 믿음을 깡그리 없애버리는 이 사내를 어떻게 생각했겠나?"

"좋아, 계속해보게. 물론 말도 안 되는 이야기지만."

"다음 문제는, 브라더후드에게 모머리의 책을 준 사람이 매리어트라는 사실이야. 물론 브라더후드는 월요일에 열차를 타고 런던으로 가면서 그 책을 가지고 갔겠지만 누가 거기에 특별히 신경을 써서 알고 있겠어? 브라더후드가 그 책을 갖고 있다고 확실히 알 수 있는 사람은 그 책을 브라더후드에게 준 사람 하나뿐이지.”

“하지만 브라더후드와 렌들스미스 양의 관계를 매리어트가 알고 있었을까? 그가 렌들스미스 양에게 했던 약속 같은 것들을?”

“이제부터 그 이야기를 하려는 참이야. 자네가 암호 메시지에서 실제로 사용된 표현을 잘 생각해보면 그건 별로 중요하지 않을 거야. 그 암호는 이런 문장이었지. ‘당신이 믿음을 거스르면 언젠가 반드시 파멸하고 말 것이다.’ 지금 보니 이건 순수한 신학적 메시지야. 그리고 난 근방에서 이런 메시지를 보낼 만한 사람은 딱 한 사람밖에 모르겠어.”

“그건 너무 멀리 나간 해석 아닐까?”

“다음 문제. 매리어트는 화요일 3시 열차에 올랐어. 그 사실은 딱히 비밀도 아니었지. 내게도 말했고. 어째서였을까? 그 이유는 사건이 3시 47분 열차에서 일어난 것처럼 보이도록 매리어트가 손을 써놓았기 때문이지. 3시 열차를 타고 왔다는 건 매리어트의 알리바이였어. 그 친구는 자기 알리바이가 그 속에 잘 녹아들도록 만든 거야. 혹시 기억할까 모르겠는데, 시체를 발견하기 직전 다 함께 흡연실에서 범죄에 대해 토론할 때 매리어트가 말했지. 범죄자들이 사람들 속에 섞여 들어서 자연스럽게 행동하는 건 자신의 알리바이를 구축하는 데 중요한 일이라고. 그래, 바로 그때 그 친구가 한 일이 그

거였어."

"난 매리어트가 뭐라고 했는지 다 잊어버렸는데."

"그런 걸 잊어버리면 쓰나. 자네 그럼 매리어트가 이런 오후에는 살인이 일어나도 이상하지 않을 것 같다면서 그 화제를 처음 꺼냈다는 것도 잊어버렸겠군. 이제 알겠지, 매리어트는 도저히 마음속에서 범행에 대한 생각을 떨쳐버릴 수 없었던 거야. 그리고 가슴속에서 그 생각을 털어내는 가장 쉬운 방법은 살인 사건에 대한 화제를 추상적으로 꺼내어 자연스럽게 대화를 시작하는 일이라는 사실을 깨달았던 거지."

"자네 말만 들으면 매리어트가 아주 뻔뻔스러운 작자 같군."

"어떤 면에선 그렇다고 볼 수 있어. 생각해봐, 매리어트는 아치 철교 밑에 시체가 누워 있다는 사실을 알면서도 라운드를 돌러 가자고 말했단 말이야. 그러다 3번 티그라운드 근처에서 마음이 흐트러지는 바람에 공을 잘못 친 거지."

"그래, 하지만 잠깐만. 누구라도……."

"지금 난 그저 사실만을 말하고 있는 걸세. 거기에 반드시 무슨 중요한 것이 있을 필요는 없어. 아무튼 내가 슬라이스를 내는 바람에 우리는 브라더후드의 시체를 발견하게 되었지. 매리어트는 그 상황을 견딜 수 없었던 거야. 자네도 그 친구가 그때 상당히 불안해하던 건 기억하겠지. 매리어트에게 비즐리 선생을 불러 오라고 했을 때 그가 얼마나 희희낙락 뛰어갔는지 알잖아. 이윽고 수사에 돌입하게 되었을 때 매리어트는 보는 사람이 다 딱하게 여길 정도로 동요했었지. 당시엔 브라더후드의 시체를 교회 묘지에 묻는 걸 허락해야 할지 어떨지 신경이 쓰여서 그랬다고 말했지만, 한번 생각해보란 말이야. 수사가 진행되는 동안 매리어트가 보였던 흥분과 불안은 보통 수준이 아니었어. 아무튼 배심원들은 사건을 자살이라 판단했고—자네도 알겠지, 매리어트는 항상 그가 자살한 거라고 주장했잖아—그 친구의 불안은 금세 해소되었어. 그런 뒤로 매리어트는 사건에 완전히 흥미를 잃고 손을 떼었지.

하지만 한 가지 일 때문에 그는 자신의 정체를 드러내고 말았어. 카마이클이 렌들스미스 양의 사진을 꺼냈을 때 매리어트가 자기는 그게 누군지 모르겠다고 말했던 것 기억나나? 난 이번 사건에서 아직 우리가 추적하지 못한 요소들이 많다고 생각하네. 생각해보게, 이곳에서 오랜 기간 살면서 지역의 종교사회를 일구어왔던 매리어트가 예전에 빈버 교구 목사였던 사람의 딸을 모른다는 건 이상하지 않나? 여러 가지 이유로 매리어트는 모르는 척하는 게 낫다고 판단했던 거야. 매리어트는 자신이 사진을 빈버로 가지고 가서 정체를 알아내겠다고 자청했네. 그리고 그 사진을 맡았지. 그런데 그날은 가게들이 일찍 문을 닫는 날이었고, 아마 캠벨의 사진관도 사실은 닫혀 있었을 거야. 하지만 돌아온 매리어트는 캠벨이 가게 문을 닫지 않았더라는, 다소 설득력 없는 이야기를 했지. 그러면서 한 이야기는 단순히 사진의 정체뿐만이 아니라 그 숙녀가 어떤 사람인지에 대한 꽤 상세한 이야기였어. 그러니까 매리어트는 여기서 실수를 한 거야. 그때부터 의심했어야 했는데.

하지만 우리는 그를 의심하지 않았지. 매리어트는 그날 밤 내 방에 와서 함께 브리지 게임을 했고, 모두가 그랬듯 바뀐 사진을 보고 완전히 이성을 잃으며 난폭한 태도를 보였어. 그리고 우리에게 사건 수사를 당장 집어치우라며 격렬하게 신경질을 부리지 않았나? 여러 살인범들이 그렇듯 매리어트 또한 미신적 공포를 느끼게 되었던 거야. 하지만 매리어트는 그것을 최대한 활용하여 우리가 수사를 그만두도록 유도했지. 결과적으로 그 수는 실패했지만 더 나은 일이 벌어졌어. 비밀통로에 대브넌트가 숨어 있었던 거지. 한데, 비록 직접 증명하지는 못하겠지만 나는 암호가 적힌 쪽지를 가져간 사람이 대브넌트가 아니라 매리어트였을 거라고 상당히 확신하고 있네. 물론 우리가 대브넌트를 발견했을 때는 매리어트가 암호를 가져갔다는 사실이 은폐되었을 뿐만 아니라 의혹 자체가 상당히 다른 방향으로 전개되었지만 말이야.

솔직히 말해 매리어트는 조심성 없이 굴다가 눈에 띄고 만 거야. 죄 없는 사람이 고발당하는 걸 보고도 그 친구는 그 사람의 무죄를 입증하려는 행동을 전혀 취하지 않았지. 반대로 그는 대브넌트가 유죄라고 믿는다며 상당히 힘주어 역설했어. 우리가 매리어트를 섣불리 판단한 건 아닐 거야. 모두 알다시피 그는 어쩌면, 아니면 지금도 여전히, 대브넌트가 유죄 판결을 받으면 더 큰소리를 내며 나섰을 테니까. 그런데 내게는 지금에 와서야 이해한 증거가 하나 더 있어. 이것 때문에 꽤나 애를 먹긴 했지만 말이지. 자네, '세탁물 목록' 기억나나? 익명의 편지 뒤에 씌어 있던 단어들 말이야."

"음, 그래. 그게 뭐 어쨌기에?"

"그러니까 그건 암호의 일부가 아니었던 게 확실하다 생각하는데, 어때?"

"나도 그렇게 생각하네……. 확신할 수는 없지만 느낌상 그렇게 보이진 않던걸."

"그렇다면 이제 두 가지 가능성 중 하나를 선택해야겠군. 하나는, 이 종이 한 장(뭐, 사실은 반 장이긴 하지만)은 암호를 적을 때는 빈 종이였다는 거야. 그리고 이 종이가 브라더후드의 손으로 들어간 뒤, 뭔가 적을 것이 있어서 종이를 찾던 그가 마침 이 종이를 발견하고 거기에 메모를 했다는 거지."

"내가 생각했던 게 바로 그건데."

"이 경우엔 그 목록에서 무언가 특별한 의미를 찾기는 힘들지. 보아하니 이 글씨는 브라더후드의 필적이 아닌 것 같지만 만약 열차 안에서 쓴 거라면 흐트러져서 평소와 달라 보이더라도 이상하지 않아."

"그럼 다른 가능성은 뭔데?"

"음, 그 반대의 일이지. 그 목록이 무엇을 의미하는지는 모르지만, 아무튼 암호보다 먼저 종이에 적혀 있었던 거야. 브라더후드에게 암호로 메시지를 보내고 싶었던 살인범은 무심코 그 종이를 집어서 암호를 적은 거지. 뒷장에 이미 연필로 단어 네 개가 적혀 있다는 사실은 눈치채지 못하고."

"듣고 보니 그런 일도 가능했겠군그래."

"모르겠어? 이런 상황에서라면 이 목록은 상당히 중요한 의미를 띠게 돼. 왜냐하면 그 목록을 적은 게 브라더후드가 아니라 살인범일 경우, 그 내용은 살인자가 어떤 인간인지에 대해 우연히 실마리를 주고 있는 셈이니까."

"좀 애매모호한 실마리이긴 하지만 말이야. 내 기억이 맞는다면 'socks, vest, hem, tins'였던 것 같군."

"맞아, 하지만 내 말을 들어봐. 누군가가 그 단어들을 종이 가장자리에 바짝 붙여 적은 건지, 목록을 적은 게 종이가 찢어지기 전이었는지 후였는지 물었던 것 기억나? 그러니까 내 생각엔 그게 원래 적혀 있던 단어들의 일부에 불과하고, 나머지 절반에는 좀더 긴 단어가 씌어 있지 않았을까 하는 거야. 물론 종이가 찢어진 바람에 당시엔 그게 원래 무슨 단어였는지 알 길이 없었지만."

"그런데 자네가 원래 단어를 복원했다는 거야?"

"해낸 것 같네. 조금만 기다려봐, 금방 써서 보여줄 테니."

잠시 무언가를 휘갈겨 적은 리브스는 고든의 눈앞에 두 장의 종이를 내밀었다. 한 장은 아무것도 적혀 있지 않은 빈 종이로, 다른 종이의 일부를 덮어 거기에 적힌 단어가 완전히 보이지 않게끔 가린 상태였다.

고든이 말했다.

"음, 그래. 다 정확해. socks, vest, hem, tins. 자네 지금 나보고 나머지 절반을 맞히라는 거야? 그러니까 네 가지 단어의 앞부분을? 공정을 기하기 위해 미리 말해두자면, 난 평생 수수께끼의 정답을 맞혀본 적이 없어."

리브스는 위를 덮고 있던 종이를 치워서 고든이 단어를 제대로 읽을 수 있도록 보여주었다.

"Hassocks(교회용 무릎 방석), Harvest(수확), Anthem(성가), Mattins(아침 예배). 이런, 한 방 먹었군! 자네, 상으로 만년필 한 자루 받아도 되겠어."

"아무리 봐도 이것들이 종이가 반으로 찢어지기 전에 적혀 있었던 글자들의 원형이라는 생각을 떨칠 수가 없어. 물론 그 사이에 무슨 연결 고리가 있는지는 정확히 모르겠지만, 전반적으로 기독교에서 쓰는 용어에 해당하잖아? '수확'도 추수

감사절이 다가오는 이 시기에는 충분히 종교적 용어가 될 수 있지. 이런 종이가 아무렇게나 널려 있을 곳이라고는 성직자의 방 외에는 떠오르지 않는걸. 그리고 솔직히, 이게 사실이라면 이번 사건에서 매리어트의 입장은 굉장히 불리해지잖아?"

"글쎄, 여하간 매리어트에게 몇 가지 물어볼 필요는 있겠군. 하지만 명심해두라고, 난 절대로 그가 브라더후드를 해코지했다는 말을 믿지 않아."

"질문은 안 돼. 시험을 해봐야지."

"무슨 시험?"

"음, 여기서 지팡이가 등장하면 딱 맞겠군. 매리어트 눈앞에 그 지팡이를 갑자기 들이밀고, 그가 어떻게 반응하는지 관찰하는 거야. 이런 방식이 미국에서 많이 쓰인다고 들었는데."

"카마이클이 이 얘길 들었다면 그 시스템은 원래 덴마크에서 유래한 거라고 말해주겠지."

"어째서 덴마크지?"

"이봐, 리브스. 『햄릿』을 그렇게 열심히 연구해놓고서 지금 눈앞의 상황이 그야말로 햄릿이 왕과 왕비 앞에 연극배우들을 등장시키는 장면과 똑같다는 사실을 모르겠어? 내 생각에 그건 좀 위험한 방법인 것 같아. 예상치 못했던 것이 눈앞에 나타나면 사람의 마음은 쉽게 흔들리게 되어 있어. 하지만 만약 자네가 오후에 주웠다는 지팡이를 보고 매리어트가 깜짝 놀라거나 혼란스러워하는 기색을 조금이라도 보인다면 그때는……. 난 아직 매리어트를 죄인으로 취급할 각오가 되어 있진 않지만, 그래도 그 친구에게 설명을 요구할 준비는 되어 있어."

"이 사두개인 같은 친구야, 자네 마음대로 해. 아무튼 그 지팡이와 골프공을 내 방에서 눈에 띄는 자리에 가져다두자고. 저녁 식사 자리에서 매리어트에게 나중에 내 방으로 와달라고 하면 되겠어. 그리고 우리는 자리에서 일찍 일어나 미리 비밀 통로에 가 있는 거야. 거기서 매리어트가 오기를 기다렸다가 무슨 일이 일어나는지 지켜보세."

"매리어트를 자네 방으로 부르는 건 실수 아닐까? 그가 경계하면 어쩌려고……. 아무튼 알겠네. 굳이 오라고 말하지 않아도 매리어트가 제 발로 자네 방으로 오게끔 만들어보지. 그 역할은 내게 맡겨두고, 어쨌든 저녁 식사가 끝나자마자 가서 대기하자고. 당구실 쪽에 난 비밀 통로 입구를 통해 올라가는 게 좋겠어."

저녁 식사 자리에 매리어트가 합석했다. 리브스의 자제력을 극한까지 시험하는 상황이었다. 리브스는 카마이클이 함께 있는 게 정말 다행이라고 생각했다. 또한 이제 막 흥미진진해지기 시작한 의혹에 대해 미리 그와 이야기하지 않은 것도 다행이라고 생각했다. 고든은 시치미를 뚝 떼고 매리어트에게 사교적인 말을 건네며 평상시처럼 행동해 자신의 의혹을 손쉽게 감췄는데, 그 모습에서 리브스는 감탄을 금치 못했다.

"매리어트, 요즘 헌금은 좀 들어오나?"

이것이 첫 번째 예였다.

"그저 그래. 신경 써줘서 고맙네. 생활비를 헌금에 완전히 의지하지 않아도 된다는 건 참 다행스러운 일이야. 그렇지 않았더라면 자네에게 빌린 반 크라운을 갚는 데 조금 더 시간이 필요했을 테니까."

"성가대의 소프라노 파트는 어떻게 돌아가고 있어?"

"뭐, 그럭저럭."

매리어트는 신중하게 대답했다. 그러자

카마이클이 끼어들었다.

"롱펠로의 「마을 대장장이」라는 시에는 애매모호한 어구의 대표로 여겨지는 흥미로운 구절이 하나 있지. 자네들도 알겠지만 그 대장장이는 일요일에 교회에 가서 '목사가 기도하고 설교하는 소리를 듣고, 딸이 마을 성가대에서 노래하는 소리를 듣는다'고 하는데 문맥상 암시되는 건 대장장이의 딸이겠지만, 문법적으로 볼 때는 목사의 딸이 될 수도 있단 말이야. 나는 평소 교회에 잘 가지 않지만……."

"매리어트, 자네 교회에서 '성가' 자주 부르나?" 고든이 계속해서 말했다.

'성가'라는 말을 들은 순간 리브스는 마치 발 하나를 허공에 잘못 디딘 듯한 기분을 느끼고 말았다. 하지만 매리어트는 흥분한 기색을 전혀 보이지 않았다.

"아주 가끔 부르지. 다행스럽게도."

"주로 저녁 예배 때 말인가, '아침 예배' 때 말인가?"

모던트 리브스는 살며시 얼굴을 찌푸리고 말았다. 의미심장한 단어를 자꾸만 끄집어내는 모습은 너무나 억지스러워 보였을 뿐만 아니라 그다지 효과도 없는 듯했다. 매리어트 또한 지금 그 단어들과, 자신이 브라더후드에게 보낸 암호 뒷장에 부주의하게 적혀 있던 '세탁물 목록'을 연관시키는 것 같지 않았다.

"아니, 아침 예배 때는 부르지 않네. 〈테 데움〉[1]을 부를 때 성가대원들이 최대한 역량을 발휘해주거든."

"추수감사제 같은 큰 행사가 있을 때는 부르나?"

"그렇지. 고든, 자네 오늘따라 갑자기 교회에 큰 관심을 보이는군. 성가대에 들어와서 노래할 의향이라도 있는 건가?"

"아니, 자네 교회에 있는 '무릎 방석'은 너무 불편해서."

"그렇지 않아도 얼마 전에 새것을 주문했다네. 내일은 런던에 올라가서 그걸 보고 와야 해."

리브스의 피가 끓었다. 아주 작은 증거이긴 했지만 '세탁물 목록'에 근거하여 내린 판단에 자신감을 실어주기에 충분했다. 매리어트가 최근에 무릎 방석을 주문했다는 그 말은 현재 상황에 딱 들어맞았다.

카마이클이 말했다.

"그거 잘됐군, 매리어트. 정말 안타깝지만 일전의 장례식에서 내 머릿속에는 온통 고인의 명복을 비는 게 아니라 무릎 꿇는 의식이 불편하다는 생각뿐이었거든. 한데 자네 이제 브라더후드와의 논쟁도 휴전해야 할 상황이 되었군. 이젠 더 이상 그 친구가 응답하지 못할 테니 말이야."

"유감스럽게도 나 혼자서 오늘 저녁에 그걸 이어가야 할

1 '우리는 당신을 찬미합니다'라는 뜻의 라틴어 '테 데움 라우다무스'로 시작하는 오래된 찬가.

것 같네. 지난 주일에 내가 중단했던 부분이 자꾸만 마음에 걸리거든. '불멸'에 대한 그 사람의 견해에 대해 다시 한번 생각해보고 싶어."

카마이클이 낄낄 웃었다.

"그런가? 그럼 브라더후드가 그 말에 대답하지 않기를 바라야겠군. 매리어트, 만약 브라더후드의 유령이 자넬 찾아와서 토론을 계속하자고 하면 무척 당황스러울 거야. 이제 전문적인 지식을 훨씬 더 얻은 브라더후드를 상대해야 할 테니까 말이지."

"제발, 카마이클." 매리어트가 말했다. "그런 소리는 하지를 말게. 그리고 자넨 그런 영적인 현상은 믿지도 않는다면서."

그러자 고든이 대꾸했다.

"괜찮지 않아? 유령이 나타나면 자네는 구마 의식을 거행하면 그만이잖나. 몸뚱이에 말뚝이나 하나 콱 박아주면 되지. 그러면 효과가 있다고 어디서 들었는데. 이런!" 고든은 문득 자신의 손목시계를 쳐다보았다. "시간이 벌써 이렇게 된 줄 몰랐군. 머독에게 가서 라디오를 고쳐주기로 약속했는데. 그럼 다음에 보세."

고든은 일어나면서 리브스의 코트를 살짝 잡아당기고는 모습을 감추었다.

하지만 고든은 약속에 늦어 허둥거리는 태도가 전혀 아니었다. 대신 한 번에 계단을 세 칸씩 뛰어오르며 매리어트의 방으로 직행했다. 그가 매리어트의 방에 들어가서 한 행동은 아주 흥미로웠으므로 여기에 꼼꼼히 서술할 필요가 있겠다.

첫째로 고든은 방에 놓여 있던 세 개의 파이프 중 두 개를 집어서 난로 옆에 있는 석탄 통 뒤에 조심스럽게 감추었다. 그리고 남은 파이프 하나는 둘로 분리한 뒤, 근처에 있는 담배통에서 담뱃잎을 한두 줌 집어 파이프 주둥이까지 꽉꽉 채워 넣었다. 벽난로 위에는 두세 개의 깃털이 놓여 있었는데 고든은 그것을 거리낌 없이 제 주머니에 넣었다. 그리고 방을 나서면서 큰 소리로 혼잣말을 했다.

"자, 친구. 자네 계획은 이제 우리가 다 망쳐놓았네. 자네가 파이프 청소 도구를 찾아 사냥을 떠나지 않는다면 무척이나 놀라울 것 같군."

그리고 다시 계단을 내려가 아무도 없는 당구실에서 리브스와 다시 합류했다.

클럽에서는 아직 비밀 통로에 아무런 조치를 취하지 않았고, 덕분에 두 친구가 당구실에 난 입구로 들어가 리브스의 손전등에 의지하여 통로를 따라 올라가는 데에는 아무 문제도 없었다. 인간사에 얽힌 수수께끼가 자아내는 공포를 상실한 대신, 비밀 통로에서는 인간과는 무관하게 섬뜩한 분위기가 우러났다. 어둠 너머에 살인범이 도사리고 있다는 것을 아는 사람은 그 어둠에서 귀신을 찾지 않는다. 하지만 누군가의 은신처를 지나갈 때는 저도 모르게 숨을 죽이게 된다. 성직자들은 이곳에 수도 없이 숨곤 했다. 그러나 우스우리만치 역설적이게도, 지금은 이곳이 어느 성직자의 범죄를 몰래 엿보기에 아주 좋은 장소였다. 리브스의 방 벽널에 난 두 개의 틈 어느 쪽을 통해서든, 일렁이는 난롯불 빛을 받으며 안락의자 곁에 서 있는 떡갈나무 지팡이의 검은 윤곽이 잘 보였다. 으스스하게도 지팡이는 꼭 그 자리에 앉아 있던 누군가가 오른손에 쥐고 있다가 내려놓은 듯한 모습을 취하고 있었다. 누군가 방에 들어와서 전등을 켠다면 지팡이를 보지 못할 리 없었다.

갑자기 계단 쪽에서 목소리가 울렸다. 저녁 식사가 끝난 모양이었다. 계단 밑에서부터 장광설을 늘어놓는 카마이클의 높은 억양이 들려왔다. 매리어트는 아직 오지 않은 듯했다. 이윽고 매리어트 특유의 소년처럼 가벼운 발소리가 들려왔다. 흥얼거리는 노랫소리 또한 그가 매리어트라는 사실을 증명하고 있었다. 리브스가 교회에서 들었던 찬송가였다.

내 고생하는 것 옛 야곱이
돌베개 베고 잠 같습니다.
꿈에도 소원이 늘 찬송하면서…….

매리어트가 모퉁이를 돌아 자신의 방으로 향하면서 노랫소리와 발소리는 점점 작아졌다.

그리고 침묵이 찾아왔다. 기대감으로 가득한 침묵이, 고든에게는 불안을 동반한 채 찾아왔다. 왜 오지 않는 걸까? 어쩌면 혹시—이 또한 미리 대비했어야 하는 사태였는데—주머니에 파이프가 하나 더 있었던 걸까? 꽉꽉 채워놓은 파이프를 나뭇조각이나 종이 집게 같은 도구로 다 긁어낸 걸까? 아니었다. 갑자기 매리어트의 방문이 쾅 하고 성급하게 열리더니 그의 발소리가 다시 통로에 울려 퍼졌다. 찬송가를 부르는 매리어트의 목소리가 다시금 주위를 메웠으나 한층 성이 난 듯한 목소리였다. 새끼를 빼앗긴 어미 곰 같았다.

천성에 가는 길 험하여도

생명길 되나니 은혜로다…….

그 순간 갑자기 문이 열리고 방 안의 불이 켜졌다.

천사 날 부르니…….

그의 목소리가 중간 음역에서 멎었다. 파이프가 바닥에 떨어지며 날카롭고 신경질적으로 부딪치는 소리가 들렸다. 떡갈나무 지팡이에 시선을 고정한 매리어트는 얼어붙은 듯 문간에 서 있었다. 얼굴이 공포로 일그러졌다. 반쯤은 흥분하고 또 반쯤은 안도한 리브스가 깊은 숨을 내쉬는 바람에 희미한 휘파람 소리가 새어 나가고 말았다. 다시는 그러지 말아야지, 그렇지 않았다가는 숨어 있다는 사실을 들키고 말 것이다……. 아니, 경계할 필요는 없었다. 매리어트가 몸을 돌렸다. 그러고는 마치 무언가에 쫓기는 사람처럼 소리 없이 복도를 성큼성큼 걸어 나갔다. 등 뒤로 문을 닫고 열쇠를 돌려 잠그는 소리가 두 친구에게도 들렸다.

리브스와 고든은 통로 입구를 막아놓았던 소파를 조심스럽게 한쪽으로 밀어서 방 안으로 들어왔다. 매리어트는 파이프를 떨어뜨리고는 줍지도 않고 그냥 나가버렸으며, 불을 끄지도 않았다.

리브스가 말했다.

"자, 이제 매리어트의 결백을 어떻게 증명할 셈이지?"

"저 친구 방에 가봐야겠어." 고든이 말했다.

"아니, 잠깐만. 그러면 안 되지. 매리어트한테 뭐라고 말해야 하는지, 또 앞으로 우리가 어떻게 해야 하는지 정하지도 않았잖아. 지금은 그냥 매리어트를 내버려두는 게 좋겠어."

"들어가지 않을 거야." 고든이 말했다.

발끝으로 살금살금 복도를 걸어 매리어트의 방문 앞까지

간 고든은 미적거리며 멈추어 섰다. 그때, 그는 방 안에서 한껏 낮춘 목소리를 들었다. "하느님 맙소사!" 그리고 다시 한 번, "세상에, 맙소사!" 고든은 암울한 표정이 되어 다시 발끝 걸음으로 돌아왔다.

"이봐, 리브스. 난 도저히 이해할 수가 없네. 이해가 안 돼."

"우리가 이해할 수 있느냐가 중요한 게 아니야. 문제는 이제부터 뭘 어떻게 해야 하느냐지. 설명은 나중에 붙여도 충분해. 하지만 난 누군가를 붙들고 대뜸 '이봐, 자네가 살인범인가?' 하고 물을 배짱이 없어. 그가 살인범이라는 걸 알고 있더라도. 그렇다고 경찰에 가서 내가 아는 걸 다 털어놓고 뒷일을 맡겨버릴 수도 없어. 그건 너무 비겁한 짓이야. 게다가 난 매리어트에게 어떤 일이 일어나기를 바란 게 아니야. 그저 렌들스미스 양에게 대브넌트가 풀려날 수 있도록 최선을 다하겠다고 약속한 것뿐인데. 도대체 나더러 어쩌란 거지?"

"자네가 정 그렇다면…… 나를 믿고 내가 그 친구와 이야기를 해보도록 맡겨주지 않겠나?"

"그렇게 해준다면야 정말 고맙겠지만, 알다시피 이건 내가 맡은 문제야. 내가 결론을 내려야만 해."

"내가 자네라면 편지를 한 통 쓰겠어. 그 친구의 행동 중에서 자네가 무어라 설명할 수 없는 부분을 지적하고, 해명을 촉구하는 내용으로 말이야. 자네가 아직도 브라더후드 살인 사건에 집중하고 있다는 점, 동기가 뭔지는 모르겠으나 그 친구가 무언가를 감추고 있다는 사실을 깨달았다는 점, 그래서 자네가 진실을 알아버렸다는 점을 말해주는 거야. 리브스, 난 그 친구가 살인범이 아니라고 믿네. 자네는 해명이 필요한 것뿐이야."

"그래, 하지만 사건 전체가 너무나 딱 들어맞는단 말이야. 내가 가진 모든 증거를 털어놓지 않고서는 어떻게 그를 의심하게 되었는지 설명할 수 없어. 모든 증거가 정확히 그를 범인으로 지목하고 있어. 매리어트가 대브넌트의 무죄를 주장할지 어떨지 지켜봐야겠어. 제발 그러기만 한다면 나는 그 친구가 해외로 뜬다 하더라도 괘념치 않을 거야. 아니, 도망칠 시간을 벌어줄 수도 있어. 그렇지만 난 그 친구에게 지금 본인이 어떤 상황에 처해 있는지 말해주고, 어떻게든 고백을 받아내야겠어."

"도대체 무슨 수로!"

"어디 보자, 아 그래. 전화가 있었지! 전화는 상대방의 얼굴을 보지 않고도 대화를 나눌 수 있고, 듣기 싫은 대답은 듣지 않을 수 있지! 전화 앞에서는 마치 상대방이 없는 사람인 양 대해도 괜찮아. 어리석은 수법일 수는 있지만 자네라면 이게 무슨 말인지 알아듣겠지?"

"글쎄, 그럼 듣는 귀가 많을 텐데. 교환대에 있는 사람이

엿들으려거든 얼마든지 들을 수 있지 않던가?"

"그래, 그걸 깜박 잊었군. 그럼…… 직원 사무실에 전성관[1]이 있었지! 내일 아침 한가한 시간에 사무실을 십 분 정도 쓸 수 없겠느냐고 물어봐야겠네. 그러면 매리어트를 불러내서 몇 마디 해줄 수 있겠지."

"문제는 전성관이란 애초에 대화를 하기 위해 만들어진 게 아니라는 건데. 관 하나만으로 말도 하고 상대방 이야기도 들어야 할 거야."

"그럼 더 좋지. 내가 말하는 동안 그 친구가 내 말을 끊으면 안 되니까. 휴, 이제 버지크 게임이나 한판 하자고. 머릿속이 다 너덜너덜해지는군."

1 분리된 두 개의 방을 연결하여 음성을 전해주는 관.

"여보세요. 매리어트, 자넨가?"

"예, 맞습니다. 누구시죠?"

"브라더후드에 대해 할 말이 좀 있어서 말이야. 어차피 대화가 끝나기 전에 내가 누군지 알아차릴 테니 일찌감치 말해두는 게 좋겠지. 리브스일세. 지금부터 약 십 분간 이 전성관을 통해 말할 텐데, 지금부터 내가 할 이야기에 관심이 있다면 끝까지 잠자코 들어줬으면 해. 내가 자네에게 이야기하기 위해 이런 방법을 고른 데는 이유가 있어. 갑자기 찾아가서 면담을 요청하면 자네가 당황할 것 같았거든. 물론 중간에 끼어들어봤자 소용없을 거야. 어차피 안 들을 테니까.

나는 이번 주 내내 자네의 행적을 꽤 소상히 뒤쫓았네. 자네에게 하나하나 설명해줄 수도 있어. 그러니 내가 어디까지 알고 있는지, 또 자네가 중간에 끼어들어 부정해봤자 아무 소용도 없을 거라는 사실을 자네도 알게 될 거야. 물론 자세한 부분을 이야기할 때는 약간 실수도 있겠지만, 어쨌거나 그다지 큰 차이는 아닐 거야.

자네가 브라더후드를 싫어하는 마음은 이해하네. 우리도 대부분 그랬지. 하지만 우린 단순히 그 친구를 싫어하는 데서 그쳤지만 자넨 브라더후드를 혐오했어. 자네가 그러기 시작한 게 브라더후드가 무신론 강의를 펼치기 전부터였는지 아니면 더 나중이었는지는 잘 모르겠군. 감히 짐작해보자면, 그전에 다툼이 있었던 탓에 브라더후드가 그런 강연을 하고 다니게 된 게 아닐까 싶어. 아무튼 브라더후드가 자네 교구 신자들의 믿음을 훼손하고 다니기 시작하면서 그를 향한 자네의 혐오감은 정점을 찍었고, 그 친구를 어디로 멀리 치워버려야겠다는 결심을 하게 되었겠지. 이 문제를 가지고 도덕적으로 이러쿵저러쿵할 생각은 없네. 자네는 항상 신의 일을 대행한다는 생각으로 무장했을 테고, 성경 속에 등장하는 수많은 선례들을 보면서 스스로 용기를 북돋웠을 테지. 아마도 자네에게 이 일은 해충을 제거하는 작업과 비슷하게 느껴졌을 거야. 도덕성에 대해서 논쟁하려는 건 아닐세.

한 가지, 자네 특유의 양심적 가책이 발목을 잡았네. 자네는 신의 이름하에 혐오스러운 사내의 육체를 파괴하는 데에는 거리낌이 없었지만, 육체의 목숨이 갑작스럽게 끝을 맞이하고서 그의 영혼이 어떻게 될 것인지 생각하면 마음이 흔들렸던 거야. 그래서 자넨 그 친구에게 지금 당신이 어떤 위험한 짓을 저지르려 하는지 경고해야 한다고 생각했어. 하지만 자신의 정체를 들키지 않고 어떻게 경고할 수 있을까? 자네는 불멸성에 관한 책 한 권을 그에게 선물했지. 브라더후드가 최근 열심히 떠들어대던 강연의 주제가 바로 불멸이었기 때문에 그건 자연스러운 일 같았어. 그런 다음 자네는 익명으로 숫자만 잔뜩 적혀 있는 메시지를 보냈어. 브라더후드처럼 똑똑한 사람이라면 그 숫자가 암호라는 사실과, 이 책이 그 암호를 푸는 열쇠가 되리라는 사실을 깨달을 수 있도록 조치를 취한 거지. 자네가 보낸 메시지는 '당신이 믿음을 거스르면 언젠가 반드시 파멸하고 말 것이다'였어. 그런 후에야 자네는 브라더후드에게 충분히 경고했다고 생각하고 겨우 안심했지. 하지만 브라더후드는 월요일에 책을 열차에 두고 내렸고, 자네가 보낸 메시지는 화요일이 되어서야 도착했기 때문에 너무 늦고 말았어.

자네의 알리바이는 아주 훌륭히 설계되었어. 우리 모두에게 빠짐없이 런던에 간다는 이야기를 했지. 런던으로 향하면서 자네는 묵직한 지팡이 외에 아무런 무기도 갖고 있지 않았지만 그날 선로 위에 깔릴 회색 안개라는 강력한 조력자가 있었어. 안개 때문에 열차는 속도를 늦추게 되고 시간표도 들쭉날쭉해지며, 다른 객차의 모습도 잘 보이지 않게 돼. 날을 제대로 고른 거지. 내 생각에 자네는 브라더후드의 파산 소식이 공공연히 퍼지리라는 사실을 미리 알았던 것 같아. 런던으로 가면서 그 이야기를 퍼뜨리는 데 공을 들였던 걸 보면 말이지. 이리하여 자네의 눈앞에는 아주 명확한 길이 펼쳐졌어. 모두가 이 살인 사건을 보고 자살이라 해석하도록 만들 길이 말이야.

자네는 브라더후드와 같은 열차로 런던에 갔고, 돌아올 때도 신경 써서 같은 열차에 올랐어. 아마도 그 친구를 미행한 게 아닌가 생각하네. 짙은 회색 안개 속에서라면 어려운 일도 아니지. 내 추측인데, 자네는 브라더후드가 선두 열차의 마지막 객차에 타는 모습을 보았을 거야. 그가 타는 객차 바로 다음 객차에 따라 타려던 자네는 이 모습을 보고 실망했겠지. 하지만 문제는 없네. 대신 바로 앞 객차에 타면 되는 일이니까. 두 사람 모두 일등칸에 탑승했고, 두 사람 모두 자기 객차에 혼자 앉아 있었어. 그런 날씨에 그토록 사람이 없는 열차라니 주위의 보는 눈을 신경 쓸 필요도 없었겠지. 기적이 울리고 자네들은 안개 속을 달리기 시작했어.

여행의 첫머리에 자네에겐 딱히 할 일이 없었을 거야. 자네가 미리 파악해둔 지점에 도달해야 뭐라도 시작할 수 있을 테니까. 상대방을 지팡이로 강하게 내리치더라도 그 안개 속에서는 제대로 맞은 건지 아닌지 확신도 서지 않을 테고. 여하튼 자네는 열차가 패스턴 오트빌 쪽의 철교 초입에 다다를 때까지 기다렸고, 예상대로 열차는 거기서 신호를 받고 멈춰 섰어. 철교 시작 부근에서 희생자를 밀치면 시체는 필연적으로 다리 밑으로 굴러떨어져서 완전히 박살이 날 거야. 또한 커브 덕분에 자네가 탄 객차는 다른 객차의 시야에서 거의 벗어나게 되지. 어차피 안개 때문에 보이지 않았을 테지만.

거기서 자네는 주머니에서 골프공을 하나 꺼냈어. 흔해빠진 브랜드라서 본래 소유자를 추적하기 어려운 공이었지. 자네는 열차 왼편으로 난 창문으로 몸을 내밀고 공을 뒤쪽으로 던져서 브라더후드가 탄 객차의 멀리 있는 창문을 맞혔어. 그러니까 엔진에서 멀리 있는 쪽에 난 창문 말이야. 자네는 이렇게 생각했지. 그 공은 상당히 빠른 속도로 날아가다가 철교 밑으로 떨어질 테고, 그 근처라면 골프공이 발견되더라도 아무런 의심도 사지 않을 거라고. 사실 그 공은 철교 위에 걸려 있다가 내게 발견되었다네.

소리에 놀란 브라더후드는 자네가 원한 대로 창문 밖으로 머리를 내밀었어. 또 자네가 원한 바대로 뒤를 돌아보았지. 공이 부딪친 건 뒤쪽 창문이었으니까. 그 순간 자네는 지팡이를 꺼내 브라더후드의 두개골에 강력한 한 방을 날렸고 그는 차창 너머로 몸을 웅크렸네.

열차는 멈춰 있었고 주위를 둘러싼 안개도 짙었기 때문에 자네가 열차 왼쪽으로 난 승강용 발판에 매달려 움직이는 데는 아무런 어려움도 없었을 거야. 하지만 열차가 언제 다시 움직일지 알 수 없으니 서둘러야 했지. 자네는 브라더후드가 갖고 있던 정기권을 없애고, 대신 패스턴 위처치로 가는 삼등칸 차표를 주머니에 넣어두었어. 하지만 자네들이 탄 열차는 패스턴 위처치에서 정차하지 않는 차편이었지. 그 차표 때문에 사람들은 모두 브라더후드가 더 나중에 출발하는 느린 열차에서 떨어졌을 거라고 생각하게 될 테고. 그 거짓 단서를 더욱 확실하게 만들기 위해서 자네는 시곗바늘까지 조작했어. 더구나 두 배로 확실히 하려고 같은 시각을 가리키는 손목시계도 브라더후드에게 채워주었지. 그게 도를 넘어섰던 거야. 왜 도를 넘어섰다고 하는지는 설명할 필요도 없겠지.

아마도 이 모든 일들은 아직 희생자가 살아 있을 때 이루어졌으리라고 나는 추측해. 열차는 여전히 신호에 걸려 대기 중이었겠지. 주머니를 뒤져볼 시간은 충분했어. 자네가 암호를 적어 보냈던 편지도 아직 주머니에 있었을 거야. 그 비밀이 풀릴 일은 없을 테니 굳이 없애버릴 필요는 없으리라 여겼겠지. 하지만 암호가 적힌 종이쪽지 뒤에 자네가 성가니 아침 예배니 하는 메모를 적어뒀다는 사실은 완전히 잊어버린 거야. 결과적으로 그 덕분에 나는 이 범죄가 자네가 짓이라는 사실을 밝혀낼 수 있었지만. 자네는 침대차 예약 편지도 발견했어. 자네는 그 또한 굳이 처리하지 않아도 되겠다 생각했지만 날짜는 고쳐놓았어. 왜냐하면 자네의 빠른 두뇌가 4시 50분에 출발할 늦은 열차를 타고 있는 사람이 같은 날 침대차 예약 편지를 갖고 있을 리 없다는 사실을 깨달았거든.

그런 다음 자네는 아직 살아 있는 몸뚱이를 끌어올려 차창 밖, 철교 너머로 던져버렸어. 아마도 그때쯤 막 열차가 움직이기 시작했거나, 아니면 이미 움직이는 중이었겠지. 잠시 후 자네는 죽은 사람의 모자가 선반에 걸려 있는 걸 발견하고 그것도 밖으로 집어 던졌어. 그리고 자네가 내버릴 의도는 아니었는데 같이 떨어진 게 하나 더 있었지. 첫 번째 타격을 가할 때 사용했던 지팡이 말일세. 아마도 실수로 손에서 미끄러졌을 거야. 지팡이는 둑에서 몇 미터 아래에 있는 철교 끄트머리에 걸린 채 발견되었다네. 자넨 빈버에 도착하자마자 바로 우리가 있는 곳으로 돌아와, 3시에 출발한 열차를 타고 왔다는 말을 분명하게 했지.

그후로 자넨 위기의 순간을 몇 번이나 겪었어. 내가 고리버들밭에서 슬라이스를 냈다가 시체를 발견했을 때, 자네는 그 시체를 똑바로 마주해야만 했지. 마음속에 품고 있던 종교적인 공포 때문에 자넨 사진이 마치 생명을 얻은 듯하다는 생각을 했을 테고, 내 방 책장에서 자네가 브라더후드에게 주었던 모머리의 『불멸』을 발견하고서는 그걸 훔치고 말았지. 그리고 마지막으로 어젯밤 내 방에 들어온 자네는 범죄를 저지른 지팡이까지 조우했어. 하지만 자네가 더욱 겁내야 했던 건 말이야, 대브넌트라는 결백한 이가 살인 누명을 쓰고 재판을 기다리고 있는데 자네는 지금까지 그를 구하기 위한 어떤 행동도 취하지 않았다는 거야. 나는 솔직히 이해할 수 없지만, 자네에게 그를 도우려는 마음만은 있었다고 믿고 싶네. 앞으로도 그런 일을 해야 할 테니.

나는 자네가 모든 사실들을 수기로 작성해서 내 방으로 가져와 서명해줬으면 하네. 내가 증인이 되어줄 것은 물론이고, 이미 이 사실을 알고 있는 고든도 그렇게 해주겠지. 그런 다음엔 자네가 가고 싶은 곳 어디든 떠나도 좋아. 성직자로서의 자네 위치와 우리의 우정을 고려해보았을 때 이것이 우리가 선택할 수 있는 유일한 길일세. 대브넌트가 사형이나 종신형을 받지 않는 이상 자네의 고백이 공표될 일은 없을 거야. 물론 우리도 상당한 위험을 무릅쓰고 있지만……."

그때 사무실의 문이 벌컥 열리고 카마이클이 들어와 방 모서리를 돌면서 말했다.

"이봐, 리브스. 자네 대브넌트가 고백했다는 소식 들었나? 아, 미안하네. 대화중인 줄 몰랐어."

모던트 리브스는 여전히 전성관을 쥔 채 당혹스러운 얼굴로 올려다보았다.

"자네 방금 뭐라고 했나?"

"글쎄 대브넌트가 고백했다고. 그러고 보면 중의적인 표현을 썼을 때 듣는 이가 그 말을 올바르게 알아들어줄 거라고 기대하는 건 참 놀라운 일이지 않은가? 지금 상황만 봐도 그래. 대브넌트가 가톨릭 신자라는 사실을 생각하면 '대브넌트가 고백을 했다'고 말하는 건 마치 내가 갑자기 방에 뛰어들어와서는 '대브넌트가 면도를 했다'고 말하는 거나 마찬가지로 우스꽝스러운 일 아닌가? 하지만 나는 지금 '대브넌트가 고백을 했다'고 말하면서 자네가 '대브넌트가 경찰에게 자기가 브라더후드를 살해했다고 자백했다'고 알아들어주기를 기대했다네."

"매리어트, 매리어트!"

리브스는 전성관에 귀를 댔지만 아무런 대답도 들려오지 않았다.

"잠깐만 실례하겠네, 카마이클. 당장 올라가서 매리어트를 만나야겠어."

"또다시 중의적 표현이 등장했군. 위층에 올라간다는 말인가, 런던으로 올라간다는 말인가?"

"당연히 위층 얘기지, 도대체……."

"그렇다면 이 말을 하는 게 좋겠군. 오 분쯤 전에 역 방향으로 정신없이 달려가는 매리어트를 마주쳤다네."

"달려가고 있었다고?"

"그래. 내 짐작이네만 10시 30분 열차를 타려고 그러는 것 같았어. 시간이 촉박했거든."

"세상에, 이런 말도 안 되는 일이 있나! 그럼 자네 혹시 고든도 봤나?"

"고든은 바깥에 있네. 나보고 같이 라운드를 돌자고 했지만 그럴 수가 없었어. 왜냐하면 오늘 아내가 돌아오기 때문에 집에 가서 맞을 준비를 해야 하거든. 혹시 하인들이 술이나 먹고 있는 건 아닌지, 뭐 그런 걸 확인하러 가야 해서 말이야. 골프장에 나가고 싶다면 고든이 자네와 함께 가줄 거야."

"고맙네, 지금 당장 나가고 싶은 마음이 굴뚝같아. 아, 고든. 자네 지금 나가는 건가? 잠깐만 기다려 주게. 금방 골프채 챙겨 올 테니."

1번 티그라운드에서부터 페어웨이를 따라 둘이서 나란히 걷기 시작하자 리브스는 탄식을 늘어놓았다.

"고든, 자네 대브넌트 소식 들었어?"

"들었지. 자네가 엉뚱한 사람한테 수갑을 채우려고 준비하고 있는 마당에 자백을 하다니 그 친구 참 배려심이 없어. 아무튼 자네가 매리어트한테 무슨 말을 하기 전에 그렇게 되어서 참 다행이지 뭔가."

"아니, 실은 말했다네."

"했다고?"

"응. 방금 전까지 직원 사무실에서 빌어먹을 전성관을 통해 매리어트에게 이야기하고 있었어. 우리가 정리한 이야기를 전부 하고서……."

"'우리'에서 난 좀 빼줘."

"매리어트한테 그만 실토하라고 추궁했어. 물론 그 친구는 전성관을 통해 이야기할 기회조차 없었고 지금은 재빨리 런던으로 달아나는 중인 듯해."

"달아났다니! 세상에, 그래서 그렇게 시속 100킬로미터 속도로 역으로 날아갔던 거로군. 맙소사, 리브스. 자네 결국 저지른 건가? 그렇다면 순수한 논리를 통해 매리어트한테 그 친구가 살인자라는 사실을 확신시켰겠군. 절대 범인이 아닌 사람을 놓고 말이야."

"그런데 자네 정말로 매리어트가 도망쳤다고 생각하나?"

"딱 그래 보이던데? 옛날에 주교한테 전보를 쳐서 '들켰다. 당장 도망쳐라'라고 했다던 어느 사내의 이야기와 몹시 닮았잖아. 가엾은 매리어트에게 분명 무언가 양심에 찔리는 게 있었을 거야, 아무렴. 혹시 헌금이라도 좀 횡령한 거 아닐까? 그러면 보름 안에 패스턴 오트빌 교회 헌금을 횡령했다는 죄목으로 감옥에 갇히겠지. 내가 칠 차례인 것 같은데."

"고든, 제발 진지하게 생각해줘."

"난 최선을 다하고 있어. 내 목숨을 걸고 치고 있다고."

"지금 골프 얘기를 하는 게 아니잖나, 이 멍청한 친구야. 매리어트가 도망간 이야기를 하고 있잖아. 매리어트가 정말로 도주를 시도하면 어떡하지? 어떻게 해야 잡을 수 있을까? 도대체 뭐가 어떻게 되려고 이러는 걸까?"

"뭐가 어떻게 되려고 이러는 건지 나는 전혀 모르겠군. 하지만 자네가 물으니 굳이 대답하자면, 난 매리어트가 자기 안위를 위해 도주했다는 생각은 안 들어. 골프채도 안 챙겼는걸."

"그가 오늘저녁에 돌아올 거라고 생각해?"

"거의 확신해."

"정말 돌아온다면 그 친구에게 뭐라고 말해야 하지?"

"음, 그건 나한테 맡겨둬. 매리어트가 화를 내면서 펄펄 뛰면 내가 진정시킬 테니까. 어제 내가 매리어트한테 한두 가지 물어보고 설명을 듣고 싶다고 말했더니 자네가 못 하게 했잖아. 이번에는 내 방식대로 해보겠어."

"그래만 준다면야 정말로 고맙겠어……. 맙소사, 골프장 잔디는 이렇게나 평소와 다를 바가 없는데……. 그런데 고든, 대브넌트 이야기 좀 해줘. 자네는 무슨 이야기를 들었나?"

"나한테 소식을 알려준 건 수석 웨이터였는데 그의 말에는 꽤 신빙성이 있었네. 빈버에 돌고 있는 소문에 따르면 경찰에서는 그동안 자네 친구인 렌들스미스 양을 범인으로 몰아넣으려 했고, 그래서 대브넌트가 자백을 한 거라고 하더군. 비겁한 짓거리야."

"렌들스미스 양을 범인으로? 그럼 그간 그녀를 미행하고 있던 건 경찰이었단 말이군! 안 그래도 어제 렌들스미스 양이 누군가 자신을 감시하고 있는 것 같다는 말을 했었는데."

"그게 맞을 거야."

"하지만 도대체 지금까지 우리를 괴롭히던 그 모든 문제들을 대브넌트가 도대체 어떻게 설명했단 말이야?"

"글쎄, 그 친구가 《데일리 메일》과 인터뷰를 했다는 이야기는 아직 못 들었네. 하지만 두 열차의 수수께끼를 대브넌트가 어떻게 설명했느냐고 묻는 거라면 그건 간단해. 열차에서 벌어진 문제가 아니었던 거지."

"열차에서 벌어진 문제가 아니라고?"

"응. 대브넌트는 안개 속에서 브라더후드와 함께 선로를 따라 걷고 있다가 울컥 화가 치밀어서 등을 떠밀었던 거야. 최소한 빈버에서 도는 소문은 그렇다던데."

"아, 이제 알았네. 그렇게 된 거로군. 딱 들어맞는 얘기야."

두 친구는 그날 오후 라운드를 한 번 더 돌았다. 사실 그 외에 달리 할 일도 없었다. 하지만 내내 딱할 정도로 긴장하고 있던 리브스에게는 시간이 너무나 길게 느껴졌다. 3시 47분 열차가 기적을 울리며 패스턴 오트빌 역에 승객들을 내려놓았지만 매리어트는 그 안에 없었다. 이후 열차 두 대가 더 들어왔지만 여전히 매리어트의 모습은 없었다. 저녁 식사 시간에도 매리어트의 자리는 텅 비어 있었다. 리브스는 매리어트가 느닷없이 돌아올까 두려웠고, 아예 돌아오지 않을지도 모른다는 사실도 두려웠다.

이윽고 그들이 식사를 끝내고 일어설 무렵, 매리어트의 창백하고 지친 얼굴이 현관 홀에 나타났다. 안도감에 찬 리브스는 고든이 매리어트를 붙잡고 있는 동안 펄쩍 뛰다시피 위층으로 올라갔다.

"왔나, 매리어트? 저녁은 먹었나? 좋아, 그럼 라운지에 가서 좀 앉자고. 계속 자네를 기다렸거든."

대화의 물꼬를 틀 방법은 하나뿐이었다. 고든이 제안했다.

"가서 위스키라도 마시지 않겠나?"

"고맙지만 됐어. 술은 끊기로 했거든."

"술을 끊어? 도대체 왜? 갑자기 무슨 금주 모임 같은 데라도 가입한 거야? 미안하지만 매리어트, 거기 들어가봤자 함께 어울릴 사람도 없을걸."

"아니, 그런 게 아니라 의사가 마시지 말라고 했거든."

"비즐리가 그런 처방을 내리다니 금시초문인걸."

"비즐리가 아니야. 오늘 런던에 갔다 왔단 말일세. 전문가의 처방이 필요해서."

"그랬군, 정말 미안하네. 어디가 안 좋은 건가? 심장?"

"아니, 신경 쪽이었어. 별 소용은 없었던 것 같지만 말이지. 의사는 삼십 분 내내 프랑스 대성당 이야기만 하더니 술과 담배를 끊으라는 처방을 내리더군."

"그랬군. 아니, 그런데 도대체 자네 증상이 어땠기에?"

"고든 자네가 내 말을 믿어줄지 모르겠는데…… 음, 자네 혹시 유령의 존재를 믿나?"

"나는 그런 걸 믿지 않지. 왜? 자네에게 유령이라도 보여?"

"안 되겠어, 그렇지 않아도 누군가한테 툭 털어놓고 싶었거든. 이봐, 고든. 자네도 내가 어젯밤에 브라더후드에 대해서 설교했다는 건 알지? 솔직히 그게 내가 그때 정말로 해야 할 일이었는지에 대해서는 자신이 없어. 어쩌면 그래서는 안 되는 것이었는지도 모르네. 하지만 난 그렇게 해야 한다고 생각했거든. 그런 다음 저녁 식사 자리에서 자네랑 카마이클이 내게 장난을 쳤지. 만약 브라더후드가 되돌아온다면 무슨 일이 벌어질지 모르겠다고 말이야."

"그래, 기억하네."

"어쩌면 그것 때문에 신경이 더 날카로워졌는지도 몰라. 아무튼 위층에 있는 내 방으로 올라갔다가 담배 파이프를 보고 심장이 덜컥 내려앉았네."

"심장이 덜컥 내려앉는 이유치고는 참 우스꽝스럽군그래."

"그래서 난 리브스의 방에 파이프 청소 도구를 빌리러 갔어. 방은 어둡고 주인은 없는 것 같기에 불을 켰더니, 내 눈앞에 브라더후드의 떡갈나무 지팡이가 놓여 있는 거야. 마을 광장에 갈 때마다 항상 들고 다녀서 내 눈에도 익은 지팡이였다네. 나는 브라더후드가 버클리 주교의 말에 대한 새뮤얼 존슨의 반박을 인용했던 것을 떠올리고—자네도 그게 뭔지 알지?—그 지팡이로 바닥을 쾅 쳐보았어. 내가 아는 지팡이가 맞았지."

"리브스의 방에서 봤단 말이야?"

"그래, 안락의자 옆에 놓여 있었어. 그리고…… 뭔가를 정확하게 본 건 아니지만, 마치 보이지 않는 브라더후드가 지팡이 위에 손을 올려놓은 채 안락의자에 앉아 있는 것만 같았네. 난 이게 착각일 거라고 스스로를 타일렀지만, 갑자기…… 숨을 쉬는 거야."

"누가?"

"모르겠네. 방에는 아무도 없었거든. 그러니까 눈에 보이는 존재는 없었다는 말일세. 나는 도저히 견딜 수가 없어서 내 방으로 돌아가서 문을 걸어 잠갔네. 실은 내게는 영적 능력이 있거든. 어렸을 때부터 쭉 그랬네."

"그래서 그것 때문에 그렇게 고민했었나?"

"이게 다가 아니야. 아무튼 나는 런던에 올라가 전문의를 만나야겠다는 생각에 반쯤 빠져 있었네. 그리고 내가 막 기차역으로 가려고 준비하는 참에 내 방에 있는 저 끔찍한 전성관이란 놈이 갑자기 삑 소리를 내더군. 그래서 '누구시죠?' 하고 받았지. 그랬더니 정말로 내가 얼이 나가서 그렇게 풀린 건지 모르겠지만, 왠지 반대편에서 '내가 브라더후드다'라고 말하는 것 같았단 말이야. 그 순간 나는 전성관을 거의 내동댕이치다시피 하고 역으로 죽어라 달렸지. 그대로 런던에 가서 이 어처구니 없는 일들을 전부 전문의에게 이야기했더니, 당연히 그 사람은 나보고 너무 과민 반응하는 것 같다고 말하더군."

고든의 눈이 반짝였다.

"그 얘기를 나한테 먼저 했으면 자넨 몇 기니 아낄 수 있었을지도 모르겠는데."

"뭐! 그게 무슨 소린가?"

"음…… 지팡이 말이야. 그게 리브스의 방에 있던 건 당연한 일이었다네. 어제 오후 그가 선로 근처에서 발견했거든. 분명 브라더후드가…… 추락할 때 지팡이도 같이 떨어진 거겠지. 물론 리브스는 그걸 가지고 돌아왔고 어젯밤 내내 의자 옆에 세워두었어. 그 자리에는 아무도 앉아 있지 않았고."

"하지만 분명 누군가가 숨 쉬는 소리를 들었는데."

"그랬겠지. 그냥 운이 좀 나빴던 거야. 실은 리브스와 내가 비밀 통로에 숨어서 자네가 들어오는 모습을 지켜보고 있었거든. 자네가 들은 소리는 분명 리브스의 숨소리였겠지."

"맙소사! 도대체 왜 내게 얘기해주지 않았던 거야?"

"자네가 우리한테 말할 기회를 주지 않았잖아. 자네 방으로 달려가서 문부터 걸어 잠갔다면서. 그리고 오늘 아침 리브스가 자네한테 소식을 전해주려고 직원 사무실에서 전성관으로 자네 방에 말을 걸었다네."

"무슨 소식?"

"브라더후드 살인 사건의 수수께끼가 풀렸다는 소식 말일세."

"아, 그랬군……. 범인은 대브넌트였겠지? 나도 역에서 이야기를 주워들었다네."

"이제 자네도 깨달았겠지만, 리브스는 아마 '브라더후드 일인데'와 비슷한 말로 이야기를 시작하려 했을 거야. 그때 자네가 바보같이 전성관을 떨어뜨리고 런던으로 달아난 거지."

"세상에! 이제야 이해가 돼, 고든. 그랬다 하더라도 전혀 이상하지 않은 일이야."

(독자에게. 이 장이 너무 길다고 느껴지면 읽지 않고 건너뛰어도 좋다.)

고든은 리브스의 맞은편에 놓인 안락의자에 털썩 주저앉아 폭소를 터뜨렸다. 잔뜩 곤두선 신경에 그보다 더 거슬리는 것은 없었다. 리브스는 설명을 요구하며 고든의 멱살을 잡고 흔들다시피 했다.

이윽고 고든이 말했다.

"괜찮아. 자넨 아주 운이 좋았어, 리브스. 매리어트는 전성관 반대편에서 아무 이야기도 못 들었어. 자네가 한 이야기는 전부 독백으로 끝났지."

"이렇게 고마울 수가! 그런데 매리어트한테는 어떻게 설명했지? 그 친구한테 뭐라고 이야기한 거야?"

"아, 그냥 진실을 말했어. 진실의 일부만을. 그리고 자넨 그렇게 쌕쌕거리면서 숨을 쉬는 버릇을 고치는 게 좋겠어. 자네가 비밀 벽널 뒤에서 자꾸 쌕쌕거리는 바람에 매리어트가 어젯밤 자네 방에 브라더후드의 유령이 앉아 있었다고 착각하지 않았나!"

"그러니까 매리어트가 그것 때문에 겁을 집어먹었다는 거야? 그럼 오늘 아침에는 왜 그렇게 도망친 건데?"

"자기한테 전성관으로 말을 걸어온 게 브라더후드인 줄 알았던 거지. 나 원 참!"

"그래서 다 설명해줬나?"

"암, 다 얘기했고말고. 자네가 내버려뒀더라면 어젯밤에 다 설명했을 텐데."

"이 친구야, 그만 애태우고 자네가 왜 그동안 매리어트가 무죄라고 생각했는지나 얘기해주게."

"살인 사건에 대해서 말인가? 나는 단 한 번도, 한 순간도 매리어트가 범인이라고 생각해본 적이 없어. 그 친구한테 뭔가 문제가 있다는 생각은 했지만……. 그래, 있기야 있었지. 브라더후드 때문에 악몽을 꾸고 퍽 고생하는 것 같더라고. 하지만 난 자네가 매리어트를 보고 살인범이라고 했을 때 결코 동의하지 않았어. 다시 말해두겠는데, 난 그런 말 한 적 없어."

"그래, 좋아. 그런데 내가 사건 전체를 해석하는 걸 듣고도 자네는 어디가 잘못되었는지 말해주지 않았잖아."

"그랬지. 하지만 어디가 잘못되었는지 굳이 말해주는 것도 좋지 않은 일이라는 생각이 들어서 그랬어. 왜냐하면 자네가 무시무시하리만치 기발하고 신선한 설명을 고안해냈잖아. 솔직히 말해 한두 가지 문제점을 지적하긴 했지만 자네는 그건 문제가 되지 않는다고 스스로를 설득했지. 물론 문제점은 한두 개가 아니라 엄청나게 많아."

"예를 들면?"

"음, 자네는 이 사건이 의도성이 농후하고 신중하게 계획된 범죄라고 집요하게 주장해왔지. 하지만 잘 생각해봐. 이 사건을 불러일으킨 상황은 아무도 예상할 수 없었네. 매리어트 같은 사람이 어떻게 브라더후드가 곧 파산할 거라고 예측할 수 있었겠나? 매리어트는 도시 사정에 대해서는 자네만큼도 몰라. 안개도 그래. 이 사건 속에서 안개가 어떤 역할을 했는지 생각해봐! 매리어트가 자신이 살인을 저지르겠다는 충동을 느낄 그날 그렇게나 짙은 안개가 낄 거라는 사실을 어떻게 알았겠느냐 이 말이야. 그래, 안개가 없었더라면 그런 충동은 완벽하게 사라졌을 거야."

"알겠어. 그 말이 맞는 것 같군."

"전체 상황을 넘어서 세부 사항으로 들어가보면, 매리어트가 어떻게 열차가 신호 때문에 바로 그 위치에 멈춰 설 거라고 예상할 수 있었겠어? 브라더후드가 통로가 연결되지 않은 객차에 탈 것은 어떻게 알았고, 객차 안에 브라더후드 혼자만 타게 될 건 또 어떻게 아는데? 게다가 브라더후드가 늘 이용하고, 실제로 사건 당일에도 그랬듯이, 몹시 붐비는 3시

47분 출발 열차를 탔더라면 매리어트가 할 수 있는 일은 거의 없게 돼. 게다가 브라더후드가 3시 열차에 오르는 걸 아무도 목격하지 못할 거라고 확신할 근거는 또 어디 있지? 웨이포드에서 아무도 브라더후드를 못 보리라는 확신은? 리브스, 정말 모르겠어? 자네가 지목한 범인은 초인적으로 정교한 계획을 세워야 하는데다가 전적으로 우연에 기대어 범행을 저질러야만 해. 자세히 살펴보면 전부 말도 안 되는 얘기지. 더 자세히 하고 싶은 얘기는 많지만 어차피 자네도 각각의 의문에 대한 답을 스스로 깨달았을 테니 모든 걸 꼬집어 이야기하진 않겠네."

"왜 이 얘기를 진작 해주지 않은 건가?"

"이해할 준비가 전혀 되어 있지 않았으니까. 객관적인 사실이 아니라 인간성에 더 신경을 썼어야 해. 대브넌트가 사람을 죽일 만한 성품이 아니라고? 그건 매리어트도 마찬가지야."

"매리어트가 목사라서 그렇다는 건가? 하지만 이 친구야, 대브넌트도 성당에 다니는 사람이잖나."

"대브넌트도 성당에 다니지만 여느 신자들과는 다른 부류지. 그러니까 신교도일 경우, 누군가가 교회에 다닌다 하면 그 사람은 그냥 '교회에 다니는 사람들' 무리에 들어간다고 여기면 대체로 맞는단 말이야. 그들은 성인군자처럼 독실하지. 하지만 가톨릭의 경우 그렇게 두루뭉술하게 한 종류로 묶기 어려워. 성당에 다니는 사람이라 해도 진실한 신도인지 아닌지 확실하게 알 수 없거든. 그렇다고 대브넌트가 무슨 악당이라도 된다는 이야기는 아니고, 그저 그가 아주 평범하고 다소 다혈질인 사람이란 뜻이야. 반면 매리어트는 그렇지 않아. 매리어트는 누군가를 죽일 만한 사람이 아닐세. 아니, 죽이지 못한다고 봐도 좋겠지."

"도덕심 때문에 살인을 못 한다는 건가, 아니면 물리적으로 불가능하다는 건가?"

"둘 다 아니야. 다만 '심리적으로 불가능하다'는 쪽에 더 가깝겠군. 첫째로, 대브넌트는 전쟁에 나가 싸운 경험이 있네. 당연히 사람을 죽여본 적 있겠지. 포병이었다면서? 난 이런 경험이 대다수 사람들에게 엄청난 변화를 가져온다고 생각해. 그래서 전쟁이 끝난 후 여러 국가에서 범죄가 급증하게 되는 게 아닌가 싶어. 최소한 그 이유의 일부는 될 수 있겠지. 사람들은 살해 행위에 익숙해져버렸고, 한번 그러고 나면 다시 살인을 저지르는 건 결코 어려운 일이 아니니까."

"자네 말은 매리어트가 살인을 저지르지 못하는 부류의 인간이란 말인가?"

"물리적으로는 가능하겠지. 매리어트는 힘이 세니까. 도덕적으로도 가능해. 우리 중 누구든, 그 어떤 짓도 저지를 수 있어. 물론 우리 모두 어렸을 때부터 비도덕적인 짓을 하면 야단을 맞으면서 자라긴 했지만. 하지만 살인을 범하기 위해서는 극복해야 할 세 번째 문제가 있네. 범죄 행위에 대한 정신적 반감 말이야. 만약 매리어트가 나쁜 짓을 저지르고자 마음먹었다면 스스로를 몰아쳐서 상대의 찻잔에 독을 섞는 일 정도까지는 할 수 있을지도 몰라. 하지만 자기 손으로 직접 누군가를 죽이진 못해."

"무슨 말인지 알겠네. 썩 개연성이 있는 이야기 같지는 않지만 말이야. 그런데 난 고정된 사고에 사로잡혀 있는 사람은 정신병자와 크게 다를 바 없다고 생각하거든. 매리어트는 종교적 관점에서 볼 때 일종의 고정적 사고에 사로잡혀 있는 셈 아닌가?"

"그렇지, 하지만 자넨 모르는 모양인데 그 친구가 특별히 그렇지도 않아. 매리어트는 선량한 인물이고 자기가 설교하는 교리가 옳은 이야기라고 믿지만 그렇다고 해서 종교적 맹신에 빠져 있지도 않아. 그걸 부정하면 매리어트가 인간도 아니라는 이야기가 된다고. 그리고 자네 이론에는 또 하나 결점이 있네. 물리적으로, 매리어트는 자네가 범행에서 사용되었다고 생각한 도구를 소유하고 있지도 않았어. 도덕적으로, 매리어트에게는 자네가 존재한다고 믿었던 살해 동기도 없었어."

"듣고 보니 내가 정말 여기저기에 멍청한 짓을 하고 돌아

다녔군. 이렇게나 바보 같은 가설 때문에 엉뚱한 길로 엇나가 버린 사람이 이 세상에 나 말고 또 있을까?"

"또 있겠냐고? 이보게, 친애하는 리브스. 자넨 그냥 현대 인류 중 4분의 3이 하는 행동과 똑같은 일을 했을 뿐이야. 모두가 가설을 잘못 세우는 바람에 길을 잘못 들게 되지. 적어도 자네는 스스로 고안한 가설 때문에 엇나가기나 했지, 다른 사람의 이론을 빌렸다가 망하진 않았잖나."

"의학에 대한 과학적 이론 같은 걸 말하고 싶은 거야? 예방주사를 맞는 게 좋다는 의사들의 주장 같은 거?"

"아니, 이런 젠장, 그렇게 비교하는 건 불공평하지. 의사들에게는 가설조차 없는 것보다 틀린 가설이라도 있는 게 낫다고. 실수는 저지를지언정 늦든 빠르든 언젠가는 그 생각이 잘못되었다는 걸 깨닫게 될 테니까. 잘못된 가설에서 비롯된 잘못된 처치로 사망하는 이들에게는 안타까운 일이지만 어쨌든 최선을 다했잖아. 이보게, 난 지금 삶을 하루하루 살아가면서 필요한 추론을 문제 삼는 게 아니야. 내가 문제 삼는 건 소위 배웠다는 사람들이 과거와 인류 역사의 의미에 대해 제기한 이론이야."

"뭐, 진화론 같은 거?"

"아니, 정확히 그걸 가리키려던 건 아니야. 하지만 그것도 내 이야기의 실제 사례 중 하나로 간주할 수는 있겠군. 진화론은 그냥 이론에 불과하고, 원숭이와 인간의 관계는 솔직히 말도 안 되는 헛소리지. 하지만 아주 오랜 시간 동안 사람들은 그 이론이 틀렸음을 입증하지 않고 그게 맞는다고 증명이라도 된 양 떠들어대지. 과학자들은 아직 진화론이 가설이라 하지만 진화론자들은 그걸 사실로 간주해. 이와 같이 식자들의 세계에 존재하는 제한에 대한 규정은, 오십 년 동안 끈질기게 거짓말을 이어가는 데 성공한 사람조차 거짓말쟁이라고 부르지 못하도록 만들지. 재미있는 이야기야. 어쨌거나, 진화론자들에게 꼭 해두어야 하는 말이 있어. 그들은 '어째서 세상에는 한 가지 이상의 종이 있어야 하는가'라는 실질적 질문에 답하려 애쓰고 있지만, 아직까지 해답을 찾아냈다는 이야기는 없지.

그러니까 내가 말하는 이론가란, 있지도 않은 문제를 만들어내는 사람들을 지칭하는 거야. 리브스 자네가 브라더후드 살인범에 대한 문제를 공론화하자고 주장했던 것처럼 말이지. 자네도 그랬듯, 세상에는 인류 공통의 가능성 앞에서 정황증거를 덥석 물어버리는 사람이 다수 존재해. 어처구니없는 우연의 연쇄가 발휘하는 힘 앞에서 매리어트처럼 순진한 친구에게 유죄 낙인을 찍으려 했던 것처럼."

"고든, 이 모든 이야기를 전부 일기에 적어두었던 거야?"

"아직 다 쓰진 못했어. 삼십 분쯤 후에 쓰러 갈 참이네. 그래서 지금 자네한테 털어놓는 거야. 자네가 전성관을 통해 이야기했다는 사실을 떠올린 순간, 비판철학이 취하는 역사적 접근 방법에 대한 멋진 은유라는 생각이 들었거든. 아니면 권위를 실추시키는 역사적 비판 방식의 남용이라 해야 할까. 역사에 관한 이론을 구축한 사람들 대부분은 그런 꼴을 맞이해. 전성관을 통해 틀린 진술들을 줄줄이 늘어놓고 있지만 상대는 듣고 있지 않고, 나중에서야 본인의 진술이 틀렸다고 입증됨으로써 낭패를 보는 모습이 꼭 그렇게 보이더란 말이지."

"고든, 자네가 내 진로 문제를 해결해줄 수 있을 듯해. 난 아마추어 탐정이 되기를 갈망했지만 생각했던 것만큼 매력적인 일이 아닌 것 같아. 사실 정보가 끊임없이 밀려들어와서야 원……. 하지만 자네 이야기를 듣고 나니 어쩌면 내가 그 지식인들 중 하나의 성과인 것 같기도 하군."

"맞아. 인류학자가 되게나, 리브스. 수많은 사실들을 낚아 올려서 불분명한 권위를 가지고 주장을 펼치는 고대 인류 전문가 말이야. 고대 인류의 결혼 예식, 그들의 장례 풍습, 그들의 토지 사용권 등, 그 속에서 어떤 이론을 발견할 때까지 눈을 가늘게 뜨고 전체 사실들을 훑어보라고. 자네의 주장을 뒷받침해줄 수 있는 근거들로 이론을 포용해. 자네 이론에 반하는 모든 사실 정보의 목록을 작성하여 부록으로 달고, 그것들이 무가치하며 별 상관도 없다는 사실을 보여주면 자네가 이기는 거지. 이건 자네가 잘하는 일이니, 인류학적 연구도 잘 해낼 것 같은데…….”

“돈이 필요할까?”

“자네에게 돈은 큰 문제가 아닐 텐데. 아니, 그렇게 돈이 중요한 문제라면 정신분석을 추천하겠어. 체계는 대체로 똑같아. 하지만 존재하지 않으니 무시해도 상관없는 고대 인류 대신 어쩌면 자네를 거짓말쟁이라고 비난할지도 모르는 산 사람을 마주해야겠지. 그러면 자네는 당신이 지금 분노를 터뜨리고 있으며, 그것은 당신의 마음속 어딘가에 아주 강한 억제가 작용하고 있기 때문이라고 말하면 돼. 계속 그 말만 쭉 하면 되는 거야. 정신분석의 아름다운 점은 ‘앞면이 나오면 내가 이기고, 뒷면이 나오면 상대가 패배한다’라는 데 있지. 의학에서는 환자의 체온이 정상이 아니라면 당황하지 않고 해열제를 처방하면 돼. 한편 정신분석에서는 ‘봐요, 내가 한 말이 지금 그대로 증명되고 있잖아요’라고만 말해주면 되거든.”

“내가 젊은이들의 앞길을 가로막는 건 아닌지 모르겠네.”

“글쎄, 자세히는 모르겠지만 정신분석학 쪽도 요즘은 사람이 넘치는 추세라고 하더군. 하지만 역사 분야에는 아직 신입이 파고들 여지가 많지. 인류의 가능성을 무시하기만 하면 역사 속에서 얼마든지 자네 마음에 드는 가설을 발견하고, 외부적 사실을 조합해서 그 이론을 뒷받침할 증거들을 취할 수 있네. 물론 그에 따르는 위험은 존재하지. 어쩌다 어느 바보가 소실된 리비우스[1]의 책이라도 하나 파내는 순간 자네의 이론들은 말짱 헛것이 되어버릴 테니까. 이럴 때 대처 방법은, 리비우스가 고의적으로 거짓말을 해서 잘못된 단서들을 남겨놓았다고 우기는 거야. 매리어트가 범인이라고 주장했던 것처럼 말이야. 그러면 자네의 관점을 뒷받침하지 못하는 모든 문서들은 쓸모없고 무가치한 존재로 여겨지고 폐기될 거야."

"하지만 난 역사에 대해서 그리 잘 알지 못하는데."

"그건 그다지 문제가 되지 않아. 역사 속에서 특정 시대나 유형에 자네의 연구 분야를 국한시키기만 하면 자료 읽는 건 쉬워. 초심자들에게는 교회의 역사를 자신 있게 추천하겠네. 이 주제에 대한 공공의 관심은 아주 적기 때문에 누가 자네 의견에 반박해서 문제를 일으킬 걱정은 하지 않아도 좋을 거야. 최악의 경우에는 항상 문학비평에 기대 넘어가면 되고. 그럼 안전하게 문제를 넘어갈 수 있지. 문서상의 가설에 의지하면 무례하고 상식적인 공격을 받더라도 견뎌낼 수 있고."

"정확히 어떻게 하면 되는데?"

"먼저 이렇게 시작해.

[1] 고대 로마의 역사가.

'이 문서는 세 부분으로 나눌 수 있습니다. 한 부분은 진실이고 또 한 부분은 거짓이며 마지막 세 번째 부분은 거짓된 내용을 진실처럼 보이도록 가짜 증거를 넣은 부분이지요!'

그렇게만 하면 유리한 위치를 점유하게 되지. 그 문서 속에서 마음에 안 드는 부분이 있어도 몽땅 무시할 수 있게 되거든. 그리고 남은 부분을 훑어보면 분명 거기에도 찌꺼기가 좀 남아 있을 거야. 계속해서 자네의 이론과 충돌하는 증거 말이지. 4시 54분을 가리키고 있던 시계는 첫째로 살인범이 3시 54분에 범행을 저질렀다는 증거가 되고, 두 번째로 살인범이 그것을 은폐하려 했다는 증거도 되지. 무슨 말인지 알겠나? 자, 이렇게 자네가 벌인 것보다 일이 더 커지고, 이론이 더욱 기발해질수록 사람들은 더욱 쉽게 그것을 진실로 받아들일 거야.

역사학와 문헌비판학 분야에서 우리가 진실이라 믿고 있는 진술의 절반은 비평가들에 의해 만들어진 것인데, 이게 너무 기발한 나머지 사람들은 진심으로 의심해볼 생각조차 않고 받아들이지. 그렇게 이 어리석고 낡은 세계가 돌아가는 거야. 만약 우리가 선조들을 오해하고 있었다면 어떨까? 우리는 귀가 아닌 입을 전성관에 대고 계속 떠들어대고, 저 고결한 신사들은 답변을 할 기회조차 얻지 못하는 거지. 하지만 그 사람들에게는 별 문제가 안 돼. 왜냐하면 양식이 있는 사람이라면 그저 전성관 한쪽을 내려놓고 우리가 허공을 향해 떠들도록 내버려둘 테니까."

"그거 아나, 고든? 자네가 지금 정말 시답지도 않은 소리를 한도 끝도 없이 떠들어대고 있다는 거."

"알아. 하지만 전부 다 헛소리는 아니야. 그런데 이제부터 어떡할 텐가?"

"미래의 나를 골프에 바치려고. 골프만 할 거야. 오로지 골프, 골프 외엔 아무것도 안 할 생각이야."

빈버,
패스턴 오트빌,
도미 하우스

친애하는 고든에게,

대브넌트가 참수형을 당했다는 이야기를 방금 리브스에게서 들었네. 급한 마음에 말실수까지 하더군. 참수형을 당했을 리가 있나, 교수형을 당했겠지.

자네가 부탁한 대로, 이 지역에서 '골프장 미스터리'라 불리는 사건과 관련된 일련의 과정을 지금부터 편지에 가능한 만큼 적어보려 하네. 정보를 한데 모으느라 꽤 애를 먹었지. 그중 일부는 공판 과정에서 드러났고, 또 일부는 렌들스미스 양에게서 들었으며 나머지는 패스턴 브리지의 신부에게 특별한 목적을 갖고 전화를 걸어 들을 수 있었다네. 그 사람은 아둔한 사내는 아니었던 것 같아. 적어도 이 근방에 사는 이웃들에 대해서는 매리어트보다 훨씬 잘 알고 있었거든. 물론 내가 호기심으로 물어본 질문 중 한두 가지는 직업적인 양심 때문에 답해주지 않았지만, 그 사람은 대브넌트 일에 대해 과도한 괴로움을 느끼지는 않더군.

"카마이클 씨, 세상에는 더 나쁜 짓을 하고도 잡히지 않는 자들도 많습니다. 그 사람은 멋지고 깔끔한 죽음을 맞이하게 될 겁니다. 아시다시피 그는 아침마다 성찬식에 반드시 참석해서…… 우리 모두의 귀감이 될 법한 사람이었는데 말입니다." 물론 나는 그에게 내가 그리 마음이 좁은 사람은 아니며 어떤 종교에서든 장점을 찾아낼 수 있다고 말해주었지.

사실 이번 사건의 전체 윤곽은 단순하다네. 대브넌트는 브라더후드가 돈 때문에 렌들스미스 양을 못살게 군다는 사실을 알고 그를 만류하기로 결심했지. 대브넌트가 그를 찾아갔을 때 브라더후드는 막 사무실을 나선 참이었어. 대브넌트는 택시를 잡아타고 브라더후드를 뒤쫓았다네. 그런데 브라더후드는 역으로 바로 가지 않고 첼시 근처에 있는 어떤 집으로 갔다고 해. 아마도 주말에는 늘 그곳에서 시간을 보냈겠지. 브라더후드는 이 이중생활에 종지부를 찍을 때가 왔으며, 이제부터는 아내의 돈으로 살아갈 필요가 있다는 사실을 깨닫고 개인 소지품을 챙기러 갔던 모양이야.

십여 분이 지나 브라더후드가 낡은 손목시계를 조끼 주머니에 쑤셔 넣으며 나왔다고 하네. 짐작건대, 이때 브라더후드는 성급하게 서두르다가 집에서 챙긴 손목시계를 망가뜨렸던 게 아닌가 싶어. 그래서 시곗바늘이 한 시간 잘못 가리키게 된 거지. 브라더후드는 택시 기사의 도움을 받아 어마어마한 크기의 트렁크를 택시에 싣고 역으로 향했네. 그러면서 주머니에 들어 있던 술병을 계속 홀짝홀짝 입에 댔다고 해. 대브넌트는 멀찍이서 지켜보고 있었지. 브라더후드가 택시 기사에게 행선지를 말하는 소리를 듣지 못했더라면 뒤따라가지 못했을지도 몰라.

역에 도착한 브라더후드는 삼등칸 열차표를 구입해서 조끼 주머니에 넣었네. 따로 실어야 하는 트렁크가 있어서 표를 끊었던 것 같아. 코트 주머니에 정기권이 있었으니, 그렇게 하는 게 추가 화물 요금을 내는 것보다 저렴하니까. 그런데 말이야, 브라더후드의 시체가 발견되었을 때 근처에 우산이나 외투 등 궂은 날씨를 대비한 물건이 하나도 없었잖나. 우리가 왜 그런 상황을 의아해하지 않았는지, 지금 생각해보면 통 알 수가 없군. 여하튼 브라더후드는 이미 사람이 가득한 일등칸으로 들어갔네. 그 탓에 그와 개인적으로 대화를 나눌 만한 기회가 없으리라는 사실을 깨달은 대브넌트는 삼등칸 표를 끊었네. 어렴풋이 무슨 일이 일어나기를 바라면서 말이야.

무슨 일이 일어난 건 패스턴 오트빌에서였어. 브라더후드는 술에 잔뜩 취한 채 단호하게 열차에서 내렸지. 이때까지는 대브넌트에게 어떤 사악한 목적도 없었다는 게 확실해. 왜냐하면 열차에서 내린 대브넌트가 어떤 짐꾼에게 말을 걸고는, 지인인 것처럼 브라더후드에게 다가갔다고 하거든. 브라더후드는 정신이 흐릿해서 대브넌트를 보고 겁을 내거나 할 상황이 아니었지. 브라더후드는 '선량한 친구 대브넌트'를 반가워하면서 열차를 기다리는 동안 역 반대편에 있는 여관에서 술이나 한잔하자고 제안했어. 대브넌트는 그 시간대에는 술을 팔지 않는다는 사실을 알고 있었지만 어쨌거나 기꺼이 동행을 수락했다고 해.

그렇게 둘이서 여관 문간에서 시간을 낭비하고 있는데 패스턴 위처치로 가는 열차가 증기를 뿜으며 역을 빠져나가는 게 보였지. 그러니까 브라더후드는 본의 아니게 지니고 있던 짐을 빼앗기게 된 거야. 짐은 빈버로 떠나버렸고, 정기권이 들어 있는 외투는 브라더후드 본인이 플랫폼에서 4시 50분 객차 안으로 던져두었어. 둘 다 나중에 경찰이 발견했다고 해. 물론 별 소용은 없었지만.

브라더후드의 정신이 말짱했다면 당연히 역으로 돌아가서 역무원에게 부탁해 빈버에 전보를 쳐서 짐을 맡아달라고 했겠지. 하지만 술에 취한 브라더후드는 대브넌트의 제안을 흔쾌히 받아들여, 철교가 놓인 계곡을 가로질러 패스턴 위처치까지 들판을 걸어가기로 했네. 짙은 안개 덕분에 두 사람은 열차로부터 그리 뒤처지지 않은 채 걷게 되었지. 어쩌면 대브넌트가 신호에 걸려 멈춰 있는 열차를 따라잡을 수도 있으리라는 가능성을 제시했을지도 몰라. 물론 그렇게 하지는 못했지만.

대브넌트는 브라더후드의 파산 소식에 유감을 표하고 위로했네. 그러자 브라더후드는 극도로 기분이 좋아져서는 자기한테 아주 예쁜 아내가 있는데, 재산 대부분을 그 사람 명의로 옮겨놓았고 지금 찾아가는 중이라고 떠든 거야. 대브넌트는 훈계도 해보고 협박도 해보고 또 간청도 했어. 하지만 같이 있는 사람이 짜증 날 정도로 기분이 둥둥 떠 있는 술주정뱅이에게는 어떤 말도 먹히지 않았지. 심지어 철교의 초입에 들어설 무렵 브라더후드는 아내의 아름다움을 입에 침이 마르도록 칭송하기 시작했다네. 대브넌트는 도저히 참을 수가 없었지. 혐오감과 분노를 느낀 대브넌트는 몸을 휙 돌려 지긋지긋한 동행자를 비탈 끄트머리에서 떠밀고 말았어. 놀람 섞인 비명이 단 한 번 울렸을 뿐, 그 뒤로는 고요만이 안개 속에 감돌았다네.

이때까지 대브넌트에게는 아무런 계획도 없었어. 대브넌트는 최악의 경우라 해도 살인을 저지르겠다는 생각은 하지 않았거든. 대브넌트는 암호를 보낸 사람이 자신이란 사실은 고백했다네. 그의 주장에 따르면 그건 단순한 경고에 불과했다고 해. 대브넌트는 브라더후드와 대화를 나누기 전에 그자가 무슨 짓을 저지르는 걸 방지하고 싶었던 거지. 그런데 브라더후드는 평소 습관과 다르게 죽기 직전 주말을 집에서 보냈던 거야. 브램스턴 부인이 우리가 한 질문에 질색하지만 않았더라면 그 사실을 더 빨리 알아냈을지도 모르는데.

대브넌트는 브라더후드와 같은 열차에 탔기 때문에 그가 모머리의 『불멸』을 읽기 시작했다는 사실을 알게 되었어. 그게 월요일 아침의 일이었지. 대브넌트는 가판대에서 같은 책을 한 권 구입해서 브라더후드에게 암호를 보냈다네. 분명 그다음 날까지 그 책을 읽고 있을 거라 생각하면서 말이야. 본인의 말에 따르면 암호에 대한 발상은 시시한 변덕에 불과했다고 하더군.

아무튼 대브넌트는 긴급히 계획을 세울 필요가 있음을 깨달았어. 떨어진 사람이 죽었는지 살았는지도 알 수가 없었지. 하지만 계곡을 내려가서 직접 확인하는 건 위험이 컸던데다 이미 시체가 발견되었을지도 모른다는 생각이 들었어. 대브넌트는 어딘가에 숨어서 새로운 소식이 들릴 때까지 기다리기로 했지. 너무 짙은 안개가 시야를 가리는 바람에 대브넌트는 뒤처리가 깔끔했는지 확인할 수도 없었어. 주위를 살펴보니 비탈길 약간 아래쪽에 브라더후드의 모자가 떨어져 있는 게 보였네. 그렇다면 수직으로 떨어지지는 않았다는 뜻이었어.

떨어지면서 어딘가에 브라더후드의 지팡이가 남아 있을지도 몰랐지만 안개 때문에 찾을 수가 없었지. 대브넌트는 철교가 시작되는 지점으로 모자를 가져갔어. 정확히 그쯤에서 떨어진 것처럼 보이도록 말이야. 대브넌트는 몇백 미터를 돌아가서 거리를 잰 다음 골프공을 하나 떨어뜨려 그 위치를 표시해두었네. 그러니까 자네도 알겠지만, 날씨가 맑을 때 돌아와서 지팡이를 찾아볼 생각이었던 거지.

그러고 나서 대브넌트는 선로를 따라 돌아와서 도미 하우스로 향하는 길로 접어들었네. 안개가 슬슬 걷히려 하고 있었지만 누구와도 마주치지는 않았어. 대브넌트는 어린 시절의 기억 덕분에 비밀 통로를 알고 있었고, 그것의 존재를 클럽 사람 누구에게도 말하지 않은 자신의 행운에 감사했네. 그런 다음 물론 클럽 하인들 중에 자신을 도울 공범을 만들었지. 렌들스미스 양의 말에 따르면 그자는 아마 오랫동안 대브넌트 가문을 위해 일했을 거라더군. 이름이 한 번도 드러나지 않은 이 사람은 대브넌트가 비밀 통로에 숨는 것을 돕고, 설리번이 준비해준 생필품을 대브넌트에게 조달해주었어.

대브넌트가 소식을 얻은 건 주로 우리의 대화를 통해서였다더군. 참 우스꽝스러운 일 아닌가! 그가 말하기를 은둔 생활이 그리 못 견딜 정도는 아니었다고 하더라고. 그 친구는 클럽 멤버들의 습관을 잘 알고 있었으니까 말이지. 대브넌트는 클럽 화장실에서 면도도 하고, 부엌에 남아 있는 음식을 슬쩍하기도 했네. 분명 들킬 위험이 없다고 확신하고 당구실로 나와 일인이역을 하면서 게임을 즐겼을 거야. 그는 바깥에서 일이 어떻게 돌아가는지 꾸준히 관찰할 수 있었네. 아마도 토요일 오후쯤엔 그곳에서 나와서 저녁 무렵 라운드를 돌고 난 뒤, 밤에는 아무 일도 없었다는 듯 해처리스로 돌아갈 계획이 아니었을까 싶어. 물론 경찰이 철교 밑 시체를 자살이라 결론 내리고, 자신은 모든 혐의에서 자유로워지고 난 후에 말이야.

하지만 우리가 자꾸 이런저런 일을 쑤시고 다니는 바람에 상황은 대브넌트에게 좋지 않게 돌아갔지. 특히 그 사진 말인데, 우리의 대화를 듣고 분명 렌들스미스 양의 사진일 거라고 확신한 대브넌트는 우리가 그녀와 직접 접촉하리라고 예상했어. 대브넌트는 사진을 훔칠 생각은 없었어. 그게 없어지면 누군가 숨어 있다는 게 확실해질 테니까. 하지만 우리가 잠깐 사진을 들여다보고 브리지 게임을 하는 사이에 벽널 틈새 사이로 팔을 쭉 내밀고 싶다는 충동은 누를 수가 없었지. 자신도 같은 날 같은 곳에서 찍은 렌들스미스 양의 사진을 한 장 갖고 있었거든. 우리가 사진에 대해 이야기하는 소리를 들은 대브넌트는 자기가 갖고 있던 사진을 잃어버린 게 아닌가 하고 꺼내보았지. 그리고 두 번째 사진을 손에 넣고는, 위험한 짓이긴 하지만 전등을 잠깐 켜서 두 사진을 비교해보았네. 그리고 어둠 속에서 그만 사진을 잘못 되돌려놓은 거야.

왜 그렇게 암호가 적힌 쪽지를 되찾으려고 안달했는지에 대해서는 설명해주지 않더군. 내 생각에 대브넌트는 처음에 우리가 그 쪽지의 원본을 갖고 있다고 생각했던 것 같아. 그 탓에 사태를 심각하게 받아들이고 만 거지. 하지만 암호를 훔쳤다가 별 쓸모가 없다는 사실을 알고 나중에 되돌려놓은 일이나, 밤에 몰래 나와서 리브스가 가져다 놓았다는 브라더후드의 유품을 확인하는 일이 자신에게 얼마나 큰 위험이 되는지는 생각해보지 않았겠지. 아마도 렌들스미스 양의 결백을 입증할 새 단서가 나온 게 아닐까 전전긍긍했던 듯해. 자신이 조심해야 할 것은 그저 입구에서 지키고 있을 파수꾼들뿐이라고 생각했겠지.

내가 설치해놓은 껌이 바지에 묻어 있다는 사실을 알게 된 건 그다음 날 아침이었어. 대브넌트는 함정에 걸렸다는 사실을 깨달았지. 우리가 위층으로 올라가는 소리를 듣자마자 대브넌트는 당구실 쪽으로 나와 조력자를 부른 다음 자신을 하인들 방 어딘가에 숨겨달라고 부탁했다네. 경찰이 저장고 쪽 입구를 탐색하고 있다는 소식을 들은 대브넌트는 진짜로 공포를 느끼고 도주하기로 결심했지. 그때 대브넌트가 조금만 더 냉정을 유지했더라면, 그리고 리브스가 그의 꽁무니를 뒤쫓는 게 조금만 늦었더라면 대브넌트는 조용히 완행열차를 타고 패스턴 위처치로 돌아갔을 테고, 그럼 그에게 죄를 묻기 어렵게 됐을 거야. 하지만 결과적으로 대브넌트에게 주어졌던 건 딱딱한 문손잡이뿐이었지.

암호 뒷장에 적혀 있는 수수께끼의 단어를 내게 설명해준 사람은 렌들스미스 양이었다네. 그 단어들은 한 종이에 온전히 적었다가 종이가 찢어지는 바람에 설명할 수 없게 된 것이 맞아. 렌들스미스 양은 본래의 온전한 단어를 적어 내게 보여주었고, 난 처음에는 그게 무슨 뜻인지 하나도 이해할 수가 없었어. 물론 자네도 이 점을 염두에 두고 내용을 받아들여야 하네. 원문은 이래.

S O

C R

H a S socks(무릎 방석)

I nt E rest(흥미)

S he C hem(세겜[1])

M a T tins(아침 예배)

[1] 고대 이스라엘 왕국의 첫 번째 수도.

이것은 아크로스틱의 한 형태로, 조간신문의 문제 풀이 지면 같은 데에나 나올 만한 것이었지. 처음 두 단어는 무슨 뜻인지 풀지 못했지만 나머지 네 개는 풀어낸 거야. 우리가 본 것은 나머지 네 단어의 애매한 끝부분뿐이었던 거지. 나는 이것을 리스존스에게 가지고 갔는데(아크로스틱 전문가 리스존스 기억나나?) 그 친구가 말하길 이것만 가지고 아크로스틱의 원문을 재구성하기는 어렵다고 하더군. 'rest'를 'vest(조끼)'로 잘못 읽었던 자네의 비판 능력은 그리 잘못된 게 아니야. 그 단어는 'socks(양말)' 뒤에 있었잖나. 의류를 연상하게 된 것도 당연하지.

대브넌트는 이 독특한 게임을 즐겼고, 렌들스미스 양도 때때로 함께 했다고 하네. 살인이 벌어지기 전 일요일에 렌들스미스 양은 종이 한 장에 이 아크로스틱을 풀어서 적어 보냈고, 대브넌트는 브라더후드에게 암호 메시지를 보낼 때 그 종이를 반으로 찢어서 사용한 거야. 그 글씨는 렌들스미스 양의 필적이었네. 경찰이 렌들스미스 양에게 의혹의 눈길을 보냈던 건 그 때문이 아닐까 싶어. 필적은 우체국에 가서 확인했겠지.

침대차 예약 편지는 이번 사건에서 가장 큰 오해를 불러일으킨 단서였네. 그건 브라더후드 본인도 갑작스럽게 파산 위기에 처할 줄 모르고 구매했던 거였어. 단순히 업무상 용건으로 글래스고에 방문하려고 말이야. 자긴 당연히 그리로 가게 될 줄 알았겠지. 편지를 고친 건 순전한 실수였어. 철도회사 직원이 글씨를 잘못 써서 고친 거였지.

이제 이 수수께끼에 종지부를 찍을 때가 온 것 같군. 그 종이쪽지의 다른 쪽을 갖고 있던 건 물론 렌들스미스 양이었어. 게다가 (교묘한 질문 공세로 알아낸 바에 의하면) 리브스의 책장에서 모머리의 책을 가져간 건 매리어트였네. 저녁 설교를 위해 자료가 필요했나 보지.

마지막으로 남은 문제는 이거 하나뿐일세. 과연 렌들스미스 양이 이 이야기 속에서 얼마만큼의 위치를 점유하고 있을까? 대브넌트가 지나칠 정도로 이 여성을 사건으로부터 배제시키려고 전전긍긍했던 걸 생각하면, 솔직히 나는 자꾸만 의심이 들어. 하지만 자네는 이런 이론을 싫어하겠지. 더구나 대브넌트가 침묵 속에 잠들었으니 이 이상 캐묻고 다니는 것도 인정머리 없는 짓이리라는 생각이 드네. 당연히 경찰 또한 그러지 않을 테고. 리브스는 RS 양을 방문한 적 없으며, 그 집에서 아무 이야기도 못 들은 걸로 하겠다고 말했네.

한편 리브스 본인도 훨씬 나은 방향으로 완전히 바뀌었다네. 그 친구는 이제 탐정 노릇을 그만두고 골프장에서 승승장구하고 있지. 한번은 그 친구가 "내가 육군성에 빌붙어 살고 있었을 때는……" 하고 말을 시작하는 걸 듣고는 아직 그에게 희망이 있다고 생각했네. 나는 그 친구를 '개종한 탐정, 모던트 리브스'라고 부르고 있어.

이 편지를 타자기로 작성한 것을 용서해주길 바라네. 내용도 길어져서 미안하구먼. 조만간 이리로 내려와서 자네와 함께 편안한 시간을 보내기를 바라네. 내 아내도 자네를 환영한다네. 요즘 류머티즘 증상이 거의 없어졌거든.

진심을 담아,
윌리엄 카마이클

로널드 아버스넛 녹스

Ronald Arbuthnott Knox

로널드 녹스는 영국 레스터셔 주 키브워스에서 태어났다. 그의 할아버지와 아버지는 모두 사제직에 종사하고 있었는데, 특히 아버지인 에드먼드 아버스넛 녹스는 맨체스처 영국국교회의 주교였으며 8대 아버스넛 자작의 후손이기도 했다. 옥스퍼드 대학을 졸업한 후 영국국교회의 채플렌[I]으로 종사하기도 했으나 1917년에는 로마가톨릭교로 개종하였으며, 1936년에는 영국 내에서 사제로는 최고위 자리까지 올랐다. 1939년부터는 불가타 성서[II]를 새롭게 번역하는 작업에 착수하였고, 이는 후에 『녹스 성경』이라 불리며 성직자로서 그의 최대 업적으로 여겨진다.

미스터리 소설을 쓰는 신부

로널드 녹스는 종교, 철학, 문학 등 여러 분야에서 저술을 남겼는데, 탐정소설도 그중

I 종교 행사를 위해 특정 기관에 파견되는 성직자.

II 라틴어로 번역된 성서.

하나이다. 1911년에 그리폰 클럽[1]에서 『셜록 홈스 문학 연구Studies in the Literature of Sherlock Holmes』라는 반쯤 농담조의 논문을 발표하기도 했던 녹스는 1925년에 첫 장편소설인 『철교 살인 사건』을 독자들에게 선보였다. 그는 이 데뷔작으로 당시 미스터리 팬들로부터 좋은 평가를 얻는 성공을 거뒀다.

주요 인물은 런던 근교에서 함께 골프를 즐기며 좋아하는 탐정소설에 대해 이야기하곤 하던 4인방으로, 어느 날 골프를 치다 철교에서 추락한 것으로 보이는 남성의 시체를 발견한다. 그리고 네 명의 아마추어 탐정은 각각 추론을 펼치며 이른바 '추리 경연'을 펼친다.

『철교 살인 사건』 이후에 발표한 장편소설은 모두 하나의 시리즈로 묶이는데, 인디스크리버블사의 보험 조사원 마일스 브레던과 그의 아내 앤절라가 함께 활약한다. 시리즈 첫 작품인 『세 개의 잠금장치The Three Taps』(1927)에서, 주인공 브레던은 보험 가입자의 의문스러운 죽음을 조사해 그가 자살한 것인지 살해당한 것인지 밝히는 임무를 맡는다. 브레던은 이후 네 편의 장편소설에서도 활약한다.

녹스의 탐정소설은 장르 초보자들도 쉽게 즐길 수 있어 다수의 독자들을 폭 넓게 사로잡은 애거사 크리스티의 작품

[1] 1881년에 설립된, 문학 논문을 나눠 읽는 모임.

과는 다르게, 미스터리에 이미 익숙한 소수 마니아들의 취향을 만족시켰다.[II] 또한 그는 크리스티와 도러시 세이어스, G. K. 체스터턴, E. C. 벤틀리 등 황금기의 전설과 같은 미스터리 작가들이 속한 모임인 '영국추리작가클럽Detection Club'의 창립 멤버 중 한 사람이기도 했는데, 클럽 멤버들과 함께 참여한 연작 장편소설도 몇 편 남아 있다.

녹스의 십계

미스터리 작가로서 녹스는, 기독교의 십계처럼 탐정소설에서 따라야 하는 열 가지 규칙을 작성한 것으로도 잘 알려져 있다. 이 탐정소설 십계, 혹은 '녹스의 십계'라 불리는 규칙은 헨리 해링턴과 공저한 앤솔러지 『1928년 최고의 영국 탐정소설The Best English Detective Stories of 1928』의 서문에 처음 실렸다.

녹스는 탐정소설은 작가와 독자의 지적 게임이며, 흥미의 중심이 수수께끼의 해명에 있다고 여겼다. 따라서 '녹스의 십계'는 작가와 독자가 서로 공정하게 대결하기 위한 조건을 제시한 것이다. 즉, "시에 규칙이 있다는 말과 같은 뜻이 아니라 (중략) 크리켓에 규칙이 있다는 말과 같은 뜻"[III]이다.

II 『세계 미스터리 작가 사전(世界ミステリ作家事典)』, 국서간행회 펴냄, 1998.

III 『블러디 머더』, 줄리언 시먼스 지음, 김명남 옮김, 을유문화사 펴냄, 2012.

그 내용은 다음과 같다.

녹스의 탐정소설 십계

10 Commandments of Detective Fiction

I. 범인은 이야기 초반부터 언급된 사람이어야 한다. 단, 독자에게 생각이 드러난 인물이어서는 안 된다.

II. 초자연적이거나 불가사의한 수단은 당연히 배제되어야 한다.

III. 비밀 공간이나 비밀 통로는 단 하나만 허용될 수 있다.

IV. 이제까지 발견되지 않은 독극물이나 장황한 과학적 설명이 필요한 도구를 사용하면 안 된다.

V. 중국인이 등장해서는 안 된다.[1]

VI. 탐정을 돕는 우연이나, 합리적으로 설명할 수 없는 직관으로 문제가 해결되어서는 안 된다.

VII. 탐정 자신이 범인이어서는 안 된다.

VIII. 탐정에게 주어지는 단서는 독자에게도 즉시 제시되어야 한다.

IX. 왓슨처럼, 탐정의 어리석은 친구 역할을 맡는 인물은 머릿속에 떠오른 생각이 무엇이든 숨겨서는 안 되며, 그의 지적 수

1 당시 만연했던 '중국인'에 대한 편견에 기대 악역 또는 범인 역할을 설정해서는 안 된다는 의미에 가깝다.

준은 독자의 평균보다 아주 살짝 낮은 정도여야 한다.

X. 독자에게 적절한 방식으로 그 존재를 미리 암시하지 않았다면, 쌍둥이 형제나 똑같이 생긴 인물을 등장시켜서는 안 된다.

영국추리작가클럽은 1928년 창설 직후 회원들에게 탐정은 "주어진 범죄를 성실하고 진실되게 수사할 것"이며 "신의 계시, 직감, 말도 안 되는 소리, 속임수, 우연, 신의 개입"에 의존하지 않겠노라고 맹세하는 선언을 시켰다. 하지만 십계를 만든 녹스 자신 또한 규칙을 전부 따른 것은 아니라고 고백한 바 있다.

작품 목록

The Viaduct Murder (1925) -『철교 살인 사건』(김예진 옮김, 엘릭시르 펴냄, 2022)

마일스 브레던 시리즈

The Three Taps: A Detective Story Without a Moral (1927)

The Footsteps at the Lock (1928)

The Body in the Silo (1934)

Still Dead (1934)

Double Cross Purposes (1937)

단편소설

Solved by Inspection (1931, 마일스 브레던 등장)

The Motive (1937)

The Adventure of the First Class Carriage (1947, '셜록 홈스' 시리즈의 패스티시)

연작 장편소설

Behind the Screen (1930)

The Floating Admiral (1931)

Six Against the Yard (1936)

해설

탐정소설 십계 창조자의 유머 넘치는 데뷔

추리소설 해설가, 전 《계간 미스터리》 편집장 **박광규**

1925년 로널드 녹스가 발표한 『철교 살인사건』은 지금까지 탄생한 많은 탐정소설 속에서 뚜렷하게 돋보이는 자리를 차지하고 있는 것은 아니지만, 시대적으로나 작품성에서나 적지 않은 의미를 지닌 작품이다.

먼저 지금부터 약 1세기 전인 '1925년'이라는 발표 연도에 주목해보자. 탐정소설의 원산지라 할 수 있는 영국/미국의 미스터리 소설 역사에서 1925년은 이른바 '미스터리 소설의 황금시대The Golden Age of Mystery'로 일컬어지던 시기였다. 출판인이자 미스터리 소설 연구자였던 하워드 헤이크래프트는 (최초의 본격적인 미스터리 소설 역사서라고 할 수 있는) 『즐거운 살인Murder for Pleasure』(1941)에서 황금시대의 변화를 다음과 같이 설명했다.

> 문학 이론가에게 흥미로운 추측은 만약 제1차세계대전이 벌어지지 않았다면 당시 탐정소설의 흐름은 어떻게 되었을까 하는 것이다. 영국에서 탐정소설이라는 장르는 자

연주의적인 방향에서 꽃핀 것처럼 보였다. 한편 모든 문학에 깊은 영향을 미친 파멸(제1차세계대전)의 카타르시스가 없었다면, 이러한 형태와 양식의 경향은 태어나자마자 죽었을지도 모른다. 어쨌든 확실한 것은, 우연이든 아니든, 전쟁은 베이커 스트리트에서 비롯된 낭만적인 전통에 결정적인 종지부를 찍었다. 1914년 이전에는 탐정소설과 단순한 수수께끼의 차이는 소수의 사람들만이 분명하게 알고 있었다. 1918년 이후, 낭만주의의 엉터리 장식들이 대부분 수수께끼의 영역으로 밀려나고, 더 참신한 탐정소설이 자신의 튼튼한 다리로 대담하고 빠르게 걷기 시작하면서 새롭고 뚜렷한 균열이 발견된다. (중략) 새로운 스타일의 탐정소설과 예전 것을 구별하는 특징 중 일부는 이미 암시되었다. 간단히 말해서 새로운 스타일의 소설은 예전 스타일의 소설보다 더욱 자연스럽고, 더욱 그럴듯하며, 실제 생활과 더욱 밀접하게 관련되어 있으며, 일반적으로 더 잘 썼다. **작가는 독자들과 공정하게 대결하기 위해 더욱 주의한다.** (중략) 탐정들은 덜 괴팍하고 더 인간적이며, 덜 전지전능하고 더 실수하기 쉽다. 그들은 평범한 인간처럼 행동하고 때로는 실수를 하기도 한다.[1]

1 『즐거운 살인』(하워드 헤이크래프트 지음, 도버 퍼블리케이션스 펴냄, 2019)의 제7장 '영국: 1918년~1930년(황금시대)'에서 인용.

1920년에 애거사 크리스티가 『스타일즈 저택의 괴사건』으로 데뷔했고, S. S. 밴 다인의 데뷔작 『벤슨 살인 사건』이 1926년에 출간되는 등 정통 미스터리 소설이라는 장르가 인기를 얻으며 폭발적으로 팔리기 시작했다. 또한 앤서니 버클리, 도러시 세이어스 등 수많은 미스터리 소설의 거장이 등장하면서 이 시기는 훗날 '미스터리 소설의 황금시대'로 불리게 된다.

지금은 미스터리 소설에 적지 않은 종류의 세부 분류가 있지만, 황금시대에는 범인 찾기 형식의 정통 추리소설('본격 추리소설'로도 불린다)이 단연 주류를 이루었다. 이러한 정통 추리소설이 반드시 갖추어야 할 덕목은 '공정함fair play'이었다, 다시 헤이크래프트의 주장을 인용하겠다.

> (1) 추리소설은 공정해야만 한다. (2) 추리소설은 즐겁게 읽을 수 있어야만 한다. 이 두 가지 규칙에서 다음과 같은 몇 가지 기술과 윤리 규정에 대한 고려가 이루어지는 것이다.
>
> 하지만 우선 첫 번째 계율의 의미 확정과 설명이 필요하다. 추리소설이 공정해야만 한다는 것은 독자들에게 모든 단서를 보여줘야 하는 당연한 필요성을 의미하는 것만은 아니다. 탐정에게 알려지지 않은 증거는 독자에게 알려서는 안 되고, 가짜 단서는 당연히 금지되어야 한다. 우연의 일치라는 것은 부끄러움

을 아는 장인의 존엄성에 걸고 추방해야 하며, 모든 결정적 행동은 모두 범죄와 수사라는 중심 주제에 연결되어 있어야만 한다. 그리고 모든 무관한 요인(예를 들어 멍청한 행동이라든가 깜빡 잊는 것 등)을 통해 어떤 식으로든 전체의 방향을 본질적으로 바꾸어서는 안 된다.[1]

다만 '공정'의 기준은 작가마다 견해 차이가 있어서 어떤 작품을 놓고 의견 대립이 생기는 경우도 드물지 않았다. 애거사 크리스티의 『애크로이드 살인 사건』(1926)에 대한 S. S. 밴 다인(위반이라고 주장했다)과 도러시 세이어스(옹호했다)의 의견 차가 대표적인 사례이다.

특정 작품 때문은 아니겠지만, 뭔가 정리가 필요하겠다는 생각을 가진 사람들이 나섰다. 1928년 로널드 녹스는 '녹스의 십계'라고도 불리는 '탐정소설의 십계'를 작성했으며(작가 소개 참조), 미국 추리작가 S. S. 밴 다인 역시 같은 해 《아메리칸 매거진》에 '탐정소설 작법 20법칙Twenty Rules for Writing Detective Stories'을 발표했다. 두 작가가 각각 제안한 이들 법칙은 그들의 소설만큼이나 유명해졌다. 이들 법칙은 21세기라는 시점에서 그대로 적용하기는 어려운 항목이 여럿 있지만,

1 같은 책, 제11장 '게임의 규칙'에서 인용.

정통 추리소설을 쓰려는 작가라면 참고할 만한 가치가 있다. 그런데 흥미로운 점은, 밴 다인이나 녹스의 작품은 모두 정통 추리소설의 범주에 들어가지만 '진지함'이라는 면에서는 극단적으로 차이가 있다는 것이다. 그리고 자신의 십계에 대해 설명하면서 "규칙의 수가 너무 많고 엄격하다면 작가의 스타일을 약화시킬 수 있다"고 밝힌 것처럼 녹스는 밴 다인만큼 규칙을 진지하게 생각한 것도 아니었다.

로널드 녹스는 성직자로서 성경 번역 등의 업적을 남겼고, 옥스퍼드 대학에서는 논리학, 호메로스, 베르길리우스에 관해 강의를 했으며, 제1차세계대전 중에는 해군 정보부에서 동생 딜윈과 함께 암호 해독 업무를 맡았을 정도로 다재다능한 인물이었다. 또한 추리문학계에서는 애거사 크리스티, 앤서니 버클리, 도러시 세이어스 등과 함께 1930년 영국추리작가클럽Detection Club[II] 창설을 이끌었던 작가들 중 한 사람이기도 하다. 그에 덧붙여 '미스터리 분야에 관해서는 위대한 패러디 정신을 발휘해 성직자였다는 것이 믿기지 않을 정도'[III]로 유머 감각이 뛰어나고 장난기 넘치는 인물이기도 했다.

녹스가 십계를 제안하기 전인 1925년으로 다시 돌아가보자. 그는 자신의 첫 탐정소설인 『철교 살인 사건』을 발표했다.

II 영국추리작가협회(The Crime Writers' Association, 줄여서 CWA)와는 별개의 단체이다.

III 『세계 미스터리 작가 사전(世界ミステリ作家事典)』, 국서간행회 펴냄, 1998.

안개비가 내리는 10월의 어느 날 오후, 네 명의 골프 멤버가 골프장 클럽 하우스에 모여 앉아 비가 그치기를 기다리며 잡담을 나누고 있었다. 무료함 속에 나누던 대화의 주제로 '살인'이 등장하고, 소설 속 탐정의 비현실성에 대한 비판으로 이어진다. 어느덧 비가 그쳐 필드에 나와 골프를 즐기던 그들은, 덤불 속으로 날아간 공을 찾아 나섰다가 기차 철교에서 떨어져 죽은 것으로 여겨지는 신원 불명의 시체를 발견한다. 사고가 아닌 살인이라고 판단한 그들은 경찰의 수사와는 별개로 직접 사건 조사에 나선다…….

작품에 등장하는 모던트 리브스, 알렉산더 고든, 윌리엄 카마이클, 매리어트 등 네 명의 아마추어 탐정들은 전직 정보부 소속 군인, 학자, 성직자 등 다양한 배경을 가진 유쾌하고 수다스러운 골프 멤버이다. 엉뚱하고 실없는 농담을 즐기는 이들은 우연히 마주친 사건에 뛰어들면서 숨겨진 영민함을 보여주고, 때로는 '약간' 법을 어기기까지 하면서 한없이 진지한 태도로 치열하게 토론한다.

이들에게는 꽤 많은 단서가 주어진다. 얼굴이 손상된 시체, 이름이 새겨진 손수건, 편지, 손목시계와 회중시계, 열차 편도 승차권, 숫자로 구성된 암호문, 그리고 비밀 통로까지. 이러한 여러 단서를 통해 이어지는, 호기심 넘치는 아마추어 탐정들의 추리 대결도 흥미진진하다. 도입부에서 리브스가 "나도 추리소설은 비현실적이라고 인정하는 쪽이야. 소설 속에는 언제나 완벽하게 정확한 사실을 제시해주는 증인들이 나타나서 작가가 고른 단어로만 말을 해주니까"라고 말했지만, 본 작품에서는 증인의 완벽한 증언에 의존하지 않는 대신 자신들이 직접 발견한 단서들로 각각 가설을 만든 다음 토론을 벌인다.

각자의 가설은 나름대로 설득력이 있다. 어쩌면 가설을 제시한 주인공이 오귀스트 뒤팽이나 셜록 홈스와 같은 명탐정이었다면, 주위 사람들은 감탄하면서 받아들였을지도 모른다. 하지만 녹스는 피해자가 하나뿐인, 추리소설로서는 무척 간단하다고도 할 수 있는 사건을 다루면서도 예측하기 힘든 결말로 이끈다. 이는 주어진 단서에 대해 다양한 해석 가능성과 함께 착오의 가능성도 함께 제시하고, 이를 통해 현실과 괴리된 추리소설 속 탐정에 대한 무오류를 에둘러 비판한 것일 수도 있다. 이 책이 집필된 시기가 미스터리 소설의 황금시대였음을 고려한다면, 진지한 수수께끼 풀이 소설을 비꼰 이러한 구성은 실로 독특하고 높이 평가할 만하다.

여러 등장인물의 추리 가설 대결을 지켜보면서 앤서니 버클리의 『독 초콜릿 사건』(1929)을 연상하실 독자분도 아마 계실 터인데, 이 작품은 『철교 살인 사건』보다 몇 년 늦게 출간된 작품이다. 전반적으로는 G. K. 체스터턴의 '브라운 신부'

시리즈[I]로부터 영향을 많이 받은 것 같다.

지금까지의 설명만 보면, 아마추어 탐정이 등장하는 정통 미스터리 소설의 전형적인 형태에서 벗어나지 않는 평범한 작품으로 여겨질 것이다. 하지만 녹스의 작품은 흔히 볼 수 있는 추리소설과 크게 다른 점이 있다. 이미 본작을 읽은 독자는 눈치챘겠지만, 평론가 줄리언 시먼스의 표현을 빌리자면 "그는 필사적으로 익살스러운 자신의 스타일을 해칠지 모르는 진지한 요소는 추호도 허용하지 않았다."[II] 그러나 그 '익살'은 농담이나 우스갯소리가 아닌, 상황과 인물 묘사, 그리고 대화 속(등장인물의 태도는 정말 진지하다)에서 천연덕스럽게 발휘되고 있어 1세기가 지난 지금도 그다지 진부하게 여겨지지 않는다.

또한 그는 작품에 직접 개입해 (12쪽의 "두 번째 문단에서 특정 지역의 이름을 언급하지 않는 작가는 결코 신뢰해서는 안 된다", 304쪽의 "독자에게. 이 장이 너무 길다고 느껴지면 읽지 않고 건너뛰어도 좋다" 등) 작가의 존재를 독자가 '볼 수 있게' 만들며 너무 진지하게 빠져드는 것을 경계한다.

다만 유머가 넘친다고 해서 미스터리로서의 구성이 허술한 것은 절대 아니다. 『철교 살인 사건』은 정통 미스터리 소설

I 「이즈리얼 가우의 명예」 「허쉬 박사의 결투」 등이 있다.

II 『블러디 머더』, 줄리언 시먼스 지음, 김명남 옮김, 을유문화사 펴냄, 2012, 163쪽.

의 규칙(아직 명시적 규칙은 없었지만)을 벗어나지 않은 작품이다. 훗날 녹스가 제안한 십계를 기준으로 삼는다면 해당 사항이 있는 부분은 매끄럽게 처리하고 있다. (이를테면 범인은 이야기 전반부에 등장하고, 비밀 통로도 하나만 나온다.)

몇 년 후, '미스터리 소설 황금시대'가 한창이던 때 그는 추리소설의 변화를 날카로운 시각으로 바라보며 『1928년 최고의 영국 탐정소설The Best English Detective Stories of 1928』의 서문을 썼다. ('탐정소설 십계'는 이 책의 서문에 포함되어 있다.) 그는 서문에서 "좋은 탐정소설을 요구하는 독자들은 많으나 우수한 작품을 쓸 수 있는 재능을 가진 작가는 현재 많지 않으며, 작품 배경이나 인물 설정이 너무나 진부해졌고 트릭도 곧 고갈되지 않을까" 우려한다. 그리고 "탐정소설의 규칙을 어긴, 즉 공정하지 않은 탐정소설을 쓴 작가는 반칙을 범한 운동선수처럼 퇴장당해야 한다"는 강경한 의견과 "규칙을 어기더라도 작품의 가치에 어떤 영향을 주는지는 작품 자체를 놓고 판단해야 한다"는 예외 규정을 동시에 주장하기도 했다.

다만 훗날 일부 연구자들은 녹스의 십계가 일종의 농담이 틀림없다고 여기기도 하는데, 대표적으로 5번 "중국인이 등장해서는 안 된다"는, 터무니없는 항목 때문이기도 하지만 서문 자체에도 『철교 살인 사건』처럼 진지하면서도 태연한 유머가 저변에 깔려 있기 때문이다.

녹스의 장난기를 보여주는 흥미로운 사례가 있다. BBC 라디오는 1930년 6월 14일부터 6주 동안 〈스크린 뒤에Behind the Screen〉라는 제목의 주간 연속 탐정 드라마를 방송했는데, 영국추리작가클럽의 작가 여섯 명이 합작으로 만든 것이었다. 원고 집필 순서는 휴 월폴, 애거사 크리스티, 도러시 세이어스, 앤서니 버클리, E. C. 벤틀리, 그리고 로널드 녹스였다. 그들의 원고는 방송 일주일 후 BBC가 발행하는 잡지인 《더 리스너The Listner》에 실린 동시에 독자의 범인 맞히기도 진행되어 170여 개의 응모가 들어왔지만, 녹스의 있음직하지 않은 결말 때문에 정확하게 범인을 맞힌 사람이 없었다고 한다. 범인은 이야기 속의 주요 인물이 아니었고, 동기도 숨겨져 있었기 때문이었다. (이것은 녹스의 십계에 해당하지는 않지만 밴 다인의 20법칙 중 5번과 10번 항목에 위배된다.) 이뿐만 아니라 녹스는 도러시 세이어스가 구상한 플롯과 똑같은 아이디어를 그녀에게 먼저 제안해 세이어스를 크게 당황하게 만들기도 했다. 훗날 녹스는 세이어스가 메모하는 것을 우연히 보게 되어 장난한 것이라고 밝혔다.[1]

『철교 살인 사건』은 사실 미스터리 소설을 별로 읽지 않은 독자나 현대적이고 빠른 전개의 이야기를 좋아하는 독자보다

1 『살인의 황금시대(The Golden Age of Murder)』(마틴 에드워즈 지음, 하퍼콜린스 펴냄, 2015)의 12장 '세계 최고의 광고'에서 언급된다.

는 어느 정도 미스터리 소설 독서 경력이 있는 분, 특히 정통 추리소설을 많이 읽은 경험이 있는 분들에게 권하고 싶다.

특히 황금시대 영국 미스터리 소설의 고전적 무대 배경과 분위기를 좋아하고, 다소 고풍스러운 문장에도 부담을 느끼지 않으며, "이런 오후에는 누군가가 그저 지루하다는 이유만으로 살인을 저지를 수도 있을 것 같아"라며 미스터리 소설 이야기를 꺼내기 시작하는 아마추어 탐정이 마음에 들 정도로 유머 감각을 가진 분이라면, 틀림없이 즐겁게 읽을 수 있을 것이다.

미스터리 책장 전체 목록

트렌트 최후의 사건 — 에드먼드 벤틀리 지음 / 유소영 옮김
우리는 언제나 성에 살았다 — 셜리 잭슨 지음 / 성문영 옮김
구석의 노인 사건집 — 에마 오르치 지음 / 이경아 옮김
나의 로라 — 비라 캐스퍼리 지음 / 이은선 옮김
오시리스의 눈 — 리처드 오스틴 프리먼 지음 / 이경아 옮김
영국식 살인 — 시릴 헤어 지음 / 이경아 옮김
요리사가 너무 많다 — 렉스 스타우트 지음 / 이원열 옮김
화형 법정 — 존 딕슨 카 지음 / 유소영 옮김
붉은 머리 가문의 비극 — 이든 필포츠 지음 / 이경아 옮김
어두운 거울 속에 — 헬렌 매클로이 지음 / 권영주 옮김
가짜 경감 듀 — 피터 러브시 지음 / 이동윤 옮김
환상의 여인 — 윌리엄 아이리시 지음 / 이은선 옮김

철교 살인 사건 — 로널드 녹스 지음 / 김예진 옮김
조심해, 독이야! — 조젯 헤이어 지음 / 이경아 옮김
마녀의 은신처 — 존 딕슨 카 지음 / 이동윤 옮김
밀랍 인형 — 피터 러브시 지음 / 이동윤 옮김
벨벳 속의 발톱 — 얼 스탠리 가드너 지음 / 하현길 옮김
흑백의 여로 — 나쓰키 시즈코 지음 / 추지나 옮김
법정의 마녀 — 다카기 아키미쓰 지음 / 박춘상 옮김
새벽의 데드라인 — 윌리엄 아이리시 지음 / 이은선 옮김
세 개의 관 — 존 딕슨 카 지음 / 이동윤 옮김
내 무덤에 묻힌 사람 — 마거릿 밀러 지음 / 박현주 옮김
독 초콜릿 사건 — 앤서니 버클리 지음 / 이동윤 옮김